एक ही शैली या शिल्प में लिखना मुझे कभी प्रिय नहीं रहा। मेरा मस्तिष्क निहायत क्रियाशील और मेरा मन अत्यन्त चंचल है। 'डाची' से पहले की कहानियों में तीन-चार रंग स्पष्टतः दिखाई दे जाएँगे। उसके बाद मैंने जो कहानियाँ लिखीं उनमें भी तीन रंगों की कहानियाँ हैं...कहानियाँ, जिनमें अनुभूति के संस्पर्श के साथ कल्पना की प्रचुरता और शिल्प का गठाव है...कहानियाँ, जिनमें शिल्प का बिखराव है, जो लघुतम उपन्यासों जैसी हैं लेकिन जिनमें गहराई भी है...कहानियाँ, जो शुद्ध हास्य की सृष्टि के लिए लिखी गईं। इस संकलन के लिए कहानियाँ चुनते समय मैंने पिता की दृष्टि से अधिक काम लिया है और वे कहानियाँ भी चुनी हैं जिन्हें मैंने अन्यमनस्क ढंग से सृजा पर जो लोकप्रिय हो गईं।

मेरी प्रिय कहानियाँ

उपेन्द्रनाथ अश्क

राजपाल

ISBN : 978-93-5064-230-6

संस्करण : 2014 © उपेन्द्रनाथ अश्क

MERI PRIYA KAHANIYAN (Stories) by Upendranath Ashk

राजपाल एण्ड सन्ज़

1590, मदरसा रोड, कश्मीरी गेट, दिल्ली-110006

फोन: 011-23869812, 23865483, 23867791

website : www.rajpalpublishing.com

e-mail : sales@rajpalpublishing.com

www.facebook.com/rajpalandsons

भूमिका

अपनी प्रिय कहानियों की बात सोचता हूँ तो सबसे पहले मेरी आँखों में अपनी वह पहली कहानी घूम जाती है, जिसका नशा दो-एक वर्ष मुझ पर छाया रहा था। जैसा कि मैंने अपने किसी संस्मरण में लिखा है, उन दिनों मैं शायद नवीं क्लास में पढ़ता था और बड़े ज़ोरों से ग़ज़लें लिखता था। कई बार दिन में दो-दो ग़ज़लें हो जातीं। लेकिन मेरे उस्ताद, जो प्रकट ही हुस्न-परस्त थे, मेरे सुन्दर हमजोली 'अख़्तर' की ग़ज़ल तो न केवल तत्काल देखकर दे देते, वरन् अपनी ओर से कुछ शे'र भी उनमें जोड़ देते, लेकिन मेरी ग़ज़ल को (कि स्कूल के दिनों में मेरे चेहरे पर खासी यतीमी बरसती थी) जाने किस ताख में रखकर भूल जाते और हफ़्ता-हफ़्ता-भर उसकी सनद न देते। सितम यह है कि कई बार मैं 'अख़्तर' को जो ग़ज़ल लिखकर देता, वह ठीक होकर आ जाती, और मेरी गुलदस्ता-ए-ताक़ेनिस्याँ[1] बनी पड़ी रहती। चूँकि उन दिनों लिखने का कुछ जुनून-सा दिल-दिमाग पर तारी था, इसलिए दो-एक बरस बाद ही मैंने तय किया कि मैं ग़ज़ल-वज़ल लिखना छोड़कर कहानियाँ लिखूँगा, जिन्हें न किसी को दिखाने की ज़रूरत पड़े, न किसी से सलाह लेने की। और मैंने एक कहानी लिखी—'अहदे गुज़श्ता की याद!' कहानी उर्दू में थी, क्योंकि उस समय पंजाब में हिन्दी का नाम भी नहीं था। कहानी यूँ शुरू होती है—

"याद हैं वो दिन, जब सुबह के वक़्त इधर आफ़ताब अपनी सुनहरी किरणों से सारे जहान को रोशन कर देता, उधर तू अपनी चाँद-सी सूरत लिए, सिर पर घड़ा उठाए, नाज़ो-अदा से कुएँ पर जाती। मैं तुम्हें उल्फ़त से देखता, हाँ...हाँ...मुहब्बत से देखता।"

इस कहानी का 'मैं' एक देहाती युवक है, जो अपने गाँव की एक लड़की से प्रेम करता है। जब वह कुएँ पर घड़ा भरने जाती है, तो वह कहीं छिपकर उसके दरस से अपनी आँखों की प्यास बुझाता है। लड़की भी उसकी ओर आकर्षित होती है। उसे दरस का ही नहीं, परस का भी सौभाग्य मिलता है, लेकिन क्षुद्र नियति को

---

1. भूल के ताक़ का गुलदस्ता

(वहाँ तो शब्द फ़लके-नाहंज़ार है) चूँकि प्रेमियों का मिलन-सुख एक आँख नहीं भाता, इसलिए उसकी प्रेयसी की सगाई उसके प्रतिद्वन्द्वी से हो जाती है। प्रेयसी ऐन शादी के दिन अपने सीने में छुरा भोंक लेती है और मरते-मरते अपने प्रेमी से कहती है कि वह स्वर्ग में उसकी प्रतीक्षा करेगी। प्रेमी वह छुरा लेकर चला आता है। कहानी यूँ खत्म होती है—

“मैं सोया। आवाज़ आई—‘जन्नत में आपकी मुन्तज़र रहूँगी।’ घबराकर उठा। हवा का झोंका आया। उसकी सरसराहट में वही अल्फ़ाज़ सुनाई दिए—‘जन्नत में आपकी मुन्तज़र रहूँगी।’—मुझे नाउम्मीद न होना चाहिए। मेरी प्यारी जन्नत में मेरा इन्तज़ार कर रही है। दे खंजर। ऐ मेरी प्यारी के क़ातिल खंजर! आ—आ, और मेरे सीने में दूर तक डूब जा! और मुझे भी वहीं पहुँचा दे जहाँ...”

और कहानी खत्म हो जाती है।

आज भले ही अपनी उस पहली कहानी को पढ़कर हँसी आए, पर तब मैं इसके शब्द-शब्द पर न्यौछावर था। ‘अख़्तर’ उन दिनों गवर्नमेंट स्कूल में पढ़ता था और मैं डी. ए. वी. स्कूल में, लेकिन चूँकि उस्ताद एक ही थे, इसलिए रोज़ मिलते थे और एक साझे मित्र के यहाँ बैठते थे। मुझे उस मित्र का नाम याद नहीं। केवल क़िला मुहल्ला जालन्धर के एक दोतल्ले पर उस कमरे की याद है, जिसमें हम दोपहर काटते थे। मित्र बड़ी-बड़ी सख़्त, लेकिन रस-भरी नाशपातियां ले आता था। उन्हें छील-काटकर, उनमें खूब मिर्च-मसाला देकर, उनमें खट्टे निचोड़ देता था और हम चटखारे लेकर खाते और शे’रो-शायरी में मशगूल हो जाते। मुझे याद है ‘अहदे गुज़श्ता की याद’ खत्म कर, मैं दूसरे ही दिन वहाँ पहुँचा और मैंने मित्रों को कहानी सुनाई तो वे फड़क उठे। ‘अख़्तर’ ने कहा, “आओ, हम इसे नज़्म करें।” और लगभग सप्ताह-भर के श्रम से हमने उसे पद्य में बाँध दिया। मसनवी की तरज़ रखी। यह कहने की ज़रूरत नहीं कि उस पर अधिकांश श्रम मैंने ही किया। जब कहानी नज़्म हो गई तो ‘अख़्तर’ ने उसे बड़े सुन्दर अक्षरों में कॉपी किया और उसे उस्ताद साहब के पास ले गया। उन्होंने हफ़्ते-भर में न केवल उसकी इस्लाह कर दी, वरन् दसियों शे’र उसमें जोड़ दिए। तब हमने वह कहानी साप्ताहिक ‘गुरु घण्टाल’ को भेज दी (उन दिनों पंजाब के साप्ताहिक पत्रों में उसी की तूती बोलती थी)। मुझे ज़रा भी आशा न थी कि इतनी लम्बी पद्यबद्ध कहानी ‘गुरु घण्टाल’ जैसे प्रसिद्ध साप्ताहिक में छप जाएगी। लेकिन दूसरे या तीसरे हफ़्ते ही ‘गुरु घण्टाल’ का विशेषांक आया और उसके एक पूरे पृष्ठ पर वह कहानी ‘अख़्तर’ के नाम से छपी थी।

जैसा कि मैंने कहीं लिखा है, उस रात मैं एक पल को भी नहीं सो पाया। मेरी माँ ने मेरे सिर में दो-एक बार ख़शख़श का तेल भी लगाया, मेरी कनपटियाँ भी सहलाई, पर जब रात के पिछले पहर उनकी नींद टूटी और उन्होंने मुझे जगते

पाया, तब उन्होंने चिन्ता-भरे स्वर में पूछा, "क्या बात है बेटे, तू सो क्यों नहीं रहा?" मैंने कहा, "मैं क्या बताऊँ, तुम समझ नहीं पाओगी।"

अपनी उस रात की अनिद्रा और बेचैनी मुझे आज भी याद है। कभी मुझे 'अख़्तर' पर गुस्सा आता कि जब कहानी भी मेरी थी और उसे पद्यबद्ध करने में श्रम भी ज़्यादा मैंने ही किया था तो उसने अपने साथ मेरा नाम उस पर क्यों नहीं दिया। कभी मुझे अपने ऊपर गुस्सा आता कि जब हम कहानी को नज़्म करने बैठे थे तभी मैंने क्यों शर्त नहीं रखी कि यह कहीं छपेगी तो इस पर मेरा नाम भी जाएगा। मुझे पूरा विश्वास है कि मैं ज़ोर देता तो 'अख़्तर' मान जाता। लेकिन मैं हीन भाव से ग्रसित था। शायद मुझे डर था कि नज़्म पर मेरा नाम देखकर उस्ताद साहब उसकी इस्लाह ही स्थगित न कर दें। फिर मुझे यह यक़ीन ही नहीं था कि कहानी 'गुरु घण्टाल' में छप जाएगी।...कभी मुझे अपने उस्ताद पर गुस्सा आता कि यदि वे मेरी रचनाएँ उसी उत्साह से देख देते जिससे वे 'अख़्तर' की देखते थे तो मुझे उसके सहारे की ज़रूरत ही क्यों पड़ती। यह अजीब बात है कि मुझे 'गुरु घण्टाल' के सम्पादक पर भी क्रोध आता कि उसने वह रचना क्यों छापी, लौटा क्यों नहीं दी?...आज उस रात की बात सोचता हूँ तो अपनी वह अनिद्रा, बेचैनी और तर्कातीत क्रोध मूर्तिमान होकर मेरे सामने आ जाता है। ऐसा क्रोध और ऐसी ईर्ष्या मुझे ज़िन्दगी में फिर कभी नहीं हुई। अगर वह कहानी और कविता 'अख़्तर' की अपनी होती तो शायद न मुझे ईर्ष्या होती, न क्रोध, मुझे सिर्फ रश्क होता, और मैं उससे बेहतर लिखने की कोशिश करता, क्योंकि मेरे गिता कहा करता थे कि हसद (ईर्ष्या) केवल कगज़ोर और अक्षम लोग करते हैं। शक्तिशाली केवल रश्क करता है। वह दूसरे की अच्छी रचना से जलता नहीं, उससे बेहतर लिखने का प्रयास करता है। लिखकर दिखा देता है।...लेकिन वह कहानी तो मेरी थी और कविता पर श्रम भी मैंने ज़्यादा किया था। इसीलिए मुझे ईर्ष्या भी थी और क्रोध भी।

बहरहाल 'गुरु-घण्टाल' में उस पद्यकथा के छपने से मुझे बड़ा लाभ हुआ। मेरा हीन भाव एकदम मिट गया। मुझे विश्वास हो गया कि मेरी रचनाएँ भी छप सकती हैं। अपनी सत्ता मनवाने को यह कहानी मैंने अपने से उम्र में बड़े, अपने एक अन्य उस्ताद भाई श्री अमरचन्द 'क़ैस' की मदद से लाहौर की एक लघु मासिक पत्रिका 'सत्य सिंगार' में छपवाई और फिर एक बरस बाद उस मुश्किल नाम के बदले एक हल्का-सा नाम 'याद हैं वो दिन' देकर मासिक 'मानसरोवर' में। शायद वह और भी दो-एक परचों में छपी, और उन दोनों पत्रिकाओं के तराशे आज भी मेरी फ़ाइल में मौजूद हैं।

'याद हैं वो दिन' अपनी तमाम अनगढ़ता, अविश्वसनीयता, कच्चेपन और हास्यास्पदता के बावजूद, किसी माँ की जेठी संतान की तरह मुझे आज भी प्रिय हैं। लेकिन मेरी वह प्रिय कहानी प्रस्तुत संग्रह में नहीं है, क्योंकि मैंने संकलन की

कहानियों के चुनाव में माँ की दृष्टि से ही काम नहीं लिया, पिता की दृष्टि का भी खयाल रखा है और पिता के मानदण्ड माँ से भिन्न होते हैं।

साधारण लेखक की दृष्टि प्रायः माँ-सरीखी होती है और अपनी संतान के प्रति माँ का प्यार तीन रूप लेता है—

○ माँ को अपना हर बच्चा प्यारा होता है, सुन्दर हो चाहे कुरूप। साधारण लेखक को अपनी हर रचना प्यारी लगती है, नीकी हो चाहे फीकी।

○ माँ को सुन्दर और सफल बच्चे के प्रति उतनी ममता नहीं होती, जितनी कमज़ोर, बीमार, अपाहिज अथवा असफल के प्रति। लेखक के मन में भी अपनी असफल रचनाओं के प्रति एक अजाना मोह होता है। जिस रचना को दुनिया मानती है, कई बार वह उसे नकार जाता है और जिसे दुनिया अस्वीकार कर जाती है, उसे गले से लगाए घूमता है।

○ हर नई रचना माँ को अभिभूत कर जाती है और वह उसके गुण गाती नहीं थकती। लेखक का भी यही हाल है। वह जितना रचना के निकट होता है, उतना ही उसके दोषों के प्रति अनभिज्ञ। जिन लोनों ने प्रेमचन्द के पत्र अथवा भिन्न-भिन्न समयों पर दिए गए वक्तव्य पढ़े हैं, उन्होंने मार्क किया होगा कि जब-जब प्रेमचन्द से उसकी उत्कृष्ट दस-बारह कहानियों के नाम पूछे गए, उन्होंने हमेशा अपनी नई कहानियाँ उनमें जोड़ दीं।

लेकिन अपनी संतान के प्रति पिता का दृष्टिकोण भिन्न होता है। माँ की तरह अपने हर लड़के से उसे प्यार नहीं होता और न वह उसके अवगुणों को अदेखा कर पाता है। पिता को अपने उस बच्चे से विशेष स्नेह होता है, जिसे वह अपनी इच्छा अथवा महत्त्वाकांक्षा के अनुरूप ढालता है और यदि वह अपने उस प्रयास में सफल रहता है तो वह उस पर उचित ही गर्व भी करता है। लेकिन कई बार ऐसा भी होता है कि कोई बच्चा, जिसे पिता नकार देता है अथवा जिसे पैदा करके अपने हाल पर छोड़ देता है, पिता की तमाम अन्यमनस्कता के बावजूद नाम कमा लेता है। तब पिता उसे स्वीकार लेता है और उस पर भी वैसे ही गर्व करता है, जैसे उसकी सफलता और ख्याति में उसी का हाथ हो।...और जैसा कि मैंने कहा, प्रस्तुत संकलन की कहानियों में मैंने माँ के साथ-साथ पिता का दृष्टिकोण भी अपनाया है। इसलिए न केवल इस संग्रह में मेरी वह पहली प्रिय कहानी नहीं, वरन् और भी कई ऐसी कहानियाँ नहीं हैं, जो मुझे समय-समय पर प्रिय रही हैं और कुछ वे भी, जो मुझे आज भी प्यारी हैं। फिर वे कहानियाँ भी यहाँ संकलित हैं, जिन्हें मैंने अन्यमनस्कता से सृजा, पर जो अपने आप ख्यात हो गईं और आज भी जिनकी प्रसिद्धि में कमी नहीं आई। चूँकि वे भी मैंने ही सिरजी हैं, इसलिए मुझे उन पर बजा तौर पर गर्व है।

लेकिन इससे पहले कि मैं प्रस्तुत संकलन की चर्चा करूँ मैं उन कहानियों का उल्लेख करूँगा जो मुझे प्रिय रही हैं अथवा मुझे प्रिय न होने पर भी लोकप्रिय हुई हैं।

'अहदे गुज़शता की याद' के बाद मैंने लगभग दस वर्ष, किसी आन्तरिक अनुभूति के बिना, लगातार कहानियाँ लिखीं। एक जोश था जो दिमाग में उफनता और क़लम के रास्ते कागज़ पर उतरता रहता था। कला-शिल्प और सोच-समझ का उसमें ज़्यादा दखल नहीं था। मेरे दिमाग़ की अत्यन्त भाव-प्रवण और अतिरिक्त सक्रिय नसों के कारण उस जोश में तो आज भी ज़रा कमी नहीं आई, लेकिन उन आरम्भिक दस वर्षों के बाद न जाने कितनी सोच-समझ, कला-शिल्प का कितना ज्ञान, कितना संयम और अपने उद्देश्य के प्रति कितनी जागरूकता उस जोश के साथ आ मिली है। उन आरम्भिक दस वर्षों में मैंने पचास-साठ के करीब कहानियाँ लिखीं। लेकिन उनमें से दस-पन्द्रह ही केवल हिन्दी में छपीं, शेष चालीस-पचास के उर्दू तराशे अभी तक मेरी फ़ाइलों में पड़े हैं—उनमें से अधिकांश दैनिक समाचारपत्रों के रविवासरीय अंकों में छपीं। कुछ साप्ताहिकों में और चन्देक मासिक पत्रों में। उनमें मुझे कोई भी प्रिय नहीं रही, ऐसी बात नहीं। 'अहदे गुज़शता की याद' के बाद, शायद एक-डेढ़ वर्ष के अंतर पर, मैंने एक कहानी लिखी 'सीरत की पुतली उर्फ बावफा बीवी'। वह दैनिक 'प्रताप' के संडे एडीशन में छपी और बाद में एक स्त्रियोपयोगी स्थानीय पत्रिका में उद्धृत हुई। स्त्रियों की गुप्त बीमारियों का इलाज करनेवाली एक लेडी डॉक्टर कुमारी सत्यवती ने (जो बाद में लाहौर, शिमला, और विभाजनोपरान्त दिल्ली में प्रसिद्ध हुई और जिन्होंने विज्ञापनबाजी में कविराज हरनाम दास के कान काट दिए) उन दिनों जालन्धर में अड्डा होशियारपुर पर नया-नया क्लिनिक खोला था और वहाँ से स्त्रियोपयोगी कोई मासिक पत्रिका निकालती थीं। कुमारी सत्यवती के साथ भगवे कपड़े पहने एक सुन्दर संभ्रान्त सिक्ख रहते थे—जो जाने सिक्ख थे, या कोई संन्यासी—पर थे बड़े मृदुभाषी! कैसे मेरा उनसे परिचय हुआ, मैं नहीं जानता। उनका नाम भी मुझे याद नहीं, लेकिन सूरत उनकी अब भी मेरे मानस पर अंकित है। मैंने उन्हें कहानी सुनाई—और उन दिनों मैं बड़े जोश से अपनी कहानियाँ सुनाया करता था—उन्होंने बड़ी प्रशंसा की और कहा कि वे उसे अपनी पत्रिका में उद्धृत करेंगे। शीर्षक से केवल 'बावफा बीवी' काट दिया गया। 'सीरत की पुतली' छप गई, तो मैं पत्रिका लेकर न जाने किस-किसको दिखाता फिरा। छपी हुई कहानी का किसी दूसरी पत्रिका में उद्धृत हो जाना मेरे निकट उसके मास्टरपीस होने की सनद था और मैंने घोषणा कर दी कि मैंने मास्टरपीस कहानी लिखी है।

आज अपनी उस मास्टरपीस कहानी को पढ़ता हूँ तो बेइख़्तियार हँसी आती है। कहानी अजीब हास्यास्पद ढंग से शुरू होती है—

“दुनिया में हमेशा दो विरोधी शक्तियाँ काम करती हैं—एक उत्थान, दूसरी पतन! कल जो व्यक्ति उत्थान के सातवें आसमान पर अपना सिर उठाए शान-शौकत और धन-वैभव में अपना सानी न रखता था, आज वही पतन के गहरे सागर में गोते खाता हुआ दिखाई देता है। कल जो फूल किसी साम्राज्ञी की सेज को सुशोभित करता हुआ बिजली की रोशनी में चमकता था, आज वही मुरझाकर अमीर-गरीब के पैरों तले रौंदा जाता है। कल जो जलयान सागर तल पर...”

पै-दर-पै ऐसी ही उपमाओं से भरा हुआ फ़ारसीनिष्ठ उर्दू में लिखा काफ़ी लम्बा पैरा, जिसके अंत में कहानी की नायिका देवी को दो पंक्तियों में यूँ इण्ट्रोड्यूस किया गया है—“कल जो देवी बिस्तर के नीचे भी पाँव रखना पसन्द न करती थी, आज वही जंगलों की ख़ाक छानती फिर रही है।”

दूसरे पैरा में देवी के उन दिनों का सविस्तार उल्लेख है, जब उसकी आवाज़ के आगे बुलबुल अपना गीत अलापना छोड़ देती, उसकी आँखों की चंचलता को देखकर नरगिस शरमा जाती, उसके गुलाबी होंठों के सामने सोसन पानी भरता और न जाने ऐसा क्या-क्या होता...

और इतनी लम्बी भूमिका के बाद देवी की कहानी सिर्फ़ इतनी है कि बिहारीलाल नाम का कोई युवक उस पर मरता है। वह भी उसे चाहती है और सारी दुनिया को उनसे ईर्ष्या है। लेकिन दोनों की सगाई हो जाती है, फिर शादी। विवाह के छह महीने बाद ही देवी की माँ मर जाती है, फिर सास-ससुर चल बसते हैं। लोग उसे राक्षसी कहते हैं। माँ-बाप की छाया उठ जाने से बिहारीलाल कुटेवों में पड़ जाता है। खूब पीता है और देवी को पीटता है। उसका घर-द्वार बिक जाता है और वही देवी जो मखमल के बिस्तर पर सोती थी, कुटिया में रहने को विवश होती है। बीमार और लाचार!

तभी एक रात बिहारीलाल खूब पिए हुए आता है। बीमार देवी को ज़ोर की लात जमाता है और खुद गिरकर बेहोश हो जाता है। उसे सरसाम (टाइफाइड) हो जाता है। वह धीरे-धीरे मरणासन्न हो जाता है। पतिपरायणा देवी अपनी बीमारी की परवा न कर, उसका इलाज-उपचार और सेवा-सुश्रूषा करती है और अपने पति को मौत के मुँह से बचा लेती है। बिहारीलाल पश्चात्ताप करता है। और आँखों में आँसू भरकर कहता है—“देवी, तू सीरत की पुतली है!” और बुलबल का गीत और गिरजाघर का घण्टा, हवा के झकोरे और नदी की कल-कल—सब उसकी आवाज़ को प्रतिध्वनित करते हैं।

और इतनी-सी कहानी में एक से एक अनोखे और नादिर (हास्यास्पदता की दृष्टि से) वाक्य और पैरे हैं। अन्त उसका और भी दिलचस्प ढंग से यूँ होता है—

“पाँच वर्ष बाद हमारा गुज़र फिर उसी तरफ़ होता है। उस झोंपड़ी की जगह एक खूबसूरत बाग़ दिखाई देता है। हम बेझिझक उसमें चले जाते हैं। देखते हैं कि

बाग़ के दरम्यान एक आलीशान इमारत खड़ी है और उसकी सीढ़ियों पर एक आया छोटे-से बच्चे को खिला रही है। पूछने पर पता चलता है कि यह बिहारीलाल की आँख का तारा और देवी का प्यारा है। हम उसे दुआ देते हैं और यह कहते हुए चल पड़ते हैं—

> *'जहाँ वालों अगर तस्वीरे-उल्फ़त हो तो ऐसी हो*
> *अगर बीवी को शौहर से मुहब्बत हो तो ऐसी हो*
> *प्रभो, सन्तान के बदले न यूँ जंजाल पैदा कर,*
> *अगर पैदा ही करने हों तो ऐसे लाल पैदा कर!''*

और मैं दो-तीन बरस तक ऐसी ही मास्टरपीस कहानियाँ लिखता रहा। तभी जब मैं थर्ड ईयर में पढ़ता था और मेरा पहला कथा-संग्रह 'नौ-रत्न' छपा, मैंने एक कहानी लिखी, जिसमें सचमुच कहानी के बीज हैं, जिसे मैं अपनी पहली सफल कहानी का नाम दे सकता हूँ और जिसकी प्रशंसा किसी साहित्यिक ने भी की।

मेरे उस्ताद भाई अमरचन्द 'क़ैस' तब लाहौर दैनिक मिलाप में काम करते थे। उनके परिवार में कुछ ऐसी घटना हुई कि उन्हें नौकरी छोड़कर एक लम्बे मुकदमे के सिलसिले में जालन्धर रहना पड़ा। तब उनके साथ रोज़ का उठना-बैठना, सुनना-सुनाना होता था। 'क़ैस' बड़ी आसानी से शे'र कह लेते थे। मौलिकता और अनुभूति की उनके यहाँ कमी थी। लेकिन किसी उस्ताद की ग़ज़ल देखकर उसी ज़मीन में दस-बीस शे'र कह देना उनके बाएँ हाथ का काम था। एक बार उन्होंने प्रस्ताव किया कि वे मेरे नाम से कुछ ग़ज़लें चुस्त कर देते हैं, और मैं बदले में दो-एक कहानियाँ लिख दूँ, जिन्हें अपने नाम से देकर वे सम्पादक मित्रों के तगादों से मुक्ति पाएँ। मुझे न किसी के द्वारा रची हुई चीज़ पर अपना नाम देना पसन्द था और न अपनी रचना पर दूसरों का नाम देखना।...लेकिन 'क़ैस' जल्दी हार मानने वाले न थे। उन्होंने एक निवाड़-फ़रोश साहित्य-प्रेमी को फँसाया, मुझे उनसे मिलाने ले गए। मेरी कहानियों की प्रशंसा में ज़मीन-आसमान के कुलाबे मिलाए और उन्हें तैयार कर लिया कि वे मेरे कथासंग्रह के लिए काग़ज़ ले दें। 'क़ैस' ही ने यह भी तय किया कि संग्रह में नौ नई कहानियाँ रहें और उसका नाम 'नौ रत्न' रखा जाए और उन्होंने यह भी पेशकश की कि उसकी भूमिका वे नज़्म में लिख देंगे।

इसी कहानी-संग्रह के नाम से प्रेरणा पाकर मैंने एक कहानी लिखी, 'तालिबे-अम्न' जो मेरे पहले कथा-संग्रह 'नौ रत्न' में संकलित हुई और बाद में 'चैन का अभिलाषी' नाम से हिन्दी में भी छपी। इस कहानी की प्रशंसा सुदर्शन जी ने की और इसी के माध्यम से मेरा उनसे सम्पर्क हुआ। पर तब जिस संग्रह में नौ कहानियाँ छपनी थीं, उसमें पाँच ही छप पाईं, क्योंकि जितना काग़ज़ उन नौ कहानियों के लिए दरकार था, उतना उन निवाड़-फरोश महोदय ने लेकर नहीं दिया। अमरचन्द 'क़ैस' ने उस

संग्रह के लिए एक पद्यबद्ध भूमिका लिखी, जिसमें मेरी लेखनी के शिल्प और शैली और मेरे विचारों की उच्चता और गहनता की तारीफ़ करते हुए उन पाँचों कहानियों की भरपूर प्रशंसा की। जो चार कहानियाँ बच गईं, उनमें से दो वे अपनी मेहनत के बदले में उड़ा ले गए और वे उनके नाम से एक स्थानीय साप्ताहिक में छपीं।

मेरे मन में भी कभी उनके लिए बड़ी श्रद्धा थी। लेकिन उनकी उस हरकत से मेरी वह श्रद्धा एकदम उड़नछू हो गई और मुझे लगा कि यह आदमी कभी कुछ नहीं बन सकेगा। केवल स्थानीय ख्याति पाकर रह जाएगा। 'क़ैस' आज भी जीवित हैं और आज भी दसियों चेले-चांटे बनाए घूमते हैं, वैसी ही अनुभूति-शून्य मशीनी ग़ज़लें लिखते हैं, जो दिल के किसी तार को नहीं छूतीं।

बी.ए. पास करके मैं लाहौर चला गया। वहाँ मैं दैनिक 'भीष्म' में हर सप्ताह वैसी ही अनुभूतिहीन, काल्पनिक कहानियाँ लिखता था कि एक दिन सुदर्शन जी से भेंट हो गई। मैंने उन्हें 'चैन का अभिलाषी' सुनाई। उन्होंने दाद दी और अपने मासिक 'चन्दन' के लिए कहानी लिखने को कहा और मैंने उनके लिए 'औरत की फ़ितरत' लिखी। मैं उस कहानी के सन्दर्भ में 'सत्तर श्रेष्ठ कहानियाँ' की भूमिका में विस्तार से लिख चुका हूँ—किस प्रकार उसकी चर्चा और प्रसिद्धि हुई, कैसे प्रेमचन्द ने उसकी प्रशंसा की और जब उसी नाम से मेरी कहानियों का दूसरा संग्रह छपा तो उन्होंने उसकी भूमिका भी लिखी। वह कहानी हिन्दी में 'नारी' अथवा 'नारी-हृदय' के नाम से शायद पहले 'माधुरी' में छपी थी, फिर 'पहेली' शीर्षक से मेरे कथा-संग्रह 'जुदाई की शाम का गीत' में।

हालाँकि तब उस कहानी की काफ़ी चर्चा हुई, पर है वह भी नितान्त काल्पनिक और अविश्वसनीय। यह और बात है कि आज भी उसे पसन्द करने वाले मिल जाते हैं। पिछले दिनों बम्बई के एक प्रकाशक ने उसे पाठ्य-पुस्तक में संकलित किया। और मुझे अपनी उस आरम्भिक कहानी के 250) मिल गए। उन दिनों सुदर्शन और प्रेमचन्द की प्रशंसा से मुझे जो खुशी हुई होगी, उसका सहज ही अनुमान लगाया जा सकता है।

'औरत की फ़ितरत' और उसके साथ ही लिखी जाने वाली दो कहानियाँ—'तांगे वाला' और 'भिश्ती की बीवी' पर (जो 'चन्दन' ही में छपीं, 'भिश्ती की बीवी' का अनुवाद रूसी भाषा में भी हुआ) प्रेमचन्द और सुदर्शन का प्रभाव था, पर तभी मैं गैर-मा'रूफ़ जर्नलिस्ट (अख्यात पत्रकार) के प्रभाव में आ गया (उनका उल्लेख मैं 'सत्तर श्रेष्ठ कहानियाँ' की भूमिका में कर चुका हूँ।) और मैंने कुछ काल्पनिक, लेकिन रूमानी कहानियाँ लिखीं। इनमें 'कुर्बान-गहेइश्क़' मुझे कभी बड़ी प्रिय थी। हिन्दी में पहले वह 'प्रेम की वेदी' के नाम से छपी, बाद में 'जुदाई की शाम का गीत' नाम से।

जब मैंने वह कहानी लिखी थी, तो मेरे मित्रों ने उसकी भरपूर दाद दी थी। हिन्दी में उसके छपने का इतिहास अत्यन्त दिलचस्प और किंचित् कटु है। यदि श्रीनाथ सिंह ने मेरी वह कहानी मेरे फोटो-ओटो के साथ बड़ी शान से 'सरस्वती' में न छापी होती तो शायद मैं कुण्ठित होकर उर्दू की ओर ही पलट जाता और इस वक्त कहीं फ़िल्मी दुनिया में अपने अन्य मित्रों की तरह झख मार रहा होता।

मैंने 'सत्तर श्रेष्ठ कहानियाँ' की भूमिका में इस प्रसंग की विस्तार से चर्चा की है। यह कहानी भी वर्षों मेरी प्रिय कहानी रही है। हिन्दी में ठाकुर श्रीनाथ सिंह ने इसका नाम 'प्रेम की वेदी' दिया था। शायद मेरे संग्रह 'निशानियाँ' में यह इसी नाम से छपी थी, लेकिन जब 'नीलाभ प्रकाशन' की स्थापना हुई, मेरी सब किताबें वहाँ से छपीं तो मैंने इसका नाम 'जुदाई की शाम का गीत' कर दिया। और इसी के अन्तर्गत अपनी उन रूमानी कहानियों को संकलित किया जो मैंने इसके साथ लिखी थीं। लगता है, 1948 तक इस कहानी के प्रति मेरे मन में मोह था।

लेकिन मेरी ये कभी की प्रिय कहानियाँ आज मुझे प्रिय नहीं हैं। जो कहानियाँ मुझे कभी प्रिय रही हैं या जो आज भी प्रिय हैं, उनके संदर्भ में मेरे पास बड़े दिलचस्प संस्मरण हैं, लेकिन यदि मैं संस्मरण देने लगूँगा तो इस पुस्तक में कहानियों के लिए जगह नहीं रहेगी। इसलिए मैं अब संक्षिप्त रूप से सिर्फ अपनी प्रिय कहानियों का उल्लेख करूँगा और उनकी प्रेरणा, रचना-प्रक्रिया, शिल्प-शैली, आलोचना-प्रत्यालोचना की बात उतनी ज़्यादा नहीं करूँगा।

उन पचास-साठ कहानियों में, जो मैंने 1926 से 36 तक लिखीं, मुझे केवल तीन आज पसन्द हैं—'निशानियाँ', 'तीन सौ चौबीस' और 'माया'।

'निशानियाँ' मैंने 1932-33 में लिखी—'जुदाई की शाम का गीत' के साथ ही लिखी हुई कहानियों में से यह एक है—'सत्तर श्रेष्ठ कहानियाँ' में इसका सन् 1933 दिया गया है। मैंने कभी डायरी नहीं लिखी और कहानियों के लेखन-वर्ष मैंने याद से दिए हैं। एक-आध वर्ष का अन्तर उनमें हो सकता है। 1936 के बाद मैंने छपी हुई कहानियों के तराशे रखने छोड़ दिए थे और उनकी एक-एक प्रतिलिपि अपने पास सुरक्षित रखने लगा था। उन्हीं की सहायता से मैं कहानी-संग्रह तैयार करता।...'निशानियाँ' प्रकट ही काल्पनिक रूमानी कहानी है। इसके बावजूद इसे अनुभूति का किंचित् स्पर्श मिला है और जहाँ 'जुदाई की शाम का गीत' बनी और गढ़ी कहानी लगती है, 'निशानियाँ' यथार्थता का पूरा भ्रम देती है, जो उस ज़माने में कहानी की एक बड़ी खूबी माना जाता था। दो-एक महीनों के अन्तर से 'जुदाई की शाम का गीत' (प्रेम की वेदी) और 'निशानियाँ' क्रमशः 'सरस्वती' और 'हंस' में छपीं। प्रेमचन्द ने बम्बई से मुझे एक लम्बा पत्र लिखा था, जिसमें उन्होंने 'प्रेम

की वेदी' के दोष गिनाते हुए 'निशानियाँ' की बड़ी प्रशंसा की थी। इस कहानी की तमाम गम्भीरता और रूमानियत में व्यंग्य मिले हास्य का हल्का-सा पुट है, जो मेरी बाद की कहानियों में और भी खुला, निखरा और परिपक्व हुआ।

'तीन सौ चौबीस' मैंने 1934 में लिखी। उसके पिछले वर्ष मैं शिमला गया था और वहाँ जिस बात ने सबसे ज़्यादा मेरा ध्यान आकर्षित किया वे वहाँ के हातो थे। वे पीठ पर इतना वज़न उठा लेते थे कि मैं हैरान खड़ा उन्हें देखता रह जाता था। तभी मैंने सुना कि एक जवान हातो ने एक बार अकेले दम भारी-भरकम प्यानो उठा लिया था। वह उसे पीठ पर उठाए छोटे शिमले तक ले गया था और उसकी जान जाती रही थी। तभी मेरी कल्पना में वह जवान हातो और उस भारी प्यानो के स्वामी का चित्र उभरने लगा और धीरे-धीरे जवान खूबसूरत हैदर और मिस वाल्टन की रेखाएँ सुस्पष्ट हो गईं और शिमला से लाहौर आने पर मैंने कहानी लिख डाली।

'तीन सौ चौबीस' जाने उर्दू की किस पत्रिका में छपी, लेकिन पंजाबी के प्रसिद्ध कवि और 'पंज दरिया' के सम्पादक प्रो. मोहनसिंह ने कहा कि उन्होंने यह कहानी कहीं अंग्रेज़ी में पढ़ी है। चूँकि दो-तीन मित्रों के सामने मोहनसिंह ने यह बात कही, इसलिए मैं उनके पीछे पड़ गया कि वो उस मैगज़ीन का नाम बताएँ। कहानी चूँकि नितान्त मौलिक थी और उन दिनों लिखी जाने वाली कहानियों से भिन्न, इसलिए उन्हें लगा कि शायद मैंने कहीं से चुराई है। दिल ही दिल में मैं अपनी सफलता पर बड़ा प्रसन्न हुआ, लेकिन उन्हें दो वर्ष तक परेशान करता रहा। कहानी मैंने कहीं से चुराई होती तो वो बताते। आखिर उन्होंने हार मान ली। और मान गए कि उन्होंने अन्दाज़ ही से कहा था, कि वह कहानी उन्हें अंग्रेज़ी कहानी-सी लगी थी।

'तीन सौ चौबीस' में उसके दो-तीन वर्ष बाद लिखी जाने वाली मेरी प्रसिद्ध कहानी 'डाची', 1941 में लिखी जाने वाली 'काकड़ां का तेली' और 1954 में लिखे जाने वाले मेरे लघु उपन्यास 'पत्थर अलपत्थर' (बर्फ का दर्द) के बीज निहित हैं—इन चारों रचनाओं की मूलभूत संवेदना और दर्द एक जैसा है और इसीलिए मेरे कथा साहित्य में इस कहानी का विशेष महत्त्व है और अपनी तमाम काल्पनिकता और किंचित् कच्चेपन के बावजूद वह मुझे आज भी प्रिय है।

'माया' मैंने 1935 में लिखी। उसकी प्रेरणा दिल्ली से लाहौर आने वाली एक लड़की थी जो ढेरों रेशमी टुकड़े साथ रखे थी और मित्रों-परिचितों को अपनी याद के तौर पर उनके रूमाल बनाकर बाँटती थी। कहानी के शिल्प की दृष्टि से वह मेरी तमाम पहले की कहानियों से किंचित् बेहतर है और उसका झीना व्यंग्य आज भी मुझे प्रिय लगता है।

'निशानियाँ', 'तीन सौ चौबीस' और 'माया' में यथार्थता का जो हल्का-सा स्पर्श है, वह अचानक 1936 के बाद मेरी कहानियों की मुख्य विशेषता बन गया। उस वर्ष मेरी ज़िन्दगी में एक ऐसी त्रासदी घटी कि मेरी आँखों से कल्पना का पर्दा

एकदम हट गया और मुझे ज़िन्दगी अपने नंगे रूप में दिखाई देने लगी। तभी 1937 की जनवरी में मैंने 'डाची' लिखी। मेरी पहली पत्नी का देहांत एक महीना पहले हुआ था और मन ही अत्यन्त उदास अवस्था में मैं अपने छोटे भाई के यहाँ अबोहर मण्डी चला गया था। मेरे भाई का घर सड़क के किनारे था और मण्डी को जानेवाले भारवाही ऊँट हमारे घर के आगे से दिन-भर गुज़रा करते थे। तभी एक दिन मैंने उनमें एक बहुत खूबसूरत जवान सांडनी देखी। वह कुछ ऐसी मेरे मन में बस गई कि मेरी कल्पना पंख लगाकर उड़ चली। पहला ज़माना होता तो मैं कोई रूमानी कहानी लिखता, लेकिन मन की उस उदास अवस्था में मैंने उस सांडनी को 'डाची' में उतार दिया। 'डाची' को अज्ञेय ने 'विशाल भारत' में छापा। श्री विनोदशंकर व्यास ने तत्काल 'मधुकरी' में संकलित कर दिया और तब से जो वह कहानी लोकप्रिय हुई तो आज बत्तीस-तैंतीस वर्ष बीत जाने पर उसकी लोकप्रियता में रंच-मात्र कमी नहीं आई।

लेकिन सच्ची बात यह है कि मुझे वह उतनी पसन्द नहीं थी। यूँ मैंने 'डाची' के साथ ही अगले दो वर्षों में 'सभ्य असभ्य', 'पत्नी व्रत', 'पाषाण', 'नन्हा' जैसी कहानियाँ लिखीं, लेकिन उनके मुकाबिले में उसी ज़माने में लिखी हुई दूसरी तरह की कहानियाँ ('मनुष्य—यह', 'अंकुर', 'गोखरू', 'पिंजरा', 'नासूर' आदि) मुझे ज़्यादा प्रिय थीं। कहूँ कि आज भी प्रिय हैं।

जैसा कि दूधनाथ सिंह के साथ एक लम्बे इण्टरव्यू में मैंने विस्तार से बताया है—जैनेन्द्र अथवा यशपाल की तरह एक ही शिल्प या शैली में लिखना मुझे कभी प्रिय नहीं रहा। मेरा मस्तिष्क निहायत क्रियाशील और मेरा मन अत्यन्त चंचल है। एक ही रंग—विशेषकर कहानियों और एकांकियों में—अपनाए रखना मेरे लिए कठिन है। 'डाची' से पहले की पचास-साठ कहानियों में, उनकी तमाम काल्पनिकता और कच्चेपन के बावजूद, तीन-चार रंग स्पष्टतः दिखाई दे जाएँगे। 'डाची' के बाद मैंने जो कहानियाँ लिखीं, उनमें भी तीन रंगों की कहानियाँ हैं—

...कहानियाँ, जिनमें अनुभूति के संस्पर्श के साथ कल्पना की प्रचुरता और शिल्प का गठाव है। 'डाची', 'सभ्य असभ्य', 'पाषाण' और 'पत्नी व्रत' उनमें ख्यात हुईं। ये कहानियाँ नख से शिख तक चुस्त-दुरुस्त हैं, लेकिन उनमें न गहराई थी न गीराई (व्यापकता), न वे मन को टटोलती हैं, न उसे परत-दर-परत खोलती हैं।

...कहानियाँ, जिनमें शिल्प का बिखराव है जो लघुतम उपन्यासों जैसी हैं, लेकिन जिनमें गहराई भी है और व्यापकता भी और जो अपने पात्रों के मन को गहरे में टटोलती हैं। 'मनुष्य—यह', 'अंकुर', 'गोखरू', 'पिंजरा' और 'नासूर' ऐसी ही कहानियाँ हैं। इनमें 'मनुष्य—यह', 'अंकुर' और 'नासूर' मुझे सर्वाधिक प्रिय हैं। लेकिन लोकप्रियता इनमें 'मनुष्य—यह', 'पिंजरा' और 'गोखरू' को अधिक मिली। शायद इसलिए कि शेष दो की अपेक्षा ये अधिक सरल और बोधगम्य हैं और उनके प्रतीक तत्काल पकड़ में आ जाते हैं। 'नासूर' उतनी चर्चित नहीं हुई। पर मैंने इस कहानी के पात्रों

को ज़िन्दगी में बार-बार देखा है। इसीलिए यह कहानी मुझे आज भी प्रिय है।

...कहानियाँ, जो शुद्ध हास्य की सृष्टि के लिए लिखी गईं। घोर दुःख और उदासी में कभी-कभी मन बहलाने के लिए मैं हास्य की शरण लेता हूँ। उस ज़माने में मैंने कई ऐसी कहानियाँ लिखी थीं। उनमें 'रोब-दाब' ख़ासी लोकप्रिय हुई। अपनी हास्यास्पदता के बावजूद, वह आज भी मुझे प्रिय है।

मैं 1939 में प्रीतनगर चला गया था और वहाँ अपना बृहत् उपन्यास 'गिरती दीवारें' लिखने लगा था। प्रकट ही कहानियाँ लिखना मैंने कम कर दिया। तभी 1940 में उपन्यास लिखते-लिखते थककर मैंने एक साथ तीन कहानियाँ लिखीं–'चट्टान', 'कालू' और 'बैंगन का पौधा'। 'चट्टान', मुझे याद है, मैंने छह बार लिखी। यह 'अंकुर', 'पिंजरा' आदि की शैली में लिखी हुई कहानी है। मुझे वह अपनी तब तक लिखी कहानियों में सर्वाधिक प्रिय थी। लेकिन जब मैं लाहौर आया तो मेरे सभी मित्रों को तीनों कहानियों में 'बैंगन का पौधा' पसन्द आई। प्रगतिशील आन्दोलन दो-एक वर्ष पहले शुरू हो चुका था। वह कहानी खूब उछली। मैंने वह एक ही बैठक में लिखी थी जबकि 'चट्टान' पर मेरे कई महीने लग गए थे। 'चट्टान' का किसी ने उल्लेख नहीं किया। मैं मान लूँ कि मुझे बड़ी निराशा हुई। और फिर उस शैली में मैंने कहानी नहीं लिखी। लेकिन 'चट्टान' धीरे-धीरे प्रबुद्ध पाठकों द्वारा पसन्द की जाती रही और आज जब 'बैंगन का पौधा' का कभी कोई नाम भी नहीं लेता, 'चट्टान' अपनी एकाध शिल्पगत त्रुटि के बावजूद, पसन्द की जाती है। अभी दो वर्ष पहले वह अंग्रेज़ी में अनूदित होकर एक बृहत् संग्रह में छपी है। मुझे वह आज भी उतनी ही प्रिय है, जितनी कि तब, जब मैंने वह लिखी थी।

1941 में 43 तम मैं रेडियो में नौकर रहा। मैंने लगातार नाटक लिखे और फुर्सत के समय में 'गिरती दीवारें' लिखता रहा। लेकिन चूंकि मण्टो और कृष्ण का साथ था, फिर बेदी भी दिल्ली आ गए थे, इसलिए कहानी बिल्कुल न लिखना असम्भव था। मैंने उन तीन वर्षों में पाँच कहानियाँ लिखीं–'सपने', 'झटके', 'काकड़ां का तेली', 'उबाल' और 'खिलौने'।

'सपने' और 'झटके' यद्यपि खूब पसन्द की गईं; 'सपने' सेंट स्टीफ़्रंस कॉलेज के अंग्रेज़ी अध्यापक स्व. मदन मोहन भल्ला को इतनी पसन्द आई कि उन्होंने उसे तत्काल अंग्रेज़ी में कर डाला और 'झटके' की प्रशंसा बड़े बुखारी साहब ने की, लेकिन ख्याति 'काकड़ां का तेली' को मिली। वह 'डाची' जितनी ही लोकप्रिय हुई। यह और बात है कि जिस कारण 'डाची' मुझे पसन्द नहीं थी, उसी कारण 'काकड़ां का तेली' भी मेरी रुचि की नहीं थी, पर 'डाची' ही की तरह आज तीस वर्ष बीत जाने पर वह उतनी ही लोकप्रिय है और 'डाची' ही की तरह अंग्रेज़ी, रूसी और जर्मन भाषाओं

में उसके अनुवाद छपे हैं और उसकी लोकप्रियता में वृद्धि ही हुई है।

रेडियो की नौकरी छोड़ने के बाद कहानियाँ लिखने की मेरी रफ्तार में वह पहले-सी शिद्दत नहीं रही, लेकिन यह भी सच है कि इस बीच मैंने बहुत कम ऐसी कहानियाँ लिखीं, जिन्हें द्वितीय कोटि की कहा जाए। रंग वे तीनों बाद की कहानियों में भी हैं, लेकिन इन सभी रंगों में कहानियाँ मैंने तभी लिखीं जब वे मेरे दिमाग में पूरी तरह पक गईं और उन्हें लिखे बिना चैन नहीं मिला। कई बार किसी थीम को मैंने दस-दस, पन्द्रह-पन्द्रह वर्ष तक दिमाग में पकाया। प्रकट है कि जब वह काग़ज़ पर उतरी तो मुझे पूरी तरह संतुष्ट कर गई। 'बेबसी', 'झाग और मुस्कान' (लल्लन), 'आकाशचारी' और 'अजगर' ऐसी ही कहानियाँ हैं, जिन पर मैंने वर्षों दिमागसोज़ी की और पूरी तरह संतुष्ट होकर ही जिन्हें काग़ज़ पर उतारा।

रेडियो की नौकरी के बाद गत पचीस वर्षों में मैंने पचीस-तीस कहानियाँ ही लिखीं, लेकिन उनमें पन्द्रह ऐसी हैं, जो चर्चित हुईं। कुछ लोकप्रिय हुईं और शेष चाहे लोकप्रिय नहीं हुईं लेकिन मुझे पूरी तरह सन्तुष्ट कर गईं और प्रिय रहीं।

1944 में मैं रेडियो से अलग हुआ तो मैंने छह महीने फ़ौजी अखबार में काम किया और उस अनुभव पर आधारित एक कहानी 'कैप्टन रशीद' लिखी। वह मुझे आज भी प्रिय है। 1947-48 में पंचगनी सेनेटोरियम में मैंने जो पाँच-सात कहानियाँ लिखीं उनमें 'मिस्टर घटपाण्डे', 'टेबललैण्ड' और 'बच्चे' तथा कुछ छोटी कहानियाँ हैं। मुझे इनमें 'बच्चे' आज भी प्रिय है। यद्यपि तब मित्रों ने 'मिस्टर घटपाण्डे' और 'टेबललैण्ड' की प्रशंसा की थी।

इलाहाबाद आकर पहले दो वर्षों में मैंने कुछ हास्य-व्यंग्य की कहानियाँ लिखीं। कुछ ऐसी भी जिनके हास्य में गहरी त्रासदी तथा दारुणता निहित थी। 'काले साहब', 'तकल्लुफ़', 'चारा काटने की मशीन', 'लिरिंजाइटिस' तथा 'ज्ञानी' उनमें मुझे प्रिय हैं। इधर 'काले साहब' की ख्याति विदेश में भी फैली है। दो बार दो विभिन्न अनुवादकों द्वारा अनूदित होकर यह कहानी अमरीकी पत्रिकाओं में छपी है। जर्मन भाषा में भी इस कहानी का अनुवाद हुआ है।

1954 में मैं कश्मीर गया और उसी वर्ष मैंने तीन कहानियाँ लिखीं। उनमें यद्यपि 'दालिये' और 'मेमने' साधारण पाठकों ने पसन्द कीं, लेकिन स्वयं मुझे 'कहानी लेखिका और जेहलम के सात पुल' प्रिय है। इस कहानी की बहुत चर्चा हुई और कुछ आधुनिक कथाकार उसे मेरी सर्वश्रेष्ठ कहानी मानते हैं। मैं ऐसा तो नहीं मानता, लेकिन कहानी वह मुझे पसन्द है और मैं उससे पूर्णतः सन्तुष्ट हूँ।

1958 तक लिखी मेरी श्रेष्ठ कहानियाँ 'सत्तर श्रेष्ठ कहानियाँ' में संकलित हो गईं। उसके बाद दो वर्षों में मैंने पाँच-सात कहानियाँ लिखीं। गम्भीर कहानियों में

‘ठहराव’, ‘पलंग’, ‘बेबसी’ तथा ‘झाग और मुस्कान’ बहुत पसन्द की गई और चर्चित हुईं। ‘पलंग’ का अनुवाद ‘इलस्ट्रेटिड वीकली’ के वर्तमान सम्पादक सरदार खुशवन्तसिंह ने अंग्रेज़ी में किया। लेकिन मेरे दिल की पूछिए, तो इन कहानियों में मुझे ‘बेबसी’ फिर ‘झाग और मुस्कान’ और फिर ‘ठहराव’ पसन्द हैं।

उस संग्रह में दो हास्य-व्यंग्य की कहानियाँ भी रहीं, जिनमें ‘खाली डिब्बा’ को मैंने जब-जब पढ़ा, मुझे कहानी पसन्द आई।

ये सब कहानियाँ मेरे संग्रह ‘पलंग’ में प्रकाशित हुईं। इस संग्रह के बाद गत सात-आठ वर्षों में मैंने इतनी ही कहानियाँ लिखी हैं। उनमें ‘एक उदासीन शाम’, ‘आकाशचारी’, ‘मरना और भरना’ तथा ‘अजगर’ खूब चर्चित हुईं। ‘मरना और भरना’, ‘आकाशचारी’ और ‘अजगर’ पर पाठकों और आलोचकों ने मेरी कड़ी आलोचना भी की और ‘एक उदासीन शाम’ की प्रशंसा लेकिन आज कुछ वर्ष बीत जाने पर दोबारा कहानियाँ पढ़ने पर मैं आलोचकों से सहमत नहीं। मुझे इनमें ‘आकाशचारी’ सर्वाधिक प्रिय है, फिर ‘अजगर’ और फिर ‘एक उदासीन शाम’।

जब दूधनाथ के साथ अपने तवील इण्टरव्यू में मैंने हिन्दी की पन्द्रह सर्वश्रेष्ठ कहानियों में ‘आकाशचारी’ का नाम लिया था तो दूधनाथ ने कहा था कि इसका अर्थ यह है कि मैं अपनी डेढ़ सौ कहानियों में केवल ‘आकाशचारी’ को सर्वश्रेष्ठ मानता हूँ। और जब मैंने स्वीकार किया था तो दूधनाथ ने कहा था, ‘‘मेरा खयाल था, ‘आप लेखिका और जेहलम के सात पुल’ का नाम लेंगे।’’ और पूछा था, ‘‘आप ‘आकाशचारी’ को अपनी सर्वश्रेष्ठ कहानी क्यों मानते हैं?’’

तब दूधनाथ के प्रश्न का विस्तार से उत्तर देते हुए मैंने कहा था,‘‘इसमें कोई शक नहीं कि मेरे तमाम कहानी लेखन में ये दो कहानियाँ अपनी तरह की नितान्त अकेली हैं। ‘कहानी लेखिका और जेहलम के सात पुल’ पर मैं ‘सत्तर श्रेष्ठ कहानियाँ’ की भूमिका में विस्तार से लिख चुका हूँ। स्वयं दूधनाथ ने माना था कि वह आधुनिक लेखन के अत्यन्त निकट की कहानी है। लेकिन इन दोनों कहानियों में कोई तुलना नहीं। ‘आकाशचारी’ ‘कहानी लेखिका और जेहलम के सात पुल’ से कहीं ऊँचे दर्जे की कहानी है। मैं नहीं समझता मेरी तमाम कहानियों में ‘आकाशचारी’ के अतिरिक्त एक भी ऐसी कहानी है, जिसमें एक साथ वे सारे गुण हों, जो मैं अपनी सर्वोत्कृष्ट कहानी में देखना चाहूँगा। ‘कहानी लेखिका...’ जैसी कहानी तो मैं दूसरी लिख सकता हूँ, क्योंकि वह मेरी सोच और श्रम का परिणाम है, लेकिन ‘आकाशचारी’ जैसी कहानी मैं दोबारा लिख सकता हूँ, इसमें मुझे सन्देह है। पन्द्रह-बीस वर्षों की अनुभूतियाँ और विचार प्रेरणा के किसी सम्पुटित क्षण में ‘आकाशचारी’ के माध्यम से व्यक्त हो गए। एक सिटिंग में कहानी मैंने लिख डाली। उसमें कुछ भी परिवर्तन नहीं हो सका, और ऐसी कहानियाँ बार-बार नहीं लिखी जा सकतीं जो व्यापक संदर्भों को छुएँ और बहुत-सी बातें एकसाथ कहें।

पिछले पृष्ठों में मैंने अपनी सर्वाधिक प्रिय, लोकप्रिय अथवा चर्चित कहानियों का ज़िक्र किया है। उन कहानियों में से जो आज भी मुझे प्रिय हैं, सब इस संग्रह में संकलित नहीं हो सकीं। डेढ़ सौ कहानियों में दस-पन्द्रह प्रिय कहानियाँ चुनना आसान नहीं है। जैसा कि मैंने शुरू में कहा, इस संकलन के लिए कहानियाँ चुनते समय मैंने पिता की दृष्टि से अधिक काम लिया है और वे कहानियाँ भी चुनी हैं, जिन्हें मैंने अन्यमनस्क ढंग से सृजा, पर जो लोकप्रिय हो गईं और मैंने उनकी लोकप्रियता पर गर्व महसूस किया। लेकिन माँ की दृष्टि इस संकलन के चुनाव में बिल्कुल ही न हो, ऐसी बात नहीं। मेरी एकदम नई कहानी ‘अजगर’ का इसमें होना इसका प्रमाण है, जो अपनी नई सन्तान की तरह मुझे अत्यधिक प्रिय है।

समय-समय पर मैंने कुछ छोटी कहानियाँ भी लिखी हैं, जिनमें दो-एक इस संग्रह में संकलित हैं।

जब मैंने भूमिका लिखनी शुरू की थी तो सोचा था कि कहानी-कला के सम्बन्ध में अपने मत, अपनी कहानियों के शिल्प, शैली, रचना-प्रक्रिया, प्रेरणा-स्रोतों, हिन्दी कहानी के विभिन्न आन्दोलनों, अपनी कहानियों पर उनके प्रभाव अथवा उस प्रभाव के अभाव और अपनी कहानियों के प्रिय होने के कारणों की विस्तार से चर्चा करूँगा। लेकिन एक तो भूमिका लम्बी हो गई है, फिर सच्ची बात यह है कि लेखकों, आलोचकों अथवा शोध-ग्रन्थियों के लिए वे ब्यौरे चाहे उपयोगी हों, पाठकों को उनसे कुछ ज़्यादा लेना-देना नहीं रहता। इसलिए मैंने उनका समय नष्ट करना उचित नहीं समझा।

यह ठीक है कि कुछ पाठकों को इस संग्रह में अपनी कुछ प्रिय कहानियाँ न पाकर शिकायत होगी, लेकिन हर पाठक को अपनी पसन्द की दो-चार कहानियाँ यहाँ ज़रूर मिल जाएँगी, इसका मुझे विश्वास है।

संग्रह के अन्तिम चुनाव में श्री महेन्द्र कुलश्रेष्ठ ने मेरी सहायता की है। मैं उनके चुनाव से सहमत हूँ और उनका आभारी हूँ। वरना आज जो कहानियाँ मुझे प्रिय हैं, वही सब मैं चुनता तो संग्रह नितान्त एकांगी और बोझिल बन जाता।

इलाहाबाद   —उपेन्द्रनाथ अश्क

25.04.70

क्रम

एक उदासीन शाम

'**ओ** हैलो!'

धक्! प्रोफ़ेसर कानेतकर का हृदय क्षणांश को जैसे रुका, फिर दुगने वेग से धड़क उठा और रक्त का दबाव उनके चेहरे पर अदृश्य-सी लाली दौड़ा गया। वह आ गई थी।

जिसे 'हेलो' कहकर पुकारा गया था, उसने क्या उत्तर दिया और क्या बातें होने लगीं, कानेतकर ने वह सब नहीं सुना। उनकी सारी वृत्तियाँ उसकी उपस्थिति से अभिभूत थीं—कान्वेंट-ज़दा लहजे में उसके बात करने की, कण्ठ-भाग में उठकर मिट जाने वाली उसकी मीठी मधुर हँसी की, उसके स्वर के शहद की अनुभूति जैसे उनके सारे एहसास पर छा गई थी।

पैट पर प्रबहमान उनका क़लम रुक गया था और कागज़ से ज़रा ऊपर उनके आधे मुड़े, ढीले हाथ में, तर्जनी के सहारे, बीच की उँगली पर लेटा था।

क्षण-भर कानेतकर उसी तरह आवाज़ पर कान लगाए बैठे रहे, फिर उन्होंने धीरे-से आँखें उठाईं। उसकी आवाज़ एकदम सामने से आ रही थी, लेकिन खिड़की के बाहर सीमेंट का जंगला, जिसे उसका मित्र टेरेस कहकर पुकारता था, खाली था। प्रोफ़ेसर कानेतकर की निगाहें टेरेस के पार तट की रेत, उस पर सैर को आने वाले लोगों, नाले की पुलिया के निकट जिमनास्टिक के खेल करने को तैयार बेफ़िक्रे युवकों, ज्वार पर आ रहे सागर अथवा क्षितिज पर डूबने को जा रहे सूरज—कहीं पर नहीं टिकीं। क़लम मेज़ पर रखकर वे उठे। वहीं खड़े-खड़े उन्होंने खिड़की के बाहर देखा—वह टेरेस पर ही बैठी थी। खिड़की के सामने नहीं—ज़रा-सी बाईं ओर तिरछे को। खिड़की का पट सागर-तट से आने वाली हवा के दबाव से थोड़ा बन्द हो गया था। पूरा खुल जाता तो अपनी कुर्सी पर बैठे-बैठे भी, ज़रा-सा दाईं ओर को झुककर वे उसे देख सकते थे।

प्रोफ़ेसर साहब ने चाहा, खिड़की पूरी खोल दें, लेकिन तभी एक गलत अन्दाज़-सी निगह उसे उधर फेंकी। उनका सारा रक्त जैसे चेहरे की ओर को उमड़ आया। दिल बड़े ज़ोर से धड़कने लगा। उन्हें खिड़की खोलने का साहस नहीं हुआ। वे कुर्सी

पर बैठ गए और निगाहें उन्होंने दाईं ओर, टेरेस के परे, नाले की पुलिया के इधर इकट्ठे होने वाले लड़कों पर जमा दीं, जिन्होंने अपने कपड़े उतारकर टेरेस के पास रख दिए थे और लंगोटा बांध, अथवा नेकर कसकर, कूदने-फांदने को तैयार थे।

न जाने शहर में कोई सरकस आया था अथवा कोई स्काउट्स जम्बूरी हो रही थी, लड़के रोज़ शाम को, शायद मिल अथवा कारखाना बन्द होने पर, यहाँ सागर-तट पर आ इकट्ठे होते और निहायत फूहड़, नौसिखियेपन से पिरामिड बनाते, रुकावटें रखके लम्बी छलांगें लगाते और दूसरे खेल खेलते। प्रोफेसर कानेतकर युवावस्था में स्वयं अपने कॉलेज की जिमनास्टिक टीम के चैम्पियन थे। वे पैरेलल बार्ज़ अथवा हारिज़ाण्टल बार पर यों कलाबाज़ियाँ लगाते, जैसे वह सब उन्होंने अनवरत अभ्यास से न सीखा हो वरन् जन्म ही से वैसा करते आए हों। रोमन रिंग्ज़ (Roman Rings) पर झूलते हुए कलाबाज़ी लगाकर वे रिंग्ज़ थाम लेते थे; हार्सवर्क में सिद्धहस्त थे; लम्बी छलांग में उनका रेकार्ड था। जब वे इस कमरे में आए थे; तो चन्द दिन तक रोज़ शाम को कुछ क्षण दरवाज़ा खोलकर वहीं खड़े-खड़े उन युवकों का खेल देखा करते।...

लेकिन तब उनकी दृष्टि ज़्यादा देर वहाँ नहीं रुकी। सागर-तट पर लड़कों के ऐन ऊपर, कल्पना ही में उन्हें उसकी सिलहूत टेरेस पर बैठी दिखाई दी। उन्होंने आँखें वहाँ से हटा लीं, क़लम उठा लिया और मन को सब ओर से हटा, एकाग्रचित्त हो, पूर्ववत् लिखने लगे।

लेकिन इस एकाग्रता से वे क्या लिखते जा रहे हैं, उन्हें कुछ मालूम नहीं हुआ। उनके कान निरन्तर बाहर टेरेस पर होने वाली बातों की ओर लगे रहे—बातों पर नहीं, केवल उस शहदीले स्वर और बार-बार कण्ठभाग में उठकर वहीं मिट जाने वाली मधुर हँसी की ओर! किसी नाज़ुक-से फव्वारे में रुक-रुक उठने वाली बारीक फुहार-सी वह हँसी हर बार उनके सारे व्यक्तित्व को आप्लावित कर जाती।...उस क्षणांश ही में, जब उसने उनकी ओर वह ग़लत-अन्दाज़ निगाह डाली थी, उन्होंने देखा था कि आज उसने स्कर्ट नहीं पहनी, बल्कि गहरे नीले रंग की रेशमी कमीज़ और सफेद कैम्ब्रिक की शलवार पहन रखी है और उसके वे कटे हुए, नित्य कन्धों पर लहराने वाले बाल 'बूफ़े हेयर स्टाइल' में डमरू ऐसे बने हैं। उस काफ़ी ऊँचे उठे जूड़े के कारण उसकी गोरी गर्दन और भी लम्बी लगती थी। प्रोफ़ेसर कानेतकर को उस क्षण लगा था जैसे मिस्र देश की कोई शहज़ादी प्राचीन काल के चित्रों से निकलकर वहाँ टेरेस पर आ बैठी है।...उन्होंने दाएँ हाथ से बराबर क़लम चलाते हुए, बाएँ से खिड़की का पट पूरा खोल दिया और मेज़ पर शीशे का एक चौकोर पेपरवेट उठाकर किवाड़ और चौखट के बीच रख दिया...ऐसा करते हुए उन्होंने आँखें नहीं उठाईं और पूरी व्यस्तता से लिखते रहे।

लिखते गए, लेकिन उन्हें बराबर एहसास बना रहा कि वह सामने बाहर टेरेस

पर बैठी है। जैसे कोई आँख भरकर बिजली के बल्ब को देख ले और फिर आँखें बन्द करने पर भी उसका खाका उसे दिखाई देता रहे, इसी तरह निगाहें उठाए बिना भी उसकी वह सिलहूट उन्हें बराबर दिखाई दे रही थी।

सिर को ज़ोर का झटका देकर उन्होंने लिखी हुई पंक्तियाँ पढ़ीं, काट दीं और सायास एकाग्र होकर फिर लिखने लगे।

लेकिन इतनी एकाग्रता के बावजूद क्या लिखा गया, इसकी चेतना उन्हें नहीं थी। उनके कान उसी स्वर और उसी हँसी पर लगे थे और उसकी उपस्थिति की अनुभूति बदस्तूर उनपर छाई थी।

हारकर उन्होंने उधर निगाह उठाई। खिड़की की चौखट ने उसे बीचों-बीच काट दिया था। उसकी देह-यष्टि का केवल आधा भाग उन्हें दिखाई दे रहा था। तभी ज़रा-सी बाईं ओर को होकर वही ग़लत-अन्दाज़ निगाह उसने उन पर डाली। प्रोफ़ेसर कानेतकर ने अचकचाकर आँखें झुका लीं और व्यस्त होते मेज़ से उठे।

पहले उनका मन हुआ कि बाहर का दरवाज़ा खोलकर कुछ क्षण चौखट में जा खड़े हों। उनके मित्र ने उन्हें दरवाज़ा खोलकर बैठने से मना किया था, क्योंकि सागर से आने वाली सीली, नमकीन हवा का ज़ोर बाईं दीवार पर पड़ता था जिससे दीवार के उस भाग का डिस्टेम्पर मद्धिम पड़ रहा था। लेकिन शाम इतनी सुन्दर और रंगीन होती थी और खिड़कियों से सागर का पूरा नज़ारा नहीं लिया जा सकता था, इसलिए दिन-भर चाहे वे दरवाज़ा बन्द रखें, लेकिन शाम को वे प्रायः उसे खोल देते थे और काम करते-करते कुछ क्षण को चौखट में जा खड़े होते थे। लेकिन यह एहसास कि वह सामने टेरेस पर बैठी है, उनके मार्ग की बाधा बन गया। उन्हें यों बेबाकी से उसके सामने जा खड़े होने में संकोच हुआ। वे कुछ क्षण कमरे ही में, बाहर के दरवाज़े से अन्दर के दरवाज़े तक, चक्कर लगाते रहे। बार-बार उनका मन दरवाज़ा खोलने को होता; लेकिन दरवाज़ा खोलने के बदले वे वापस चल पड़ते।

हारकर उन्होंने दरवाज़ा खोल दिया। ठण्डी हवा का एक झोंका उनके शरीर में मीठी-सी सिहरन भर गया। लेकिन बाहर की ओर ज़रा भी देखे बिना वे फिर पलट आए और आकर कोच में धंस गए। टाँगें उन्होंने पसार लीं और दोनों बाहें सिर के ऊपर ले जाकर हाथों की उँगलियों को एक-दूसरी में फँसाते और चटखाते हुए ज़ोर की अँगड़ाई ली।

लेकिन वे बैठे नहीं रह सके। दूसरे ही क्षण वे फिर उछलकर उठे।

इतनी उम्र में भी एक ही हल्ले में वे उछलकर उठ सकते हैं, इस बात से उन्हें खुशी हुई। उनकी यही स्फूर्ति थी, जिसके सहारे उन्होंने पचास वर्ष की उम्र पार कर जाने पर भी डी. फ़िल. करने का फैसला किया था। उनका कॉलेज विश्वविद्यालय में परिवर्तित होने जा रहा था और उनके प्रिंसिपल ने उन्हें राय दी थी कि यदि वे इस बीच किसी तरह डॉक्ट्रेट कर लेते हैं तो वे ही विभागाध्यक्ष बनेंगे,

वरना कोई जूनियर उनके ऊपर आ बैठेगा ।...प्रोफेसर कानेतकर ने कभी, वर्षों पहले, डी. फ़िल. करने का फैसला किया था। थीसिस का विषय भी स्वीकार करा लिया था—लेकिन मुलाज़मत, बीवी बच्चों, कॉपियों, पाठ्यक्रम-बोर्ड की मेम्बरी और मीटिंगों ने उन्हें वह सब भुला दिया था। अब सहसा उन्होंने पुराने काग़ज़ों से थीसिस का सिनॉप्सिस निकाला था और एक युवक की-सी तत्परता से उसमें जुट गए थे ।... कोल्हापुर में पुस्तकों तथा दूसरी सामग्री का अभाव था। उनके मित्र ने उनकी यह मुश्किल आसान कर दी थी। जब वह पिछली बार कोल्हापुर गया था तो प्रोफ़ेसर कानेतकर ने उसके सामने अपनी समस्या रखी थी। तब उसने दादर बीच के अपने एकांत कक्ष का उल्लेख किया था, जहाँ वह अपने फ्लैट के शोर-शराबे से दूर, सागर की ठण्डी हवा का मज़ा लेता हुआ, काम किया करता था। उसकी फ़िल्म कम्पनी दो महीने के लिए कश्मीर की शूटिंग पर जा रही थी और उसने प्रोफ़ेसर कानेतकर को सलाह दी थी कि वे दो महीने बम्बई में उसके यहाँ रहें। कार और ड्राइवर वह उनके लिए छोड़ जाएगा। वह जिस लाइब्रेरी में जाना चाहेंगे, ड्राइवर उन्हें ले जाया करेगा। वे किताबें इकट्ठी कर लें और कमरे के एकांत में बैठकर लिखें। खाना ड्राइवर उन्हें पहुँचा देगा और चाय शाम को वहीं कमरे में बना दिया करेगा। उन्हें किसी तरह की तकलीफ़ न होगी और वे परम शान्ति और एकाग्रता से काम कर सकेंगे।...और प्रोफ़ेसर कानेतकर चले आए थे।

वे परदे के पीछे गए। वहाँ छोटी अलमारी पर पैर रख आईने में उन्होंने एक नज़र डाली। सुबह से काम करते-करते उनके चेहरे पर हल्की-सी थकान कर रेखाएँ उभर आई थीं। पेन को वहीं अलमारी पर रख, साबुन की डिबिया और तौलिया उठाकर वे पिछला दरवाज़ा खोल, बाथरूम में गए। वॉशबेसिन में मुँह धोते हुए, प्रोफ़ेसर कानेतकर की आंखों में अपने साथी अध्यापकों की सूरतें घूम गईं और हल्की-सी मुस्कान उनके होंठों पर फैल गई। उनके कितने ही सहयोगी पचास को पहुँचते-पहुँचते मोटे-बेढंगे, थुल-थुल, पिल-पिल हो गए थे, लेकिन उन्होंने अपना छरहरापन लगभग बनाए रखा था। मोटे तो पहले की अपेक्षा वे भी हो गए थे, पेट उनका ज़रा-सा निकल आया था और कल्ले भर गए थे, लेकिन वे मोटे नहीं, छरहरे ही थे। इसका कारण वह कसरत थी जो वे वर्षों बाकायदगी से करते रहे थे। इधर कुछ अर्से से उनकी वह आदत छूट गई थी, उनका शरीर किंचित् ढीला पड़ गया था, लेकिन उनकी स्फूर्ति बरकरार थी और काम करने में वे युवकों को मात दे देते थे।

अच्छी तरह रगड़कर तौलिये से मुँह पोंछते हुए वे कमरे में वापस आ गए। अलमारी पर रखी शीशी में से ज़रा-सी वैनिशिंग क्रीम लेकर उन्होंने मुँह पर मली और आईने के सामने बाल सँवारे—गोल-चेहरा, घुंघराले खिचड़ी बाल, गहरी अहसास-भरी आँखें, मोटे पुरुषोचित्त होंठ—इस चेहरे पर अभी काफ़ी आकर्षण शेष था—इस कमरे

में काम करते उन्हें मुश्किल से पन्द्रह दिन हुए होंगे कि इस लड़की ने बरबस उनका ध्यान अपनी ओर खींच लिया था—यह उसके स्वर का माधुर्य था अथवा हँसी का शहद, जिसके द्वारा उसने पहले-पहल उनका ध्यान आकर्षित किया, इसका विश्लेषण उन्होंने नहीं किया। वे केवल इतना जानते थे कि एक शाम वे बैठे बड़ी तन्मयता से काम कर रहे थे कि उनकी खिड़की के नीचे दो लड़कियाँ आ खड़ी हुईं और बातें करने लगीं। उनमें से एक ने बरबस उनका ध्यान खींच लिया। काम करना उनके लिए कठिन हो गया। दोनों लड़कियाँ बिल्डिंग के चक्कर लगाती हुई बार-बार उनकी खिड़की के पास रुक जाती थीं और हर बार उनका ध्यान बँट जाता था।

यह बिल्डिंग, जिसमें उनके मित्र ने यह छोटा-सा कमरा ले रखा था, 'समुद्र फेन' के नाम से जानी जाती थी। पाँच मंज़िली इमारत थी। कैडल रोड पर अस्पताल के बिल्कुल सामने। सड़क से दाखिल होने पर तो बम्बई की हज़ारों इमारतों की तरह ही दिखाई देती थी—सामने के अहाते में न सड़क पक्की थी, न फ़र्श—लेकिन बिल्डिंग के इर्द-गिर्द और पिछली ओर बीस एक फुट चौड़ी खुली जगह थी, जिसमें सीमेंट की सिलों से फ़र्श बँधा था। पिछवाड़े की ओर, बिल्डिंग की पूरी लम्बाई तक, सागर तट के बराबर सीमेंट का जंगला था, जिसका ऊपरी भाग चौड़ा और चमकीला था। यह जंगला यों बिल्डिंग की ओर से चार-एक फुट ऊंचा था, लेकिन सागर की तरफ से उसकी ऊँचाई दस-बारह फुट थी। बीच में एक छोटा-सा गेट था, जिससे सागर-तट पर उतरा जा सकता था। प्रोफ़ेसर कानेतकर के मित्र का कमरा बिल्डिंग के बाईं ओर के फ़्लैट में कोने का कमरा था, जिसके दो ओर खिड़कियाँ थीं। चूँकि कारें वहाँ नहीं आती थीं, इसलिए शाम को बिल्डिंग के लड़के-लड़कियाँ और कभी औरतें वहाँ जंगले के साथ सैर करती थीं, कभी उतरकर सागर-तट पर चली जाती थीं और कभी जंगले पर आकर बैठ जाती थीं।...वह लड़की जब घूमकर बाईं ओर से आती तो प्रोफ़ेसर कानेतकर के कान खड़े हो जाते, फिर जितनी देर तक उसकी बातों अथवा हँसी की आवाज़ आती, वे कुछ न कर पाते। उसकी हँसी बहुत छोटी, बहुत मीठी, बहुत धीमी और बहुत आकर्षक थी। उसने एक बार उनका ध्यान जो खींचा तो फिर वह वापस नहीं आया। जितनी देर वह उनकी खिड़की के निकट खड़ी बातें करती, उनकी सोच-समझ की शक्तियाँ श्रवणों में आ समातीं। जब वह चल देती तो कुछ क्षण उन्हें अपनी चेतना पर अधिकार पाने में लग जाते। अपने हवास दुरुस्त कर, अपनी वृत्तियों को एकाग्र करके, सायास तन्मय हरकर, वे क़लम चलाने लगते कि तभी बाईं ओर उसकी वही शहदीली हँसी फिर सुनाई देती और उनका क़लम रुक जाता। जब-जब वह उनकी खिड़की के पास आकर रुकी, उनके जी में आई कि वे बाहर का दरवाज़ा खोलकर उसे एक नज़र देख लें। लेकिन उन्हें साहस नहीं हुआ।...जब बाहर शाम काफी गहरी हो गई तो वे उठे। उन्होंने धीरे-से दरवाज़ा खोला। हवा के ज़ोर से वह खटाक जाकर बाईं ओर की दीवार से न लगे,

इसीलिए हाथ से थामे-थामे उन्होंने बड़ी सावधानी से उसे बाईं दीवार से लगा दिया। तब उन्होंने उस ओर नज़र दौड़ाई, जहाँ उनकी खिड़की के पास दीवार के सहारे दोनों लड़कियाँ खड़ी बातें कर रही थीं—उस नीम-अँधेरे में उन्होंने केवल इतना ही जाना कि दोनों ने स्कर्ट पहन रखी है। एक सत्रह-अठारह वर्ष की लगती थी, दूसरी बारह-तेरह वर्ष की। इससे ज़्यादा वे कुछ नहीं जान सके। न वे उनके चेहरे पहचान सके, न यह जान सके कि उन्होंने किस रंग के ब्लाउज़ अथवा स्कर्ट पहने हैं। क्षणांश को उनकी ओर देखकर वे सीढ़ियाँ उतर गए और टेरेस के पास जा खड़े हुए। लड़कियाँ उनके बाहर आते ही खिसक गईं। क्षणभर प्रोफ़ेसर कानेतकर जैसे सागर की तारीकी को हाँफते हुए देखते रहे। फिर उन्होंने लम्बी सांस ली और धीरे-धीरे टेरेस के साथ घूमने लगे। सामने क्षितिज पर अभी तक प्रकाश की दो-टूक धूमिल रेखाएँ फैली थीं, जिनके नीचे दूर सागर में किसी जहाज अथवा नाव की बत्ती रह-रहकर झिलमिला जाती थी।

टेरेस के साथ घूमते हुए प्रोफ़ेसर कानेतकर कभी दक्खिन की ओर दूर वरली प्वाइंट तक अर्ध गोलाकार चमकती रोशनियों को देखते, कभी मुड़कर उत्तर में बांद्रा के रेलवे पुल की चमचमाती बत्तियों को निरखते, लेकिन उन रोशनियों से हटकर उनकी निगाहें बार-बार बाईं ओर 'समुद्र फेन' की सभी खिड़कियों का जायज़ा ले लेतीं कि जाने किसी खिड़की में वह स्वर अथवा वह हँसी सुनाई दे जाए।

वे देर तक टेरेस के साथ घूमते रहे थे। एक बार बग़ल के फ़्लैट में, जिसके डाइनिंग रूम का दरवाज़ा पीछे को खुलता था, स्कर्ट वाली एक लड़की को देखकर उन्हें लगा कि वही लड़की है। वे कई बार उस फ़्लैट के सामने से गुज़रे थे, उस लड़की से उनकी निगाहें भी चार हुईं, पर यदपि वह लड़की सुन्दर थी, उन्हें लगा कि वह नहीं है, क्योंकि एक बार भी तो वह उस तरह नहीं हँसी।...निराश होने के बावजूद वे देर तक वहीं चक्कर लगाते रहे थे।

लेकिन इन दस-पन्द्रह दिनों में यदपि उन्होंने उससे अच्छी तरह आँखें नहीं मिलाई थीं, वे उसे पहचान गए थे। वह उसी फ्लैट के सिंधी किरायेदार की लड़की थी, जिनसे उनके मित्र ने वह कमरा ले रखा था। उस फ्लैट का सागर की ओर को खुलने वाला कमरा तो उनके मित्र ही के पास था, वे सिंधी उधर के कमरे में रहते थे। तो भी एक-दो बार बाथरूम को जाते अथवा वहाँ से आते हुए उन्होंने उसे अपनी मम्मी अथवा पापा से बातें करते सुना था। वह हँसी भी उन्हें सुनाई दी थी और एक-दो बार तो उन्होंने उसे उन्हीं दिनों मेट्रो में लगी फिल्म के गाने की पंक्ति गाते सुना था। वे बाथरूम से हाथ-मुँह धोकर आए थे, दरवाज़ा ज़रा खुला था कि उसकी तान सुनाई दी—आवाज़ मैं न दूँगी!'—लोच और सोज़-भरी खनखनाती तान! कम्बख़्त ने 'दूँगा' की जगह 'दूँगी' कर दिया था। गैलरी में अथवा उधर के कमरे में अन्दर-बाहर जाते हुए वह यही एक पंक्ति बार-बार गाए जा रही थी—आवाज़

मैं न दूंगी!'—'आवाज़ मैं न दूंगी'—प्रोफ़ेसर कानेतकर को लगा था, जैसे वह उन्हीं को सुनाकर यह पंक्ति दोहरा रही थी। कभी-कभी वह ऐन उनकी खिड़की के सामने टेरेस से लगकर खड़ी हो जाती और किसी-न-किसी से बातें करते हुए उन्हीं गलत-अन्दाज़ निगाहों से उनको परेशान करती...और आज वह शलवार-कमीज़ पहन, अपी लम्बी-गोरी गर्दन, तीखे नुकीले चेहरे और उस डमरू जैसे जूड़े के साथ मिस्र की शहज़ादी बनी, बिल्कुल उनके सामने टेरेस पर आकर बैठ गई थी।...

आईने में अपने चेहरे के आकर्षण का जायज़ा लेते हुए उस सुरीली तान का ख़याल आ जाने से उन्होंने मन ही मन कहा—'हांक मीच देनार लाड़के—हांक मीच देनार।' यानी आवाज़ मैं ही दूंगा मेरी जान, आवाज़ मैं ही दूंगा।'

अपनी इस चंचलता की मन ही मन भर्त्सना करने के बावजूद वही पंक्ति सोत्साह गुनगुनाते हुए उन्होंने कंघी रखकर अपने बालों पर हाथ फेरा।...उनके सामने अपनी जवानी के दिन घूम गए। उनके व्यक्तित्व में कैसा आकर्षण था, कैसे युवतियाँ उनकी ओर खिंचती चली आती थीं...एक के बाद एक कई चेहरे उनके सम्मुख घूम गए और फिर एक चेहरा उनके मानस-पटल पर अंकित हो गया—चेहरा, जो उनके घर में उनकी पत्नी के रूप में आकर बस गया था...जिसने अपनी कुशलता से सदा दूसरे चेहरों को उनके निकट आने से रोक दिया था...लेकिन दूसरे क्षण वह चेहरा वहाँ से हट गया और वही टेरेस पर बैठी शहज़ादी आकर वहाँ अंकित हो गई।

इस लड़की ने, उसके शहद-भरे स्वर ने, उसकी हँसी ने हठात् उन्हें जवान बना दिया था। उसकी उस गलत-अन्दाज़ निगाह ने न जाने उनकी नसों में कैसी स्फूर्ति और शक्ति का संचार कर दिया था कि पिछले कई दिनों से वे अपने-आपको एकदम बदला हुआ महसूस करने लगे थे।

बालों पर हाथ फेरते हुए उन्हें लगा कि उनके बाल उतने घने नहीं रहे लेकिन गंजेपन को उनकी खोपड़ी पर अपना अधिकार जमाने में अभी वर्षों दरकार थे। संतोष से मुस्कराकर अपनी टाई की ढीली गिरह उन्होंने कसी, पेन उठाया और फिर कमरे में घूमने लगे।

'हांक मीच देनार लाड़के, हांक मीच देनार!'

पेन उनके दाएँ हाथ में था, उस हाथ की कलाई को बाएँ हाथ ने बांध रखा था और दोनों हाथ उनकी कमर पर थे। मेरुदण्ड किंचित् आगे को झुका हुआ था और अजीब-से उल्लास में वे कमरे में घूमे और मन ही मन गुनगुनाए जा रहे थे—'हांक मीच देनार लाड़के, हांक मीच देनार!'

यह अनुभूति उन्हें कुछ विचित्र उल्लास भर रही थी कि पचासवाँ पार करने पर भी वे एक नितांत अनजान अपरिचित सुन्दरी को अपनी ओर आकर्षित कर सकते हैं।...कॉलेज में उनकी छात्राएँ कभी उनके निकट आ जाती थीं तो वे उन्हें

गोद में भरकर प्यार भी कर लेते थे, पर वे उन्हें बड़े भाई अथवा बाप सरीखा समझती थीं। कुछ और निकट आ जाती थीं, तो उनकी अपनी लड़कियों की तरह उन्हें 'आवा जी' या 'भाऊ जी' कहकर पुकारने लगती थीं और वे अपने बुढ़ापे से लगभग समझौता कर चुके थे। कभी जब उनकी सांस फूलने लगती; कमर में, उँगलियों की गाँठों अथवा घुटनों के जोड़ों में दर्द होने लगता तो वे हँसकर अपने बुढ़ापे का उल्लेख भी करते...लेकिन इस लड़की ने, उसकी उन निगाहों ने उन्हें विश्वास दिला दिया कि उनका आकर्षण अभी खत्म नहीं हुआ। आईने में उन्होंने देखा था—उनके चेहरे पर एक भी झुर्री न थी। कण्ठ-भाग पर माँस ज़रूर कुछ ढीला हो गया था और दो-एक झुर्रियाँ बन रही थीं, पर लगता था जैसे ये टाई की गिरह कुछ ज़्यादा कस जाने के कारण बनी हैं। फिर उन्हें अपने चेहरे पर कुछ ऐसी चमक दिखाई दी, जो कोल्हापुर के घुटे-घुटे बन्द माहौल में कभी दिखाई न दी थी...

उसी तरह दोनों हाथ कमर पर रखे वे कमरे में चक्कर लगाते रहे। वे दरवाज़े तक जाते, लेकिन बिना नज़र उठाए जैसे गहरे ध्यान में मग्न वहाँ से वापस पलट आते। हर बार उनका मन होता, उसे एक नज़र देखें, पर वे निगाह न उठाते। जब वे तीन-चार चक्कर इस तरह लगा चुके और उन्हें विश्वास हो गया कि अब दरवाज़े में कुछ क्षण को जा खड़े होना एकदम सहज लगेगा तो दरवाज़े में जाकर मुड़े नहीं और चौखट के सहारे खड़े हो गए, और शून्य में तकते हुए पेन के पिछले सिरे से यों कनपटी को खुजाने लगे जैसे किसी गहन समस्या को सुलझा रहे हों।

वह उसी तरह टांग पर टांग रखे, उन्हें हिलाती हुई टेरेस पर बैठी थी। उसके साथ बात करनेवाला शायद नीचे तट पर उतर गया था। प्रोफ़ेसर साहब की निगाहें शून्य में भटकती हुई उसके पैरों पर जा टिकीं। उसने नायलॉन के सफ़ेद चप्पल पहन रखी थी। उनकी सफ़ेद जाली तो इतनी दूर से उन्हें दिखाई दे रही थी, यही लगता था जैसे तला उन गोरे-गोरे नाज़ुक पैरों के साथ जुड़ा है।

कुछ क्षण तक वे अपनी दृष्टि वहीं जमाए रहे, ताकि लगे वे उन पैरों को नहीं देख रहे, अपने ध्यान में मग्न यों ही शून्य में दृष्टि जमाए हैं। फिर ससंकोच उनकी दृष्टि कैम्ब्रिक की सफ़ेद दूधिया सलवार और गहरी नीली रेशमी कमीज़ पर सरकती हुई, उसके चेहरे की ओर बढ़ी। लेकिन वहाँ रुकी नहीं। वह उन्हीं की ओर घूर रही थी। उनकी दृष्टि उसके डमरू जैसे जूड़े से बिछलती हुई पश्चिम क्षितिज पर जा टिकी—

अस्तोन्मुख सूरज ने अपनी किरणें समेट ली थीं। क्षितिज पर, जहाँ सागर और आकाश गले मिल रहे थे, हल्की धुंध छाई थी और सूरज की बड़ी-सी सेन्दूरी थाली उसके ऊपर टिकी दिखाई देती थी। लेकिन अदृश्य रूप से वह क्षण-क्षण नीचे उतर रही थी। प्रोफेसर कानेतकर के देखते-देखते वह उस धुंध में उतरी और पिचककर बड़ी-सी नारंगी जैसी हो गई। उस नारंगी का निचला भाग सागर-तल को छू रहा

था। वहीं से उसका बिम्ब एक सुनहरी मीनार-सा ज्वार पर आए सागर की लहरों पर लरजता तट तक आ गया था। प्रोफ़ेसर कानेतकर की दृष्टि एक बार क्षितिज से तट तक और तट से क्षितिज तक उसी कांपते सुनहरी मीनार पर बिछलती आई और लौट गई। सूरज के डूबने के साथ-साथ उस मीनार की चमक मन्द हो रही थी और लहरों की सियाही बढ़ रही थी।...दूर क्षितिज पर पहले एक नाव के पाल दिखाई दिए, फिर दूसरी के, फिर तीसरी के। डूबते सूरज की रोशनी में वे पाल प्रो. कानेतकर को याद के आकाश में सहसा उद्भासित हो आनेवाली सुखद आकृतियों-से लगे।...दूर जहाँ बांद्रा की पहाड़ी सागर में काफ़ी आगे तक बढ़ आई थी, सागर की तह उथली थी। ज्वार के पहले रेलों में लगातार वहाँ फेन की धारियाँ बन-मिट रही थीं और यह फेन सागर-तल पर कई जगह बगलों की पाँतों-सी बढ़ती तट के पास आकर किनारे के साथ-साथ सफ़ेद लकीर बनाती हुई मिट जाती थी...ज्वार अभी-अभी शुरू हो रहा था। हर रेले के साथ तट का कुछ ज़्यादा भाग गीला हो जाता। प्रोफ़ेसर कानेतकर कुछ क्षण तक ज्वार को बढ़ते देखते रहे। फिर उन्होंने कनखियों से लड़की की ओर देखा।

उसका ध्यान उनकी ओर नहीं था। उधर को पीठ किए वह तट पर निगाहें जमाए थी। पहले उन्हें लगा कि शायद वह सांझ के वक़्त सागर तट पर इकट्ठे होनेवालों में से किसी परिचित को ढूँढ़ रही है। पर तट पर उतनी भीड़ नहीं थी। दो फ़र्लांग आगे कैंडल कोर्ट के तट पर खूब भीड़ थी। लेकिन 'समुद्र फेन' के सामने तो तट पर बहुत कम लोग थे। जो थे, वे भी आ-जा रहे थे। भेल-पूड़ी वाली एक हथगाड़ी खड़ी थी, जहाँ चार-छह लोग भेलपूड़ी उड़ा रहे थे। प्रोफ़ेसर साहब को तट पर कोई भी ऐसा चेहरा न दिखाई दिया, जो उसके ध्यान का केन्द्र हो सके। धीरे-धीरे वे कमरे की सीढ़ी उतरे और उस लड़की के कुछ अन्तर पर, उसके पीछे टेरेस के साथ जा खड़े हुए। उनकी पद-चाप का उसने कोई नोटिस नहीं लिया। तब उन्होंने उसकी दृष्टि का अनुसरण किया। उन्हें पता चल गया, वह बड़े तन्मय भाव से मजदूर युवकों का खेल देख रही थी।

क्षण-भर को वे भी लड़कों का खेल देखने लगे। उन लोगों ने एक नया ही खेल शुरू किया था। दो लड़के गीले तट के कुछ ही इधर रेत पर चित लेटे थे। एक, जो किंचित् लम्बा था, टेरेस के पास आकर वहाँ से भागा। लेटे हुए लड़कों के पास आ, ऐसे उचककर कि उसके हाथ कठिनाई से धरती छू पाएं, उसने कलाबाज़ी लगाई और उनके पार धम-से गीली रेत पर जा गिरा। 'ग़लत' प्रोफ़ेसर साहब ने मन ही मन कहा, 'उसे कलाबाज़ी लगाकर एकदम सीधे खड़ा रहना चाहिए।' और उन्हें इच्छा हुई, जाकर उसे ठीक से कलाबाज़ी लगाना सिखाएँ।...दूसरी बार उस युवक ने तीन लड़कों को लेटने के लिए कहा, तीसरी बार चार को...

प्रोफ़ेसर साहब ज़रा-सा खाँसे, लेकिन उनके अस्तित्व से नितान्त बेपरवाह वह

लड़की तल्लीन होकर खेल देख रही थी...तब जाने उन्हें क्या हुआ, वे लगभग भागते हुए उसके पास से गुज़रे और कुछ आगे जाकर बायाँ हाथ ज़रा-सा टेरेस पर रख, किसी युवक जिमनास्ट की तरह उसके ऊपर से साफ़ कूद गए और लगभग बारह फुट नीचे रेत पर सीधे पाँवों के बल जा खड़े हुए। इतनी ऊँचाई से कूदने पर उनके घुटने झुके, उन्हें लगा कि लड़खड़ाकर गिर जाएँगे, लेकिन दूसरे क्षण में संभलकर सीधे खड़े हो गए। इस तरह दौड़ने और इतनी ऊँचाई से कूदने के कारण उनकी सांस फूल आई थी। खून का दबाव उसके सिर की ओर बढ़ा और निमिष भर को उन्हें लगा कि चक्कर खाकर वे गिर जाएँगे, लेकिन अपनी पूरी इच्छा-शक्ति से काम लेकर वे कुछ क्षण उसी तरह सीधे, निश्चल खड़े रहे। उनकी सांस दुरुस्त हुई तो उनके जी में आया, ऊपर निगाह डालें, पर अपनी इच्छा पर उन्होंने अंकुश रखा और सहज भाव से उन लड़कों की ओर बढ़ चले।

वे लड़के अपना खेल छोड़कर उनकी ओर ही देख रहे थे। जिस सफाई से प्रोफ़ेसर कानेतकर कूदे थे, प्रकट ही वे उससे प्रभावित थे। इसीलिए जब वहाँ पहुँचकर प्रोफ़ेसर साहब ने कहा कि वे उन्हें ठीक से कलाबाज़ी लगाना सिखाते हैं तो वे सोत्साह तैयार हो गए।

पेन अभी तक प्रोफ़ेसर साहब के हाथ ही में था। उसे उन्होंने बड़े लड़के को थमाया, उन चारों लड़कों से उसी तरह लेटने को कहा; जूते और मोज़े उतारे, पैंट की मोहरी को मोड़कर कुछ ऊपर चढ़ा लिया और सहज भाव से नीचे को ध्यान जमाए टेरेस तक गए। वहाँ से मुड़कर वे भागते हुए आए और दूसरे क्षण कलाबाज़ी लगाकर चारों लड़कों के पार, पानी के निकट की अपेक्षाकृत कठिन रेत पर पैरों के बल जा टिके। क्षणांश को उन्हें लगा कि पीछे गिर जाएँगे, लेकिन दूसरे पल वे सीधे खड़े थे।

वह मज़दूर लड़का कलाबाज़ी लगाता था तो धम्म से चूतड़ों के बल रेत पर जा गिरता था, लेकिन प्रोफ़ेसर साहब के घुटने भी नहीं झुके। वे एकदम सीधे खड़े रहे। हल्का-सा चक्कर उन्हें ज़रूर आया, कमर में भी उन्हें कुछ अकड़ाव महसूस हुआ, लेकिन इस उम्र में अपनी इस सफलता पर उन्हें गर्व भी कम नहीं हुआ। उसी क्षण उन्होंने मुड़कर टेरेस की ओर देखा। उन्हें लगा कि लड़की एकटक उन्हीं की ओर देख रही है। उस दूरस्थ दृष्टि के स्पर्श ही से जैसे उनका हृदय ज़ोर-ज़ोर से धड़क उठा और अपूर्व पुलक के कारण रक्त उनके दिमाग की ओर दौड़ चला। लगभग नशे में, वे लेटे हुए लड़कों के ऊपर से घूमकर वापस आए और उन्होंने शेष दो लड़कों को भी वहाँ जाकर लेट जाने का आदेश दिया।

दोनों लड़के (वह भी जो स्वयं कलाबाज़ी लगा रहा था) वहाँ बाकियों के साथ जाकर लेट गए।

तब प्रोफ़ेसर कानेतकर बड़े गर्व से चलते, रेत पर एड़ियों का दबाव देते लगभग

झूमते, टेरेस तक गए। बिजली की-सी गति से मुड़े और गोली की तरह भागते आए और लेटे हुए लड़कों के पास आकर कूदे।...लेकिन तभी न जाने क्या हुआ, कलाबाज़ी उनसे नहीं लगी। वे सीधे लड़कों के पास जाकर सिर के बल गिरे। उनकी गर्दन टेढ़ी हो गई और उनके शरीर का आधा भाग बेजान-सा चित्त लेटे लड़कों पर जा गिरा।

सुनहरी नारंगी सागर में एकदम डूब गई थी। क्षितिज में सागर-तल पर एक ज़रा-सा सुनहरी तिल दिखाई दे रहा था।

'समुद्र फेन' की किसी ऊपर की मंज़िल से कोई लड़का सागर-तट पर भीड़ जमा होती देखकर भागता आया और पिछवाड़े आकर उसने टेरेस पर बैठी लड़की से पूछा–"व्हाट हैपेण्ड?"[1]

"दैट सिली ओल्ड मैन", लड़की ने कानेतकर के कमरे की ओर संकेत करते हुए कहा, "हैज़ ब्रोकेन हिज़ नेक ओवर देयर।"[2]

लड़का भागता हुआ तट पर उतर गया। लड़की परम उदासीन भाव से वहीं टेरेस पर बैठी हुई पाँव झुलाती रही। क्षितिज में गहरा सेन्दूरी अलाव जल उठा था जिसकी लपटें पूरी पश्चिम दिशा पर छा रही थीं। सहसा सागर-तल पर लहरें चंदीली हो गईं और जो किश्तियाँ पहले दिखाई न देती थीं, उनके सिलहूत दिखाई देने लगे। लड़की ने भीड़ से निगाहें हटा लीं और सागर के बीच एक किश्ती पर खड़े गल्लाहों के सिलहूत देखने लगी, जो सागर की चंदीली लहरों पर एकदम चित्रित-से दिखाई देते थे। बिल्कुल ऐसे, जैसे वह स्वयं टेरेस पर बैठी चित्रित दीखती थी।

---

1. क्या हुआ?
2. वह मूरख बुड्ढा–उसने वहाँ अपनी गर्दन तुड़वा ली है।

काले साहब

डी. एम. की कोठी से बाहर निकलकर श्रीवास्तव ने रिस्टवॉच की ओर देखा। आठ बजे थे। उनके पास पूरा एक घण्टा था। चपरासी ने डी. एम. के नौ बजे वापस आने की बात कही थी। तो क्यों न वह गजानन को इलाहाबाद में अपने शुभागमन का सुसमाचार दे आए। 'एक पंथ दो काज' में उसका सदा विश्वास रहा था, बल्कि यदि किसी पंथ में दो के बदले चार काज हों तो वह उन सबको एक साथ निबटाने से कभी न चूकता था। यही कारण था कि छह-सात वर्ष पहले के पचास-साठ रुपये मासिक पाने वाले पत्रकार से उन्नति कर वह इस थोड़े-से अर्से में डिप्टी कलेक्टर हो गया था। न केवल यह, बल्कि डिप्टी कलेक्टर होने के बाद इसी चुस्ती और चालाकी के बल पर वह सूने और बीहड़ जिलों को फलांगता हुआ इलाहाबाद आ नियुक्त हुआ था। आज ही प्रातः इलाहाबाद में उसका पदार्पण हुआ था और आज ही वह अपने अफ़सर के यहाँ हाज़िरी देने जा पहुँचा था। पर डी. एम. लखनऊ से दौरे पर आने वाले एक मन्त्री के यहाँ हाज़िरी देने गए थे, इसलिए एक घण्टा श्रीवास्तव के पास खाली था। गजानन उसका बचपन का मित्र था। एलनगंज में रहता था। यूनिवर्सिटी में लेक्चरर था। अभी वह घर ही पर होगा, यह सोचकर श्रीवास्तव ने इस खाली समय में उसी के यहाँ हो आने का फ़ैसला किया। कचहरी के पास से गुज़र, वह सड़क पर आ खड़ा हुआ—एक दिन वह इसी कचहरी का बड़ा हाकिम बनेगा, यह ध्यान आते ही गर्व से उसकी एड़ियाँ तनिक उठ गईं, उसके हाथ बुश्शर्ट के अकड़े कॉलरों पर होते हुए दामन पर आकर रुक गए और पंजों पर एक-दो बार ज़ोर देते हुए उसने आगे-पीछे से बुश्शर्ट को ठीक किया। तभी उसने देखा कि सामने बारहदरी के पास दो रिक्शवाले जैसे उसी को लेकर कुछ बहस करते हुए चले आ रहे हैं।

"रिक्श्या!"

उसने साहबी स्वर से गले में शब्द को तनिक उमेठते हुए आवाज़ दी।

"जी हजूर!"

और दोनों रिक्शा उसके सामने आ खड़े हुए।

''क्यों भाई, घण्टे के हिसाब से चलोगे?''

''कहाँ जाएँगे?'' पहले रिक्शावाले ने पूछा।

''कहीं भी जाएँ!''

''क्या घण्टा मिलेगा?''

''जो भी रेट होगा!''

''रुपया घण्टा लेंगे!''

''दस आना मिलेगा!''

''अजी आइए हुज़ूर, आप इधर आइए!'' दूसरे रिक्शावाले ने बड़े लटकते हुए लखनवी ढंग से हाँक लगाई।

''हाँ-हाँ, तुम ले आओ।''

और दूसरे रिक्शा के बराबर आते ही श्रीवास्तव उचककर उसमें बैठ गया। बुश्शर्ट को दोनों ओर दामन से ज़रा खींचकर उसने ठीक किया और पतलून को तनिक ऊपर उठा लिया कि उसकी क्रीज़ खराब न हो जाए। वह पीछे की ओर पीठ लगाकर आराम से नहीं बैठा। बुश्शर्ट के मसले जाने का उसे भय था, और डी. एम. से मिलने तक वह इसी प्रकार लक-दक बने रहना चाहता था। रिक्शा पर वह इस प्रकार अकड़ा बैठा था जैसे डी. एम. से हाथ मिलाकर अभी-अभी कुर्सी पर बैठा हो, सीधा, अकड़ा और चाक-चौबन्द!

रिक्शावाला खाकी सूट पहने था। सूट बहुत मैला भी न था। शक्ल से भी वह साधारण रिक्शावाला मालूम न होता था। इलाहाबाद के रिक्शा वालों में देहातियों का बाहुल्य रहता है। फ़सल का मौसम न हो और काम से छुट्टी हो तो निकटवर्ती गांवों के देहाती अपने लम्बे-तगड़े शरीर पर खादी की बण्डी और कमर में अंगोछा बांधे, मुर्री में एक जून का राशन लिए इलाहाबाद की ओर चल पड़ते हैं। संध्या को पहुँचते हैं, रात के लिए रिक्शा लेते हैं और सवारी से किराया लेकर ही दूसरे जून के सत्तू खरीदते हैं। इन्हीं रिक्शा वाले देहातियों की सुविधा के लिए बहुत-से पनवाड़ियों ने पान, बीड़ी, सिगरेट के साथ सत्तू के थाल भी सजा रखे हैं, जिनके पिरामिडों में हरी मिर्च खुसी अजब बहार देती हैं। ये देहाती रिक्शावाले, रिक्शा चलाते-चलाते जब ज़रा समय पाते हैं तो सेर-आध सेर सत्तू ले, उन्हीं की थाली में गूंध लौंदा-सा बनाकर हाथ पर रख लेते हैं और मिर्चों की सहायता से निगलकर पास के किसी नल से दो घूंट पानी पी लेते हैं।

कहते हैं कि जब गीदड़ की मौत आती है तो वह नगर की ओर भागता है। उस गीदड़ और इन देहातियों में कोई विशेष अन्तर नहीं। दिन-दिनभर और कई बार दिन और रात-भर रिक्शा चलाकर जहाँ से साल-सालभर का लगान कमाकर ले जाते हैं, वहाँ फेफड़ों को भी खोखला कर जाते हैं।

दूसरे रिक्शावाले, इलाहाबाद ही के ऐसे नागरिक मज़दूर हैं जो द्वितीय महायुद्ध

के बाद बेकार हो गए हैं। रिक्शा चलाते-चलाते उनकी पसलियाँ निकल आई हैं। यक्ष्मा उनकी आँखों में झाँकता है तो भी वे महँगाई के इस ज़माने में बाल-बच्चों का पेट भरने के लिए रिक्शा खींचने को विवश हैं।

श्रीवास्तव प्रयाग का ही निवासी था। वह इन दोनों तरह के रिक्शावालों से भलीभांति परिचित था। किन्तु उसका यह रिक्शावाला उसे इन दोनों में से न दिखाई दिया। इधर रिक्शावालों की एक तीसरी श्रेणी भी दिखाई देने लगी है। रोनॉल्ड कोलमैन की तरह बारीक-सी तलवार कट मूँछ बनाए, फ़ौजी पैण्ट या बुश्शर्ट या केवल टोपी पहने, युद्ध से छुट्टी पाए बेकार फ़ौजी रिक्शा चलाने लगे हैं। रिक्शा चलाते समय उसके सिर का तिरछापन, साइकिल की गद्दी पर बैठे हुए उनकी कमर की अकड़ और पैडल घुमाते हुए बाहर की ओर घुटनों का फैलाव, पहली ही दृष्टि में उनके फ़ौजी होने का पता दे देता है। ओठों के दाएँ अथवा बाएँ कोने में बीड़ी दबाए, तीसरे महायुद्ध के स्वप्न देखते, मिस्र, ईरान, इटली, जर्मनी, वहाँ की आज़ाद फ़िज़ा और गोरी-गोरी तन्वंगियों के ख़्वाब लेते, वे दनदनाते हुए रिक्शा चलाए जाते हैं। आज़ादी ने उन्हें गिड़गिड़ाना भुलाकर स्वाभिमान से सिर उठाना सिखा दिया है। अधिकांश क्योंकि अर्द्धशिक्षित हैं, इसलिए स्वाभिमान की सीमाएँ कहाँ अक्खड़पन से मिल जाती हैं, यह नहीं जानते। मोल-भाव अधिक नहीं करते और सवारी को ऐसी दृष्टि से देखते हैं मानो वह लूट-मार में पकड़े शत्रु-नागरिकों में से कोई हो।

परन्तु वह रिक्शावाला यद्यपि सैनिक वर्दी पहने था, पर उसमें वह सैनिकों की-सी अकड़ न थी। मुख पर भी उसके अन्य फौजियों की भांति सूखे हुए आटे का-सा तनाव न था, बल्कि गुंधी हुई लोई की-सी नर्मी और लचक थी।

‘‘क्यों भाई, क्या तुम सेना में काम करते थे?’’ श्रीवास्तव ने अकड़े बैठे-बैठे उकताकर, शरीर को तनिक-सा ढीला छोड़ते हुए पूछा।

रिक्शावाले ने रिक्शा चलाते-चलाते तनिक पीछे की ओर देखा—

‘‘नहीं साब, सेना में हम क्या काम करते!’’ और यह कहते हुए उसके ओठों पर व्यंग्य और उपेक्षा-भरी मुस्कान दौड़ गई, जिसमें हल्के-से दर्द की रेखा श्रीवास्तव की आँखों से छिपी न रही। वह मुस्कान मानो कह रही थी कि सेना की नौकरी जैसा निकृष्ट काम हम क्या करते!

‘‘तो क्या रिक्शाएँ चलाते हो?’’ श्रीवास्तव का मतलब था कि चार-छह रिक्शा रखकर क्या उनकी आमदनी खाते हो?

रिक्शावाला हँसा। ‘‘अजी साब, कहाँ? यहाँ तो यह रिक्शा भी अपना नहीं। किराये पर लेकर चलाते हैं।’’

श्रीवास्तव को उसके स्वर में सभ्यता की यथेष्ट मात्रा लगी। उससे उसे सहानुभूति हो आई। ‘‘तो ऐसा जान-मारू काम तुम काहे को करते हो?’’ उसने कहा, ‘‘रिक्शा चलाने से तो फेफड़ों पर बड़ा ज़ोर पड़ता है। दिन-रात हल और फावड़ा

चलाने वाले देहाती तो खींच सकते हैं इन्हें, तुम्हारे ऐसे शहरियों के बस का यह काम नहीं।''

''जी, हम क्या अपनी इच्छा से चलाते हैं? बीवी है, तीन-चार बच्चे हैं, माँ है, दो विधवा बहनें हैं। इतने बड़े कुटुम्ब का खर्च अकेले हमीं पर है।''

''तुम कोई और काम क्यों नहीं कर लेते?''

''हमको दूसरा कोई काम आता नहीं, साब!''

''तो क्या तुम सदा से रिक्शा चलाते हो?''

''जी नहीं, साब। जब से देश को आज़ादी मिली है।'' रिक्शावाले ने रिक्शा चलाते-चलाते दाएँ हाथ से माथा ठोंका और बोला, ''अंग्रेज़ यहाँ से गए, काले साब उनकी जगह आए कि हमारी क़िस्मत फूटी। देसी साहबों को न हमारे काम की समझ, न परख। न हम उनके काम के, न वो हमारे। हमने तो अर्ज़ी दी थी कि हमको कोई दूसरा काम नहीं आता, हमको उन्हीं के साथ विलायत भेज दीजिए, पर किसी ने हमारी सुनी नहीं।''

''तो क्या करते थे तुम?''

''हम कमिश्नर 'डक' के यहाँ काम करते थे। पचास रुपया महीना पाते थे, रहने के लिए दो कमरे थे, कपड़े साब देते थे। माफ़ कीजिएगा...'' और रिक्शा वाला बात करते-करते संकोच से तनिक रुका।

''नहीं-नहीं, कहो।'' श्रीवास्तव ने फिर अकड़कर बैठते हुए कहा।

''यह जो बुश्शर्ट आपने पहन रखी है'', रिक्शा वाले ने पीछे को मुड़कर बड़े अदब से कहा, ''ऐसी तो साब के यहाँ हम पहना करते थे।''

श्रीवास्तव फिर ढीला होकर बैठ गया। पीठ भी उसकी पीछे लग गई। और सूट के मसले जाने का भी उसे ध्यान न रहा।

''अंग्रेज़ों के राज में जो मौज ली, वह अब कहाँ!'' रिक्शा वाला कहता गया। ''दिन-त्यौहार पर इनाम मिलते थे। हमारे ही नहीं, बीवी-बच्चों तक के कपड़े बन जाते थे। अब बताइए, इतना हम कहाँ पाएँ? कैसे बीवी-बच्चों का खर्च चलाएँ? विवश रिक्शा चलाते हैं, खून सुखाते हैं। किसी दिन इसी तरह टरक जाएँगे।''

''पर आखिर बात क्या है, तुम किसी देसी साहब के यहाँ काम क्यों नहीं करते? कमिश्नर की जगह कमिश्नर है और कलेक्टर की जगह कलेक्टर।''

रिक्शावाले ने रिक्शा चलाते-चलाते फिर पीछे की ओर तनिक देखा, ''देसी साब हमें क्या खाकर रखेंगे!'' वह बोला और उसके ओठों पर वही विद्रूप-भरी मुस्कान फैल गई।

''क्या करते थे तुम कमिश्नर डक के यहाँ?'' श्रीवास्तव ने उत्सुकता मिली झल्लाहट से पूछा, ''कुक थे?''

''जी नहीं, खानसामागिरी हमसे नहीं होती।''

‘‘तो क्या करते थे, बैरा थे?’’

‘‘जी हाँ, बैरा थे!’’

श्रीवास्तव फिर अकड़कर बैठ गया, ‘‘तो इसमें क्या बात है? तुम दूसरी जगह नौकरी कर सकते हो। हमारे यहाँ एक बैरा है।’’

‘‘जी नहीं, वैसे बैरा हम नहीं थे। हम खाना-वाना लाने का काम नहीं करते थे। हम साब के कपड़े देखते थे।’’

‘‘हाँ, हाँ कपड़े-अपड़े देखते होंगे, बूट-वूट साफ़ करते होंगे।’’

‘‘जी नहीं, बूट तो भंगी साफ़ करता था। हम सिर्फ़ कपड़े देखते थे।’’

‘‘क्या देखते थे कपड़ों का सारा दिन!’’

‘‘अब साब, आपसे क्या बताऊँ, आप समझेंगे नहीं।’’ रिक्शावाले ने ज़रा-सा मुड़कर मुस्कराते हुए कहा, ‘‘अंग्रेज़ लोगों की बड़ी बातें थीं। एक वक़्त एक सूट पहनते थे। रात का अलग, दफ़्तर का अलग, दिन के आराम का अलग, सैर-सपाटे का अलग, फिर डिनर सूट, गोल्फ़ सूट, पोलो सूट, डांस सूट, शिकार सूट। उनको ठीक जगह पर रखना, धोबी को देना, लेना, साब को पहनाना—यही काम हमारा था। देसी साब क्या समझें और परखें हमारा काम? दिन-रात, महीनों-बरसों एक ही सूट घिसाए जाते हैं। यही साब, जिनकी लाल कोठी के पास से होकर अभी हम निकले हैं, बड़े भारी अफ़सर हैं, पर कभी-कभी ऐसा सूट पहनते हैं, जो लगता है, कॉलेज के दिनों का सँभाले हुए हैं। जहाँ दफ़्तर लगाते हैं, वहाँ बाथरूम था। शनि की रात को क्या-क्या रौनकें होती थीं? और बग़ीचा देखा आपने, उसकी क्या दुर्गति हुई है? कभी अंग्रेज़ साब के ज़माने में उसकी बहार देखते? वही बगीचा क्या, यह सारी सिविल लाइन्ज़ पड़ी अंग्रेज़ साहबों के नाम को रो रही है। इतने बड़े-बड़े बंगले, इतने बड़े-बड़े बग़ीचे रांड के सिर की तरह मुंडे दिखाई देते हैं।’’

श्रीवास्तव को उस रिक्शावाले की उपेक्षा और भारतीय रहन-सहन के प्रति उसका दुर्भाव बहुत बुरा लगा। यद्यपि वह स्वयं साहबी ठाठ-बाट से रहना पसन्द करता था, परन्तु उस समय उसे अंग्रेज़ी संस्कृति से सम्बन्ध रखनेवाली प्रत्येक वस्तु के प्रति क्रोध हो आया। उस ‘अज्ञ’ को तनिक-सा ‘विज्ञ’ बनाने के विचार से उसने कहा, ‘‘उनके और अपने खान-पान वेशभूषा, रहन-सहन में बड़ा अन्तर है। वे लोग माँस-मछली खाना, शराब पीना बुरा नहीं समझते। गाय और सुअर का माँस खाते हैं। हमारे यहाँ उसको छूना भी पाप है, उनकी औरतें नाचती हैं, हमारे यहाँ...’’

‘‘कुछ नहीं साब’’, रिक्शावाले ने उसकी बात काटकर और रिक्शा के पैडल पर अपने जोश में और भी ज़ोर देते हुए कहा, ‘‘हम लोगों का देस गुलामों का देस है! घोंघे की तरह हम अपने-आप में बन्द होकर रह गए है। ग़रीब होने से हमने ग़रीबी को स्वर्ग बना दिया है। धनी होने पर भी हम आदत से ग़रीब बने रहते हैं। रुपया बैंकों में जमा रखते हैं और दाल-रोटी पर सबर करते हैं। हमको हमारा साब

बताता था कि भारत जब आज़ाद था, जब आर्या (आयी) लोग इस देश में आए थे तो वे भी खूब खाते-पीते, नाचते-गाते और मौज मनाते थे। न यह पर्दा था, न खान-पान के ये बंधन थे। हमको हमारा साब बताता था कि धन का लाभ उसे खर्च करने में है, बैंक में जमा करने में नहीं। रुपया खर्च होता है तो देश के कारीगर, मज़दूर, दुकानदार—सब काम पाते हैं, नहीं तो बेकारी बढ़ती है। सब साल के साल फ़र्नीचर और दरवाज़ों-खिड़कियों पर रोग़न कराते थे। छह महीने में वाइट-वाश कराते थे। दो माली, दो बैरे, खानसामा, धोबी, भंगी उनके यहाँ नौकर थे। फिर उनके दम से डबल रोटी वाले, अण्डे वाले, कुर्सी-मेज वाले और न जाने कौन-कौन रोज़ी पाते थे...''

श्रीवास्तव के हृदय में ज्वाला-सी लपकी। उसका जी चाहा कि वहीं उठकर उस 'साहब के कुत्ते' की गुद्दी पर ज़ोर का एक घूँसा दे, लेकिन रिक्शा काफ़ी तेज़ चला जा रहा था। तब उसने अपना क्रोध अपने परवर्ती गोरे अफ़सरों पर निकाला।

''उन सालों का क्या? जनता को लूटते और मौज उड़ाते थे।''

'जनता को ये क्या कम लूटते हैं?'' रिक्शावाले ने पलटकर बड़ी मिसकीन व्यंग्यमयी हँसी के साथ कहा, ''छोटे से लेकर बड़े अफसर तक सब खाते हैं। वहाँ तो बड़े अफसर कुछ संकोच भी करते थे। यहाँ तो आपाधापी मची है। बस लेना जानते हैं, देना नहीं जानते। अंग्रेज़ लेता था तो दस आदमियों का पेट पालता था। ये खाते हैं तो जमा करते हैं। खाएँ-उड़ाएँ भी क्या, आदत भी हो। वही धोती-कुर्ता पहने बाहर-भीतर सब जगह बने रहते हैं। पन्द्रहवें बीरावें, गहीने-दो-गहीने पर हजामत बनावते हैं। नाई, धोबी, बैरा, खानसामा क्या पाएँगे इनसे?''

श्रीवास्तव मन ही मन उमठ-सा गया। पर चुप बना रहा कि क्या उस कमीने के मुँह लगे।

''दूर क्यों जाइए'', रिक्शावाला अपनी रौ में कहता गया, ''रिक्शे-तांगे वालों को ही ले लीजिए। बड़े से बड़ा सेठ रिक्शा करेगा जो मोल-भाव करना न भूलेगा। यहीं एलनगंज में एक आनरेरी मजिस्ट्रेट रहते हैं, बड़े आदमी हैं। चौक में उनका एक प्रेस भी चलता है। सदा यहाँ अड्डे पर आ खड़े होते हैं और चाहते हैं कि एक ही सवारी के पैसे देने पड़ें। दूसरी सवारी न हो तो आध-आध घण्टे खड़े रहते हैं। अंग्रेज़ मामूली फ़ौजी भी हो तो कभी मोल-भाव न करता था। फिर जेब में रुपया हुआ तो रुपया दे दिया और दो हुए तो दो दे दिए। एक बार हमारे साब की मोटर बिगड़ गई थी। यहीं एलनगंज से कचहरी जाने में पाँच रुपये का नोट उन्होंने रिक्शावाले को दे दिया था।''

गजानन का घर आ गया था। श्रीवास्तव उचककर उठा। परन्तु वहाँ जाकर मालूम हुआ कि वह है नहीं। अपना कार्ड छोड़ श्रीवास्तव मुड़ा और रिक्शावाले से उसने

कहा कि जल्दी से चले। कचहरी के सामने उतरते वक्त श्रीवास्तव ने घड़ी देखी। एक घण्टा दस मिनट हुए थे।

दूसरा वक्त होता तो वह दस आने घण्टे के हिसाब से बारह आने से अधिक न देता, पर इस रिक्शावाले को बारह आने देने में उसे हिचकिचाहट हुई। साहबों की क़ब्र पर लात मारते हुए उसने कहा—

"एक घण्टे से कुछ ही मिनट ऊपर हुए हैं। दो घण्टे भी लगाएँ तो एक रुपया चार आने होते हैं, पर यह लो दो रुपये। चौदह आने हमारी ओर से बख्शीश समझ लो।"

रिक्शावाले ने लगभग फ़ौजी ढँग से सलाम किया और श्रीवास्तव गर्व से एड़ियों को तनिक और उठाता हुआ डी. एम. की कोठी की ओर चला।

'क्यों, क्या मिला?" पहले रिक्शावाले ने जो अभी तक अड्डे पर खड़ा था, ज़ोर से पूछा।

"दो रुपये!"

"दो रुपये-ये!"

"हाँ, दो रुपये! किसी देसी अफ़सर से मैंने कभी कम लिया जो इससे लेता! साले इन काले साहबों से निबटना मैं ही जानता हूँ।"

अन्तिम वाक्य की भनक श्रीवास्तव के कानों में पड़ गई। उसकी उठी हुई एड़ियाँ बैठ गईं। शरीर का तनाव और चाल की अकड़ कम हो गई और वह साधारण आदमियों की तरह चलता डी. एम. के बंगले में दाखिल हुआ।

जब सन्तराम ने बेलना उठाया

स**न्तराम मेरा नौकर न था, बस सलाम-दुआ का नाता था। मेरे कमरे के ऊपर की मंज़िल में एक सिन्धी सेठ के यहाँ काम करता था। कांगड़े का रहने वाला था। कभी खत-पत्र पढ़ाने मेरे पास आ जाता और इसी नाते मेरे कुछ छोटे-मोटे काम भी कर देता। साढ़े पाँच हाथ का गौरवर्ण हष्ट-पुष्ट व्यक्ति था, किन्तु विनम्र इतना कि जब तक बातें करता, ध्यान नीचे ही रहता।

एक दिन पड़ोस में कुछ शोर सुनकर मैं अपने दरवाज़े की चौखट पर जा खड़ा हुआ। तभी सन्तराम मेरे सामने से भागता हुआ-सा गया।

''क्या बात है?'' मैंने पूछा।

''जी, कुछ झगड़ा हो रहा है, अभी आकर बताता हूँ'', जाते-जाते उसने कहा।

चन्द मिनट बाद वह वापस आ गया। मालूम हुआ कि पड़ोस के सेठ की जो नई दूसरी पत्नी आई है, वह नौकर छोकरे को बड़ा तंग करती है। उसने नौकर को गाली दी। छोकरा जवान है, उससे सहन नहीं हुई। उसने विरोध किया तो 'बुड्ढे पति की उस लाड़ली' ने तड़-से थप्पड़ उसके मुँह पर जमा दिया। उसने अपना हिसाब माँगा तो कहने लगी कि बिना नोटिस दिए तू जा कैसे सकता है! छोकरे ने ज़िद की तो बुढ़ऊ भी अपनी पत्नी की सहायता को आ गए और उन्होंने भी चार-छह थप्पड़ लड़के को जड़ दिए। शोर सुनकर पड़ोसी इकट्ठे हो गए। परन्तु समझौता हो गया है। छोकरे ने पन्द्रह दिन काम करना स्वीकार कर लिया है और सेठ ने पन्द्रह दिन के बाद उसे छुट्टी देने की बात मान ली है।

''साला छह हाथ का गबरू जवान है'', झगड़े की रिपोर्ट देकर सन्तराम ने अपनी ओर से जोड़ा, ''थप्पड़ और गालियाँ खाकर यदि उत्तर न दे सकता था तो काम तो छोड़ सकता था।

उसकी आँखें ऐसे लाल हो रही थीं, जैसे अपमान छोकरे का नहीं, उसका हुआ हो।

''अब तो साहब, बीवी है, दो बच्चे हैं और घर की ज़रूरतों ने खून की गर्मी निकाल दी है। चार बातें सुनकर भी चुप रहना सीख गए हैं'', सन्तराम कह रहा था, ''नहीं, जब मैं इस छोकरे की उमर का था, एक मालकिन ने मुझे गाली दी

थी। मैं खाना पका रहा था, बेलना उठाकर भागा, यदि वह किवाड़ बन्द न कर लेतीं तो मैं सिर फोड़ देता।''

अफ़लातून ने कहा है, बाहर से देखकर भीतर की बात नहीं जानी जा सकती। लोकोक्तियाँ गढ़ने में दक्ष किसी लेखक ने इसी को दोहराकर लिख दिया—'सभी जो चमकता है, सोना नहीं होता।' मैं जिस व्यक्ति को विनम्रता की प्रतिमूर्ति समझे हुए था, वह इतना बर्बर भी हो सकता है, इसकी कल्पना मैंने कब की थी? बेलने की बात सुनकर कौतूहल बढ़ा। पूछा, ''क्या बात थी, सन्तराम?''

''कुछ नहीं, साहब'', सन्तराम अपनी बलिष्ठ देह लिए हुए मेरे बैठकखाने के सामने दूसरे मकान की सीढ़ी पर उकड़ूँ बैठ गया और बोला, ''मैं उन दिनों एक नया-नया बड़े साहब के घर नौकर हुआ था। बीस बरस की उमर थी, खून गर्म था, काम से कभी जी न चुराता था और सोना भी सामने पड़ा हो तो कभी हाथ न लगाता था। मेरा चचा उन साहब के दफ्तर में चपरासी था। उनको अच्छे रसोइये की ज़रूरत थी और एक बड़े होटल में काम करने के कारण मैं बहुत बढ़िया खाना पका लेता था। अपने चचा के ज़ोर देने पर मैं उनके यहाँ नौकर हो गया।

''साहब बारह-तेरह सौ पाते थे और बड़े अच्छे स्वभाव के थे। मेम साहब उमर में भी उनसे बहुत छोटी थीं, और स्वभाव की भी बड़ी गुस्सैल थीं। नौकरों को बहुत तंग करती थीं। जब से आई थीं, कई नौकर बदल चुकी थीं। मैंने साहब से कह दिया कि साहब, हम काम देंगे पर इज्ज़त नहीं देंगे। खाने की बात है, आपको कैसा पसन्द है, यह जानने में कुछ दिन लग जाएँगे। एक बार पता चल जाए, फिर काम बिगड़े तो कहिए; पैसे-पाई का नुकसान हो जाए तो गर्दन मारिए, पर बेक़सूर गाली हम न सुनेंगे। पचीस नहीं, चाहे पचास रुपया पगार दीजिए।

''साहब को मेरा खाना बड़ा पसन्द था और मुझे उनसे कोई शिकायत न थी। पर मेम साहब उनकी तीसरी पत्नी थीं। थीं भी किसी छोटे खानदान की। गाली देना उनका स्वभाव था। एक दिन मैं बैठा रोटी बेल रहा था कि उससे पाँच का नोट कहीं खो गया। मुझसे पूछा तो मैंने कहा, ''मैंने नहीं देखा।'' इस पर बड़ा बिगड़ीं और लगीं अंट-संट बकने।

''मैंने कहा, 'यह तो पाँच रुपया है, पाँच सौ भी हो तो मैं थूकता नहीं...'
''चिल्लाकर बोलीं, 'हमारे रुपये क्या थूकने के लिए हैं? क्या बकता है हरामी...'
''लेकिन अभी गाली उनके मुँह ही में थी कि मैंने कहा, 'गाली दी आपने?' और बेलना उठाकर उनकी ओर भागा।

''उन्होंने डरकर दरवाज़ा बन्द कर लिया और तब तक नहीं खोला जब तक साहब नहीं आ गया। खाना खाने भी वे नहीं निकलीं।''

सन्तराम चुप हो गया। पर मेरी उत्सुकता मुखर हो उठी। मैंने पूछा, ''तो साहब कुछ बोले नहीं?''

‘‘मैंने उनसे आते ही कह दिया’’, सन्तराम बोला, ‘‘कि साहब, मेम साहब ने हम पर चोरी लगाई और बड़ी भारी गाली दे डाली। हमारे हाथ में बेलन था। क्रोध में जाने क्या हो जाता, आप दया कर हमको छुट्टी दीजिए। जितने दिन काम किया है उसकी पगार देना चाहें, दीजिए, न देना चाहें, न दीजिए। अपना घर सँभाल लीजिए, हम चले जाएँगे।’’

‘‘साहब दफ्तर से आए थे। थके हुए थे। उन्होंने सुन लिया और कुछ नहीं बोले। जब मेम साहब ने उनके आने पर दरवाज़ा खोला और मेरी शिकायत की तो उन्होंने मुझे बुलाया। बोले, ‘बेलना लिए तुम क्या कर रहे थे?’

‘‘रोटी बेल रहा था।’

‘‘तब वे अपनी पत्नी को समझाते हुए बोले, ‘बेलना तो उसके हाथ में था ही, वह उससे तुम्हें मारने थोड़ी आया था? यही बात है न सन्तराम?’ उन्होंने पूछा।

‘‘‘जी!’ मैंने कहा, और क्या उत्तर देता! वे किवाड़ बन्द न कर लेतीं तो मैं सिर तोड़ देता, पर सच्ची बात कहकर साहब की बात मुझसे रद न हुई। नया-नया आया था और फिर सत्य तो मैंने एक तरह कह ही दिया था।’’

सन्तराम फिर चुप हो गया। बैठा-बैठा जाने किन विचारों में खो गया और मैं सोचने लगा, विचित्र अफ़सर थे वे। मैं नौकरों के साथ न्याय का भारी पक्षपाती हूँ, पर यदि गलती करने पर भी कोई नौकर मेरी पत्नी पर हाथ उठाए तो अपनी समस्त न्यायप्रियता के बावजूद मैं उसका सिर तोड़कर रख दूँ।

सन्तराम जाने लगा था, मैंने फिर पूछा, ‘‘तो उसी दिन नौकरी छोड़ दी तुमने?’’

‘‘जी नहीं, साहब ने मुझे नहीं छोड़ा। फिर तो मैंने वहाँ छह बरस काम किया।’’

‘‘मेम साहब ने कुछ नहीं कहा?’’

‘‘उन्होंने दो-चार बार तंग करने की कोशिश की। शिकायत भी की, लेकिन फिर तो वे ऐसी राम हुईं कि...कि...अब मैं आपसे क्या कहूँ!’’

अन्तिम वाक्य कहते-कहते सन्तराम अपनी अधेड़ उमर के बावजूद शरमा गया। होंठों पर आई मुस्कान को रोक और आँखों में कौंधनेवाली चमक को दबा, सिर झुकाए हुए ऊपर भाग गया।

और जहाँ सन्तराम ने अपनी कहानी समाप्त की, वहीं से एक वैवाहिक ट्रेजिडी धीरे-धीरे मेरे सामने खुल गई।

काकड़ां का तेली

"अ"ढ़ाई रुपये!" मौलू ने सिर हिलाकर अपनी पत्नी की ओर देखा—उन आँखों से, जो मानो कह रही थीं कि कम्बख्त तांगेवाले की अक्ल शायद घास चरने चली गई है!

अभी मुश्किल से आठ-साढ़े आठ का वक्त होगा, किन्तु दिन पहाड़-सा निकल आया था। सूरज बिल्कुल सिर पर मालूम होता था। गर्मी इतनी थी कि दम घुटा जाता था। गर्द की हल्की-सी धुँध चारों ओर छाई हुई थी और इस कारण किरणें यद्यपि सीधी न पड़ती थीं तो भी शरीर के नंगे भागों में नोकें-सी चुभती हुई महसूस होती थीं।

मौलू ने अपनी बड़ी-सी पगड़ी को ठीक किया, जिसे उसकी पत्नी ने रात को रीठों के पानी से धोया था और चावलों की कनी को पकाकर कलफ़ लगाया था और जिसे दोनों सिरों से पकड़कर उनकी दोनों बेटियों ने आँगन में चक्कर लगाकर सुखाया था और जो रात-भर तह करके रखी रही थी और इस समय उसके सिर पर चमक रही थी और सिर के झटके-से एक ओर को हो गई थी। फिर उसने अपनी सफ़ेद दाढ़ी पर (जो होंठों के पास पीली-सी हो गई थी) हाथ फेरा, गठरी को बाएँ कन्धे पर करके दाएँ हाथ से तहमद को ज़रा-सा झटका दिया और चल पड़ा।

बीबां, उसकी पत्नी ने सामने जाते हुए तांगे के पीछे उड़ती हुई धूल में आँखें गड़ा दीं और बोली, "अढ़ाई रुपये! इतने से तो पन्द्रह दिन का खर्च चल सकता है, और नहीं तो फ़ज्जे की दो कमीज़ें या मेरे नन्हे चिराग की कई कुर्तियाँ बन सकती हैं।" और उसने गोद के उबली-उबली, सूजी-सूजी आँखों वाले काले-स्याह बच्चे को मुहब्बत से चूम लिया।

जूते के साथ गर्द उड़कर मौलू के तहमद पर पड़ रही थी। रात उसकी पत्नी ने पगड़ी और कमीज़ के साथ उसको भी धोया और नील भी दिया था, जो शायद रात के अंधेरे में अधिक दिया गया था, क्योंकि तहमद की सफ़ेदी में हल्की-सी नीलाहट साफ़ दिखाई दे रही थी और ज्यों-ज्यों गर्द पड़ती थी, वह और भी उभरती थी—मौलू ने फिर एक झटका देकर तहमद को ऊपर खोंस लिया। "इस साले तांगेवालों ने

सड़क का सत्यानास कर दिया है, मिट्टी मैदा बन गई।''—और उसने अपनी पत्नी और उसके पीछे आने वाली दोनों लड़कियों और सात-आठ वर्ष के बच्चे से कहा कि वे सड़क छोड़कर मेड़-मेड़ होकर चलें।

वहाँ तो सिर्फ़ तांगे ही चलते थे, लेकिन जब मौलू तीन-चार मील चलकर भीलोंवाल के पास पहुँचा, जहाँ मोटर-लारियाँ भी तशरीफ़ लाती थीं और बकरियों और भेड़ों का एक रेवड़ 'मैं-मैं' 'भैं-भैं' करता हुआ कस्बे से निकला और रात-भर बाड़े में बन्द रहने के बाद चंचल और शोख बकरियाँ (जो माएँ न बनी थीं और जिनके स्तन इतने भारी न थे कि उनको नीचे थैली की ज़रूरत पड़े) और जीवन की कटु वास्तविकता से अनभिज्ञ मेमने कुलांचे भरने लगे तो मौलू को इस मैदे की यथार्थता का पता लगा—गर्द इस तरह उड़ी कि उसके लिए आँख खोलना और मुड़कर अपने बच्चों को देखना तक असम्भव हो गया।

जब तूफान कुछ थमा और बकरियों और भेड़ों की आवाज़ों को दबातीं हुई चरवाहों की कर्कश गालियाँ श्रवण-शक्ति की सीमा से परे चली गईं तो मौलू सड़क को पार करके दूसरी ओर गेहूँ के कटे हुए खेत में जा खड़ा हुआ। गठरी उसने उतारकर धरती पर रख दी, तहमद और कमीज़ को अच्छी तरह झाड़कर उसने सिर से पगड़ी उतारी और उसे भली भांति झाड़ा; कमीज के दामन को उलटा करके उसने मुँह पोंछा; फिर पगड़ी बाँधी और बीवी-बच्चों को आवाज़ दी कि वे सड़क के इस किनारे आ जाएँ।

धूल जैसे दाईं ओर धरती और आकाश के मध्य जाकर लटक गई थी। एक लम्बी-सी लकीर वहाँ बनी हुई थी। ज्यों-ज्यों रेवड़ आगे बढ़ता जाता था, यह लकीर भी बढ़ती जाती थी। इस बढ़ती हुई लकीर की ओर देखकर और दिल ही दिल में चरवाहों को कई अश्लील गालियाँ देकर आखिर मौलू ने कहा, ''बदतमीज़, नहीं जानते कि रास्ते में शरीफ़ लोग आ रहे हैं, ज़रा खबरदार ही कर दें कि भई, एक तरफ़ हो जाओ। ऐसे उड़े चले जाते हैं, जैसे मुहिम सर करने जा रहे हों—हरामज़ादे!'' और उसने अपनी मूँछों को दो बार प्यार देते हुए अपनी दाढ़ी पर हाथ फेर लिया।

'शरीफ़' से मौलू का क्या अभिप्राय था—वह बात उसे स्वयं मालूम न थी। वह 'काकड़ां' का तेली था—गांव के इस किनारे, जहाँ बरगद का एक महान विटप बढ़कर आधे जोहड़ को अपने अधिकार में ले चुका था, उसने एक छोटा-सा कोल्हू लगा रखा था। जोहड़ के किनारे-किनारे रूड़ी[1] के ढेर लगे हुए थे। कभी जब वर्षा होती तो जोहड़ का पानी अपने किनारों के ऊपर से बह निकलता, मार्ग अवरुद्ध हो जाते, टाँगे घुटनों तक कीचड़ में धंस जातीं और रूड़ी के ढेरों की दुर्गन्ध वट के साये की नीम में जैसे वहीं जमकर रह जाती—लेकिन अपने जीवन के पचपन वर्ष मौलू ने इसी स्थान पर व्यतीत किए थे। गाँव के बीस मील परे क्या होता है,

---

1. रूड़ी-गन्दगी

इसकी उसे कभी खबर न हुई थी। जीवन में शायद तीन-चार ही ऐसे अवसर आए थे जब उसे ऐसे धुले हुए कपड़े पहनने को मिले थे। ईद पर हर साल वह अवश्य कपड़े बदला करता था, किन्तु उसका कपड़े बदलना यही होता कि नंगे बदन रहने के बदले वह उस दिन कमीज़ भी पहन लेता या बीबां अधेले के रीठे लेकर उन्हें मल डालती, नहीं उसकी आयु तो तेल में सने काले, चीकट कपड़ों में गुज़र गई थी। कपड़ों में क्या—आयु का अधिकांश भाग तो उसने मात्र एक तहमद में गुज़ार दिया था। जिस तरह पास रहते हुए भी जोहड़ के गन्दे पानी और उसके किनारे लगे हुए गन्दगी के ढेरों में उसके लिए कोई दुर्गन्ध न रही, इसी तरह तेल और पसीने से तर, गन्दे, मैले, जीर्ण-जर्जर कपड़ों के लिए भी उसकी संज्ञा मर गई थी। और रही गर्द, सो मात्र तेल के काम से इस गांव में आजीविका की सूरत न देखकर, उसने वहीं कोल्हू के एक ओर चाक लगा रखा था जहाँ वह घड़े, कुज्जे, लोटे, दौरियाँ, मटके बनाया करता था। वह जाति से कुम्हार था या तेली?—इस बात का स्वयं उसे पता न था। अपने दादा और फिर पिता को उसने यही काम करते देखा था और जब से उसने होश सँभाला था, वह यही काम किए जा रहा था। जब उसके हाथ तेल में न होते तो मिट्टी में होते। रही शिक्षा, तो कुराने-पाक़ की कुछ आयतों के अतिरिक्त (जो वह गलत उच्चारण के साथ बड़ी तन्मयता से पढ़ा करता था) उसने वे सब गालियाँ सीखी थीं जो उसके दादा, फिर बाप और फिर बड़े भाई दिया करते थे। किन्तु आज इस मिट्टी और इस वातावरण के विरुद्ध, जिसमें कि यह जन्मा, पला और परवान चढ़ा, तो ऐसी घृणा की भावना उसके मन में उत्पन्न हो गई और वह अर्धनग्न, जीर्ण-शीर्ण तहमदों में आवृत्त, अपने कपड़ों के अभाव की ओर से बेपरवाह चरवाहों को 'बदतमीज़' और 'असभ्य' समझने लगा तो इसका कारण था। पहले तो यह कि वह अपने उस छोटे भाई के लड़के की शादी में शामिल होने के लिए जा रहा था जो लाहौर रहता था और देहाती की अपेक्षा अधिक शहराती हो गया था, फिर देहातियों के लिए शहरवाले शरीफ़ होते हैं और चूँकि वह स्वयं एक शरीफ़ आदमी के लड़के की शादी में जा रहा था, इसलिए वह भी शरीफ ही था, फिर यह कि उसने अत्यन्त साफ़-सुथरे कपड़े पहन रखे थे—और शराफ़त तो एक आपेक्षिक-सी चीज़ है—शरीफ़ वह है जो शरीफ़ नज़र आए और 'काकड़ां' में रहते हुए वह जो कुछ भी हो, इस रास्ते पर जाता हुआ काफी शरीफ़ और प्रतिष्ठित मालूम होता था।

बैरोके के समीप एक खाल[1] पानी से भरी, किसी बड़े अजगर की भांति मज़े से रींग रही थी। मौलू ने उसे पार किया, फिर गठरी रखकर हाथ बढ़ा, बच्चे को

---

1. खाल—रजबाहा

थामा और अपनी पत्नी को खाल पार करने में सहायता दी। रहमां पहले स्वयं छलांग मारकर इधर आई, फिर उसने फ़ज्जे को पार उतरने में मदद दी, किन्तु लहरां के जूते की एक मेख उभर आई थी और उसकी दाईं एड़ी में घाव हो गया था। नीचे धरती गर्म लोहे की भांति तप रही थी, इसलिए वह नंगे पाँव चलने का साहस न कर सकी थी और एड़ी उठाए, अपने दुपट्टे से गर्दन पर निचुड़ते हुए पसीने को पोंछती हुई चली आ रही थी और बहुत पीछे रह गई थी।

“अरी तू अब तक पीछे ही लटकती हुई चली आ रही है; पाँव तेरे टूट गए हैं क्या?” और पल-भर के लिए अपनी शराफ़त को भूलकर मौलू ने एक अश्लील गाली अपनी लड़की को दे डाली।

“मुझसे चला नहीं जाता”, लहरां ने जैसे रोते हुए कहा।

मौलू ने गठरी उठाकर जामुन के एक पेड़ के नीचे रख दी। “ला इधर, मैं इस मेख को ठीक कर दूँ! अभी ग्यारह-बारह मील हमें जाना है।”

बीबाँ अपने आँचल से अपने-आपको हवा करती हुई वहीं वृक्ष के नीचे घास पर बैठ गई और नन्हे को दूध पिलाने लगी।

रहमां ने खाल के पानी से मुँह धोया और गीले हाथ फ़ज्जे के मुँह पर फेरे। और खाल पर पहुँचकर लहरां ने जूते अपने बाप की ओर फेंक दिए और फिर फलांगकर इस ओर आ गई, किन्तु पाँव उसका अब भी लंगड़ा रहा था।

मौलू ने मेख को देखा—उसकी पतली-सी नोंक, जिसका मुर्चा घाव की नमी के कारण साफ़ हो गया था, किसी नव-वय के विद्रोही की तरह सिर उठाए चमक रही थी। कहीं से ईंट का टुकड़ा ढूँढ़कर मौलू ने उस नोक को तोड़ दिया। फिर निरन्तर चोटों से उसे बहुत ज़्यादा अन्दर धकेल दिया और मुँह पर पानी के छींटे मारकर उसे तहमद के दामन की उल्टी तरफ से पोंछता हुआ कुछ क्षण सुस्ताने के लिए अपनी पत्नी के पास आ बैठा।

“वैरोके तो बस पास ही है, इस आमों के बाग के पीछे; वहाँ से सुनते हैं अटारी दस मील है। तो मज़े से तीसरे पहर वहाँ जा पहुँचेंगे।” और फिर तांगे वाले की बात का ख़याल आ जाने से उसे हँसी आ गई, “साला अढ़ाई रुपये माँगता था। छह मील तो हम आ गए हैं।”

“अढ़ाई रुपये”, उसकी पत्नी ने कहा, “जैसे हमारे यहाँ रुपयों के ख़ज़ाने हों। वहाँ जाएँगे तो क्या हसन खां के बच्चों के लिए कुछ न लेकर जाएँगे?”

यह हसन खां, जो अपने जीवन के पैंतीस वर्ष तक गाँव में सिर्फ़ ‘हस्सू’ के नाम से पुकारा जाता रहा, लाहौर में ईश्वरसिंह सरकारी ठेकेदार का मेट था। जब लोपोके की नहर बननी शुरू हुई तो न जाने किस तरह, मौलू आज तक इस बात को नहीं समझ सका, हस्सू जाकर उसके मज़दूरों में शामिल हो गया। छः आने दैनिक

मज़दूरी पर। फिर ठेकेदार ईश्वरसिंह ने खुश होकर उसे पाँच रुपये महीने पर मेट बना लिया, फिर आठ कर दिए और जब उस काम को खत्म करके ठेकेदार ईश्वरसिंह लाहौर चला गया तो अपने इस विश्वसनीय मेट को भी साथ ले गया। उसी दिन से 'हस्सू' 'हसन खां' बन गया था। गाँव में जब वह एक बार आया तो चौड़े पायंचों की शलवार, बोस्की की कमीज़ और सिर पर कुल्लेदार साफा उसने पहन रखा था, जिसका तुर्रा एक फूल की भांति खिला हुआ था—मौलू चकित रह गया था और समझ न पाया था कि किस तरह उसके इस छोटे भाई ने इतना ओहदा और इतना इल्म प्राप्त कर लिया है!

इस जामुन की छाया में बैठे-बैठे, अपने तहमद की गांठ खोलकर मौलू ने सब पैसे निकाले। अधिकांश पर मिट्टी और तेल की काली तह जम गई थी और यद्यपि धरती से निकालकर तहमद में बाँधने से पहले उसने उन्हें अच्छी तरह धो लिया था, तो भी तहमद का वह हिस्सा, जिसमें पैसे बाँधे गए थे, काला हो गया था।

यद्यपि घर से वह उन्हें गिनकर लाया था और यद्यपि चन्द पैसों के सिवा उनमें से कुछ अधिक खर्च न हुआ था, तो भी घास पर तहमद का एक पल्ला बिछाकर उसने उन्हें दोबारा गिना—चार रुपये और कुछ आने थे और यह रकम उसने बड़ी कठिनाई से पैसा-पैसा करके साल-भर में जमा की थी, बल्कि यों कहना चाहिए कि दो साल में जमा की थी। ज्योंही हस्सू का लड़का आठ वर्ष का हुआ और उसकी सगाई हुई, उन्हें इस बात की चिन्ता हो गई थी कि उसका निकाह बस अब समीप ही है, इसलिए उन्हें कुछ-न-कुछ बचाना चाहिए, और चूँकि हस्सू लाहौर चला गया था और उसने यह भी जता दिया था कि वह लड़के की शादी लाहौर ही करेगा, इसलिए दो साल से वे इस विवाह में जाने के लिए कुछ-न-कुछ बचाने का प्रयास करते आ रहे थे और दो साल से ही बच्चे इस विवाह में शामिल होने के ख़्याल से इस बात का ज़िक्र करके कि उन्हें वहाँ क्या-क्या खाने को और क्या-क्या उपहार-स्वरूप मिलेगा, खुश हो रहे थे। किन्तु गत वर्ष मौलू केवल दो रुपये बचा पाया था और इस वर्ष सिर्फ दो रुपये और कुछ आने।

और इन दो वर्षों में उसने परिश्रम भी कम न किया था। जितनी सरसों वह प्राप्त कर सकता था, उसने प्राप्त की थी और जितना तेल इर्द-गिर्द के गाँवों में बेचा जा सकता था, उसने बेचा था। अपनी सप्लाई को बढ़ाने के लिए उसने सरसों में तोरिया मिलाने में भी संकोच न किया था और जब उसके ग्राहकों ने शिकायत की थी कि तेल बालों में ज़्यादा लगता है तो उसने बड़े गर्व से कहा था कि खालिस कच्ची घानी का जो हुआ, नहीं नाख़ालिस तेल यदि लगाओ तो यह भी पता नहीं चलता कि बालों में कोई तेल लगा है या नहीं! फिर फ़सल के दिनों में उसने कटाई का काम भी किया था और पीर दौले शाह और क्रीम शाह की ख़ानकाहों पर लगने

वाले मेलों में घड़ों और मटकों की दुकानें भी लगाई थीं, लेकिन इस पर भी वह गत वर्ष में यही कुछ बचा पाया था। और बिना सालन की रूखी रोटी के सिवा उन्हें कभी कुछ प्राप्त न हुआ था। यह ठीक है इस विवाह के ख़्याल से उसने अपनी बीवी और बेटियों को गबरून की एक-एक कमीज़ और दरेस की एक-एक सुथनी सिलवा दी थी, स्वयं भी एक तहमद और साफ़ा खरीदा था और फ़ज्जे को भी एक तहमद ले दी थी, लेकिन इन सबके लिए तो वह भीलो शाह का कर्ज़दार था जिससे उसने वादा किया था कि अगले वर्ष वह जितना तेल निकालेगा, उसकी दुकान में डाल देगा।

वहीं बैठे-बैठे मौलू ने हिसाब लगाना शुरू किया, ''यदि हम अटारी से जाकर चढ़ें तो चार-चार आने तो मोटर का किराया लगेगा, इस तरह साढ़े चार टिकटों के...''

''लेकिन साढ़े चार किस तरह?'' उसकी पत्नी ने बात काटकर कहा, ''फ़ज्जे का टिकट किस तरह लग सकता है, अभी कल का तो बच्चा है, तुम उसे ज़रा गोदी में उठा लेना!''

''ये मोटर वाले एक ही शैतान होते हैं'', मौलू ने कहना शुरू किया, ''अगर माँगेंगे तो? सुना है, तीन साल से बड़े का टिकट लगता है।''

''हाँ लगता है!'' बीबां बोली, ''वे न माँगें तो भी तुम दे देना!''

''तो खैर, एक रुपया टिकटों का सही और फिर शहर का मामला है। हसन खां की वहाँ शान होगी। पैदल घिसटते हुए उसके यहाँ कैसे जाया जाएगा? पड़ोसी न कहेंगे—कैसे भिखमंगे रिश्तेदार हैं इसके। तांगे तक पर नहीं आ सके। तीन-चार आने तांगे पर भी खर्च करने पड़ेंगे।''

बीबां को इस बात का विश्वास था और अपने बच्चों को भी उसने कई महीने पहले कह रखा था कि चचा के घर से उसे बहुत कुछ मिलेगा, इसलिए उसने कहा, ''एक रुपये की मिठाई हस्सू के बच्चों के लिए ले जाना, जब वे हमारे बच्चों को इतना कुछ देंगे तो हम किस तरह खाली हाथ जाएँगे?''

''खैर'', मौलू हिसाब लगाकर बोला, ''सवा रुपया वापस पर खर्च आएगा तो बाक़ी बड़ी मुश्किल से बारह आने-एक रुपया बचेगा।''

लहरां ने अचानक कहा, ''मेरे पाँव में छेद हो गया है, जूता मेरा बिल्कुल घिस गया है, मुझे जूता ले देना।''

रहमां बोली, ''मेरी चुनरी फट गई है, मुझे एक नई चुनरी ले दो। चचा की लड़की के सामने क्या मैं फटी चुनरी पहनूँगी?''

मौलू की कमीज़ का दामन पकड़ते हुए फ़ज्जे ने कहा, ''अब्बा, हमें बूट ले देना!''

''चलो बैठो!'' बीबां ने एक झिड़की दी। ''सात-आठ दिन वहाँ रहना है! तो क्या अपने पास एक कौड़ी भी न रखेंगे! फिर लम्बा रास्ता, शरबत-पानी की भी ज़रूरत पड़ जाती है।''

लोपोके के मोड़ पर उन्हें एक तांगा जाता हुआ मिला। लहरां के जूते की मेख फिर बाहर निकल आई थी, लेकिन उस घायल दिल की भांति जिसमें कुन्द-सा मज़ाक भी छेद कर देता है, वह कुण्ठित मुड़ी हुई मेख लहरां की घायल एड़ी को और भी घायल कर रही थी और वह लंगड़ा-लंगड़ाकर चल रही थी और काफ़ी पीछे रह गई थी और फ़ज्जा भी चिल्लाने लगा था कि उसे उठा लिया जाए और धूप की शिद्दत से बीबां की गोद का बच्चा भी बेहाल होने लगा था।

मौलू ने बेपरवाही से तांगे की ओर देखते और जैसे ईंट फेंकते हुए पूछा, ''क्यों भई?''

''कहाँ जाना है?'' तांगा बिना रोके तांगेवाले ने पूछा।

''अटारी!''

''पाँच-पाँच आने!''

''पाँच-पाँच आने?''

''तुम्हें क्या देना है?''

लेकिन मौलू ने कुछ उत्तर न दिया। तहमद को फिर ऊपर खोंस, पगड़ी के शमले से गर्दन और मुँह का पसीना पोंछ, गठरी के बोझ से धीरे-धीरे दबने वाली गर्दन को उठाकर वह चल पड़ा।

लहरां और फ़ज्जे ने एक बार कहा, ''अब्बा, तांगा...''

कड़ककर मौलू ने उन्हें चुप करा दिया। बीबां ने भी बच्चे को कन्धे से लगाकर झुलाते हुए ओठों का गोला बनाकर उसमें ज़बान हिलाते हुए ओ...लो...लो...करना आरम्भ कर दिया और जब इस पर भी बच्चा न माना तो कमीज़ का बटन खोलकर उसने अपनी छाती निकाल उसके मुँह में दे दी।

सड़क बिल्कुल कच्ची थी। सड़क तो उसे कहा भी न जा सकता था। किसी ज़माने में वहाँ ज़रूर सड़क रही होगी, किन्तु अब तो उसकी विशालता को देखकर उस पर किसी ऐसे दरिया का धोखा होता था, जिसके दोनों किनारे फैलते-फैलते आस-पास की ऊसर धरती में जा मिले हों—हाँ, दोनों ओर परांह के निरर्थक टेढ़े-मेढ़े पेड़—जिनके तने वर्षों से वर्षातिप के कारण खोखले हो चुके थे और सड़क की सुन्दरता में वृद्धि करने की अपेक्षा उसकी कुरूपता को बढ़ाते थे; जिनकी लकड़ी जलाने तक के काम न आती थी, जिनके पत्तों को बकरियाँ तक न खाती थीं और जिनकी शाखाओं पर बया तक का घोंसला न था—इस सड़क के अस्तित्व की गवाही देते थे। और कहीं कोई बबूल का कांटेदार वृक्ष अपनी लम्बी-लम्बी शाखाओं को सड़क पर झुकाए हुए खड़ा था कि यदि गर्मी के ताप से जलता हुआ कोई व्यक्ति छाया में आने का प्रयास करे तो उसकी पगड़ी उतर जाए अथवा उसका चेहरा ज़ख्मी हो जाए।

ईंट तो दूर, किसी कंकर तक का निशान वहाँ न मिलता था, इसलिए किसी

विटप के तने पर रखकर किसी ढेले से गाड़ने के बावजूद जब मेख बार-बार बाहर निकल आती थी और ऐड़ी का घाव बढ़ता जाता था, और चलना उसके लिए प्रतिक्षण दूभर हुआ जा रहा था तो आखिर तंग आकर लहरां ने जूते हाथ में उठा लिए। धूल धधकती हुई राख की भांति जल रही थी और प्रायः जब गर्द में टखनों तक पाँव धँस जाते तो समस्त शरीर में जलन की एक लहर दौड़ जाती थी। किन्तु मेख की चुभन से टीस की जो लहर दौड़ती थी, वह शायद जलन की इस लहर से अधिक कष्टदायक थी, इसलिए वह चली जा रही थी, किन्तु इस पर भी वह सबसे पीछे थी।

इतनी उमर बीत गई थी, पर मौलू कभी इस सड़क पर न आया था। यदि उसे मालूम होता कि वह सड़क इतनी ऊबड़-खाबड़, वीरान और छायारहित है तो वह कभी इस ओर मुँह न करता—विशेषकर उस समय जब उसके साथ बच्चे थे—उसके कोल्हू पर तो वट की घनी छाया थी और निकटवर्ती देहात में कभी-कभी तेल लेकर जाने अथवा मिट्टी के बड़े-मटके लेकर भीलोवाल या वैरोके तक आने के अतिरिक्त उसने कभी इस ओर का सफ़र न किया था। उसकी दुनिया बरगद के एक घने पेड़ की छाया में बसती थी, जहाँ तपती-जलती हवाएँ शीतल हो जाती थीं और गर्म धूप भी ठण्डक पहुँचाती थी और कभी जब वह खुदा के सामने नतमस्तक होता और कुरान की आयतों को अपने ग़लत उच्चारण से पढ़ता तो खुदा का जो अस्तित्व उसके सामने आता, वह कुछ उस बड़े घने वट वृक्ष का-सा होता, बड़ी-बड़ी शाखाओं वाला, सायेदार, अगणित घोंसलों को अपनी शाखाओं में छिपाए हुए—लेकिन यह तपती वीरान दुनिया, हरियाली का एक तिनका भी नहीं, और इस मरु में किसी जलते हुए तीर की भांति जलती-जलाती, तपती-तपाती यह सड़क! यदि उसे मालूम होता तो कभी बच्चों को यों साथ न लाता—कभी न लाता!

...किन्तु इस ख़याल को उसने तत्काल अपने दिल से निकाल दिया और वह फिर अकड़कर चलने लगा। तहमद को झटका देने अथवा कमीज़ को झाड़ने का ख़्याल उसे कब का भूल चुका था—कोई साइकिल सवार या भूला-भटका राही भी गुज़रता तो उन पर मिट्टी की तह छा जाती और लू, जो कभी इधर से उधर और कभी उधर से इधर चलने लगती, शरीर में प्रवेश करके नसों तक को झुलसा रही थी और कभी-कभार कोई बगूला मिट्टी बरसाता हुआ निकल जाता था। तहमद का नीलाहट लिए सफेद रंग अब मटियाला हो गया था। पगड़ी की वह दमक न रही थी और कपड़ों की उल्टी तरफ से चेहरे या गरदन का पसीना पोंछने के बदले अब वह सीधी तरफ़ को ही काम में लाए जा रहा था।

उससे कुछ अन्तर पर उसकी पत्नी चली जा रही थी। उसके समस्त यत्न बच्चे को पुचकारने में लगे हुए थे, फिर रहमां थी—जिसे शायद उसके पड़ोसी ग्वाले नूर

का ख़याल इस चिलचिलाती धूप की तपन को महसूस न होने देता था और शायद इस बरसती हुई आग में भी वह स्वप्न देखती चली जा रही थी—उसकी अँगुली थामे फ़ज्जा चल रहा था, जिसे कभी वह उठा लेती थी और कभी कमर, कन्धा या बाँह थक जाने पर फिर उतार देती थी—फूल-सा चेहरा उसका कुम्हला गया था, ओंठ सूख गए थे; गन्दे-मैले हाथों से बार-बार मुँह का पसीना पोंछने के कारण उसके चेहरे पर कई दाग लग गए थे और चाल उसकी उत्तरोत्तर धीमी होती जा रही थी।

और इन सबके पीछे पूर्ववत् कभी जूता पहनती और कभी उतारती हुई लहरां लंगड़ाती-लंगड़ाती चली जा रही थी।

नहर से उतरकर मौलू ने देखा—दाईं ओर एक बरगद का घना पेड़ है—मादा बरगद का, जिसका तना बहुत ऊँचा नहीं उठता, मोटी-मोटी, लम्बी-लम्बी, सिर को छूती हुई डालियाँ छतरी की तरह फैलती चली जाती हैं—उसकी एक शाखा पर दो मोर बैठे हैं, निश्चिन्त और मस्त! उनके लम्बे-लम्बे, चमकीले पंख धरती को छू रहे हैं और दूर किसी कुएँ की गाधी पर बैठा हुआ कोई जाट 'हीर वारिस शाह'[1] अलाप रहा है। उसकी सुरीली बारीक, लेकिन ऊँची आवाज़ इस सूनी, वीरान, निस्तब्ध दुपहरी में गूँजती, लहराती हुई उस तक आ रही है—

'घर आ ननान ने गल्ल कीती, भाबी इक जोगी नवां आया नीं।

कन्नीं ओसदे दरशनी मुन्द्रां ने, गले हैकला अजब सुहाया नीं!'[2]

अतीत के किसी दूरस्थ प्रदेश से आनेवाली स्मृति की तरह तरुण यौवन के वे दिन मौलू की आंखों के सामने घूम गए, जब वह अपने वट की शाखा पर बैठकर अथवा किसी आम या जामुन के तने से पीठ लगाए हीर वारिस शाह गाया करता था और उसके जी में आई कि वह पूरे गले से तान लगाए—

'फिर ढूंढदा बिच हवेलियाँ दे, कोई ओस ने लाल गंवाया नीं!

हीरे किसे राजवंस दा ओह पुत्तर, रूप तुद्ध थीं दून सवाया नीं!'[3]

किन्तु यह तान उसके हृदय में ही रह गई। अपनी लम्बी दाढ़ी, अपने शरीफ़ लिबास और अपने पीछे चले आने वाले बीवी-बच्चों का उसे ख़्याल हो आया और उसके हृदय से बरबस एक दीर्घ निःश्वास निकल गया।

तभी फ़ज्जे ने रोते हुए सूखे गले से कहा, ''अब्बा, मुझे प्यास लगी है; अब्बा, मुझे उठा लो!''

---

1. पंजाबी का अमर काव्य

2. घर आकर ननद ने कहा कि ऐ भाभी, एक नया जोगी आया है। उनके कानों में दर्शनीय बालियाँ हैं और गले में हैकल शोभा दे रही है।

3. हवेलियों में वर ढूँढ़ता फिर रहा है जैसे कि उसने कोई लाल खो दिया हो। ऐ हीर, वह तो किसी राजे का बेटा दीखता है, उसका रूप तुझसे भी सवाया है।

और मोलू ने मुड़कर देखा—लहरां बेचारी थककर परांह की एक टेढ़ी-सी जड़ पर बैठ गई थी।

''मर गई वहीं तू!'' कड़ककर मौलू ने कहा।

लहरां उठी और लंगड़ाती-लंगड़ाती चलने लगी। मौलू ने तब मुड़कर अपने बेटे को डांटा कि ज़रा दम ले, सामने 'चोगावां' नज़र आ रहा है। वहीं चलकर लस्सी-पानी पिएँगे।

और चोगावां तक वे दोनों किसी न किसी तरह चलते आए थे। लस्सी-पानी से अधिक उनके सन्तोष का कारण उनका यह खयाल था कि अब्बा वहाँ से अवश्य तांगा लेंगे। किन्तु जब कुछ सुस्ताने और सूखी रोटी को तेल के पकौड़ों के साथ (जो उनके अब्बा ने अड्डे से लिए थे) पानी की सहायता से पेट में पहुँचाने के बाद उन्हें फिर मार्च की आज्ञा मिली तो चल तो वे पड़े, लेकिन मार्च नहीं कर सके। चौगावां से 'वनीके' तक इस मार्च में कई हाल्टिंग स्टेशन आए, जबकि वे एक बीमार थके हुए घोड़े की तरह अड़ गए और झिड़कियाँ, गालियाँ या एक-दो चांटे खाकर फिर चल पड़े, किन्तु वनीके मोड़ पर जो वे एक बार रुके तो फिर नहीं बढ़े। थप्पड़ खाने पर भी फ़ज्जा टस से मस न हुआ और गालियाँ खाकर भी लहरां बैठी दुपट्टे से आँसू पोंछती रही।

तांगे वाले से मौलू ने बिल्कुल ही न पूछा हो, यह बात नहीं। पूछा था, किन्तु बिना सवार होने के खयाल से। और यह जानकर कि लोपोके से चोगावां तक वह गर्द का दरिया पार करने के बावजूद अभी तक किराये में मात्र एक आने की कमी हुई है, और यह जानकर कि आगे सड़क पक्की है और कहीं-कहीं शीशम के वृक्ष भी हैं, वह चल पड़ा था।

जब थप्पड़ खाकर फ़ज्जा रोने लगा, लेकिन उठा नहीं तब बीबां ने उसे प्यार देकर उठाना चाहा और नन्हे को रहमां के हवाले करके उसे गोद में ले लिया। मस्तक पर हाथ फेरते ही वह सहमकर पुकार उठी—

''देखो, तुम इसे पीट रहे हो, इसका पिण्डा तो भट्ठी बना हुआ है!''

और तब ज्वर के वेग से तपे हुए अपने लड़के के चेहरे को देखकर मौलू पिघल उठा और उसने अनिच्छापूर्वक एक जाते हुए तांगे को रोका और अटारी का किराया पूछा।

''चार-चार आने'', तांगे वाले ने उत्तर दिया।

''चार-चार आने, लेकिन इतना तो चोगावां से मांगते थे!''

''तुम क्या देते हो?''

''एक-एक आना ले लो, तीन-साढ़े तीन मील हम चल भी तो आए हैं!''

तांगेवाले का तांगा तो भरा हुआ था, इसलिए उसे सवारियों की उतनी ज़्यादा

परवाह न थी, ''तो वहीं से जाकर चढ़ जाओ'', उसने कहा और हण्टर घुमाया।

''छै-छै पैसे ले लो।''

''ओ तेरी माँ मर जाए!'' हण्टर घोड़े की पीठ पर पड़ा और वह चल पड़ा। ''दो आने।''

''अढ़ाई आने!'' उसने अपने कण्ठ की पूरी आवाज़ के साथ कहा।

तांगा काफ़ी दूर जाकर रुक गया। सवारियाँ तो पूरी थीं, किन्तु 'भागते भूत की लंगोटी ही सही' के अनुसार तांगे वाले ने ये दस-बारह आने छोड़ने उचित न समझे।

रहमां से बच्चे को लेते हुए चिन्तातुर स्वर में बीबां ने जैसे अपने-आप से कहा, ''इसका जिस्म भी गर्म हो रहा है, अल्ला खैर करे!'' और वह तांगे की ओर बढ़ी।

यद्यपि जहाँ दो की जगह थी, वहाँ चार बैठे और सांस लेना तक मुश्किल हो गया, तो भी सबने एक तरह से सुख की सांस ली।

जब पलक झपकते ही (कम से कम मौलू को ऐसा ही मालूम हुआ) अटारी का मोड़ आ गया और तांगे वाले ने कहा कि अगर जल्दी चढ़ना चाहते हो तो यहीं उतर जाओ, क्योंकि यहाँ से मोटर जल्दी मिलती है तो मौलू के दिल को धक्का लगा।

''अड्डा आ गया?'' उसने पूछा।

''अड्डा तो आगे है, लेकिन यहाँ से जल्दी मोटर मिल जाएगी। अड्डे पर बहुत देर बैठना पड़ेगा, वहाँ और भी होते हैं और आजकल ट्रैफिक पोलिस भी बड़ी सख्त हो गई है।''

ट्रैफिक पोलिस क्या बला है, यह बात तो मौलू की समझ में बिल्कुल नहीं आई। उसने भ्रू-भंग करके तांगे वाले की ओर देखते हुए कहा, ''यह चालाकियाँ मैं सब समझता हूँ।''

किन्तु जब तांगे में बैठी हुई दो सवारियाँ वहीं उतर पड़ीं और जब दूसरों ने भी कहा कि अगर लॉरी जल्दी पकड़नी है तो यहीं उतर पड़ो तो वह भी उतरा, किन्तु सड़क पर पांव रखते ही वह गरजा, ''बस यहीं तक लाने के बारह आने तुम माँगते हो!''

तांगे वाले ने बेपरवाही से कहा, ''तुम्हारी मर्जी है, तुम अड्डे तक चले चलो!''

मौलू का जी चाह रहा था, इस पाजी तांगेवाले को उतारकर सड़क पर पटक दे। उसने चीखकर कहा, ''तुम लुटेरे हो!''

तांगेवाले ने हण्टर उठाया, ''ज़बान, सँभालकर बात करो मियाँ!''

तभी बीबां तांगे से उतर कर दोनों के मध्य आ खड़ी हुई, ''तैश में न आओ भाई, हम पैसे मारकर न ले जाएँगे, आदमी-आदमी तो देख लिया करो तुम!''

मौलू कोई बड़ी अश्लील गाली देने लगा था, पर यह सुनकर गाली देने के बदले उसने वही काले स्याह, अड़तालीस पैसे, तांगे वाले के हाथ पर गिन दिए और शहीदी भाव से बच्चों को उतारने लगा।

''बारह आने तो इसे दे दिए। अब वहाँ किस तरह काम चलेगा'', जाते हुए तांगे की ओर देखते हुए बीबां ने जैसे अपने-आपसे कहा।

मौलू चीखकर कुछ कहने ही लगा था कि उसकी दृष्टि अपने नन्हें बच्चे की ओर चली गई जिसका स्याह चेहरा ज्वर के वेग से और भी स्याह हो रहा था। उसने उसके माथे पर हाथ रखा, कुर्ती उठाकर पेट को देखा, ''जिस्म तो इसका जल रहा है।'' उसने कहा और फिर एक आती हुई मोटर से बचाने के लिए अपने बीवी-बच्चों को एक तरफ़ करके वह उन्हें किनारे पर लगे हुए शीशम के साये में ले चला।

''अरे मौलू, तुम किधर?'' आश्चर्य से वृक्ष के नीचे बैठे हुए एक व्यक्ति ने पूछा।

''अरे भाई, हसन के लड़के की शादी में लाहौर जा रहा था'', मौलू ने निराशा-भरी आवाज़ में कहना शुरू किया, ''रास्ते में लड़कों को बुखार ने आ दबाया।

''कहाँ जा रहे हो वहाँ लाहौर में?''

''मुज़ंग में हसन रहता है, वहीं जाना होगा। न हुआ भाई तांगा कर लेंगे, तीन-चार आनों की बात है, सो भाई दे देंगे!''

''तीन-चार आने!'' वह हँसा, ''तुम लाहौर कभी गए नहीं, एक रुपये से कम में वहाँ ताँगा ना जाएगा।''

मौलू ने बड़ी निराश दृष्टि से अपनी पत्नी की ओर देखा, जो शायद कह रही थी कि एक रुपये की मिठाई हसन के बच्चों के लिए भी लेनी है और फिर वापस आने के लिए भी पैसे चाहिए और बीबां की निगाहें शायद कह रही थीं कि मुए तांगे वाले ने यों ही हमारे बारह आने ठग लिए।

''तुम किधर आए थे नवाब?' मौलू ने पूछा।

''भीलो शाह की बोरियाँ स्टेशन छोड़कर आ रहा हूँ!''

''तो अब वापस आ रहे हो?''

''चला ही जा रहा हूँ, योंही ज़रा दम लेने के लिए रुक गया था!''

तब फिर मौलू ने बीबां की ओर और बीबां ने मौलू की ओर देखा और मौलू ने कहा, 'क्या कहूँ यार, बच्चों को बुखार ने आ दबाया है, हस्सू ने तो बहुतेरा लिखा था कि बीवी-बच्चों के साथ आना, लेकिन यहाँ तक आते-आते बच्चे बीमार हो गए, लहरां का पाँव ज़ख्मी हो गया है और फ़ज्जे और चिराग का पिण्डा गर्म तवा बना हुआ है, सोचता हूँ, वहाँ कहीं तकलीफ बढ़ न जाए। शादी का मामला है, खाने-पीने में परहेज़ रहता नहीं, और फिर वहाँ वह बात थोड़े ही है जो अपने

घर में है। डॉक्टर...''

''ये डॉक्टर साले तो अच्छे-भले को बीमार कर देते हैं।'' नवाब ने कहा।

''अरे बाबा, उन तक हमारी पहुँच कहाँ?'' और फिर एक बार पत्नी की ओर देखकर उसने नवाब से कहा, ''तुम एक मेहरबानी करो नवाब, इन सबको ले जाओ। मुझे तो जाना ही होगा, कल बरात चढ़ेगी!'' और फिर उसके उत्तर की प्रतीक्षा किए बिना उसने बीवी-बच्चों को बैलगाड़ी पर चढ़ने का आदेश दिया।

नवाब गाड़ी पर आ बैठा।

''रास्ते में भीलोवाल के निरंजनदास हकीम से कुछ दारू लेते जाना'', उसने गाड़ी के पीछे चलते हुए अपनी पत्नी से कहा।

तभी दूर सड़क पर अमृतसर की ओर से एक लारी आती हुई दिखाई दी।

मौलू ने जल्दी-जल्दी अपने बच्चों का प्यार लिया।

फ़ज्जे के जलते हुए मस्तक को चूमा, ''हम तुम्हारे लिए बूट लाएँगे!''

लहरां के सिर पर हाथ फेरा, ''तुम्हारे लिए जूता लाएँगे!''

रहमां को डांटा कि बच्चों का खयाल रखना और माँ से लड़ना नहीं।

फिर वह गठरी उठाए भागता हुआ-सा सड़क पर आ खड़ा हुआ और उसने आती हुई लॉरी को रोकने के लिए हाथ बढ़ा दिया।

मनुष्य–यह!

अपनी पत्नी की मृत्यु के चौथे रोज़ जब पं. परसराम शमशान से फूल चुनने के बाद मुहल्ले की धर्मशाला में आकर बैठे तो उस समय उनके मन में असीम वैराग्य उत्पन्न हो उठा। उस समय ही क्यों, पत्नी उनकी जिस दम बीमार पड़ी और जिस दम उन्हें मालूम हुआ कि डॉक्टरों, हकीमों और वैद्यों की दवाएँ और उनकी माँ के देवी-देवता, पीर-फ़क़ीर, सब उसे काली मौत के मुँह से न बचा सकेंगे, उसी समय से एक अज्ञात वैराग्य उनकी नस-नस में समाया जाता था।

प्रातः का अँधेरा अभी काफ़ी गहरा था। लोग चुपचाप आकर दरी पर बैठ गए थे। धर्मशाला के मन्दिर का पुजारी भी मन्दिर के चबूतरे को धोने का काम छोड़कर शोक प्रकट करने के निमित्त चुपचाप आ बैठा था। परे दरवाज़े पर लालटेन, जैसे अपनी अन्तिम साँसों को भरराक रोककर, प्रकाश देने का प्रयास कर रही थी। तेल शायद समाप्त हो चुका था और उसका मद्धिम प्रकाश, अन्धकार की गहराई को और भी व्यग्रता से प्रकट कर रहा था।

पं. परसराम ने दीर्घ निःश्वास छोड़ा। उन्होंने चाहा कि अँधेरा उन्हें भी चुपचाप लील जाए, उसी तरह निगल जाए, जैसे मृत्यु का अन्धकार उनकी पत्नी को निगल गया था। गर्म कम्बल उनके कन्धों से खिसक कर धरती पर आ रहा था। कमीज़ का गुरेबां खुला था; शरीर में तीर की भांति चुभ जाने वाले शीत का उन्हें लेश भी ज्ञान न था। उनकी तो मानो चेतना ही सन्न हो गई थी।

नाई ने कहा, ''यजमान, उठकर हाथ दे दो!''[1]

परसराम अन्यमनस्क भाव से कम्बल को सँभालते हुए उठे। खोये-खोये से धर्मशाला के दरवाज़े पर आ खड़े हुए और उपस्थित लोगों की ओर उन्होंने हाथ बढ़ा दिया। तब सबको सुनाई देने वाली एक लम्बी साँस के साथ, मानो उमर भर के अनुभवों से दबी हुई कमर को लेकर लाला रामलुभाया उठे और कुछ समीप आकर उन्होंने कहा, ''देखो बच्चा, अब ग़म को छोड़कर आगे की चिन्ता करो, यह संसार तो ऐसे ही चलता है।''

इस 'आगे की चिन्ता' में जो संकेत निहित था उसे समझकर परसराम का

हृदय ग्लानि से भर आया और उन्होंने उपेक्षा से मुँह फेर लिया।

लाला रामलुभाया फिर लम्बी साँस लेकर चल पड़े और उनके बाद दूसरे लोग एक-एक करके शोक प्रकट करते हुए उनके पास से गुज़रने लगे—

"भाई, मौत के आगे क्या चारा है? अपने मन को शान्ति दो और अपना घर-दर बसाओ।"

"संसार में आना-जाना तो लगा ही है पण्डित जी, इस तरह दुःख करके आदमी कहाँ तक जी सकता है?"

"माँ के बुढ़ापे का खयाल करो भाई, और कोई ऐसी सबील करो जिससे उसे भी सहारा मिले।"

"पण्डित जी, आपकी अभी उमर ही क्या है? इस उमर में तो हमें खाने-पहनने तक का भी ज्ञान न हुआ था।"

जब शोकपूर्ण शब्दों के साथ प्रायः प्रत्येक पड़ोसी के कुछ ऐसे ही वाक्य उनके कान में पड़े तो पं. परसराम का विषाद और भी गहरा हो गया। और जब सबके चले जाने के बाद, वे नाई के साथ मिलकर दरी उठाने लगे और नाई ने एक खिसियानी-सी मुस्कराहट के साथ कहा, "यजमान, वे तो देवी थीं। दया-धर्म का जैसा उन्हें ज्ञान था, वैसा किसे होगा!" और फिर दरी लपेटते-लपेटते यह देखकर कि उसकी बात से यजमान के चेहरे पर एक बादल-सा गुज़र गया है, नाई ने कहा, "उन जैसी देवी तो यजमान, अब कहाँ मिलेगी, पर यदि आप 'हां' करें तो सुन्दर शिक्षित, घर के कामकाज में चतुर..." तो परसराम रूखी हँसी हँसे और 'हाँ, हाँ क्यों नहीं' कहते कम्बल को लपेट, अँगोछा कन्धे पर रख, जैसे अंगारों पर से गुज़रते हुए, घर को चल पड़े।

दोपहर को ऊपर छत पर, धूप में आराम-कुर्सी डाले, वे चुपचाप पड़े थे और सुबह की बातें एक-एक करके उनके कानों में गूंज रही थीं—'आगे की चिन्ता करो'...'घर-दर बसाओ'...'माँ के बुढ़ापे को सहारा मिले, ऐसी सबील करो'...'अभी आपकी उमर ही क्या है?'—और सोच रहे थे कि वे लोग कैसे हृदयहीन और निर्मम हैं? कैसे वे किसी की अस्थियों पर बैठकर विवाह की बातें कर सकते हैं? यह संसार कितना स्वार्थी है? हृदय नाम की वस्तु इसके यहाँ कितने कम परिमाण में मौजूद है?...तभी उन्होंने सुना, सीढ़ियों पर उनकी माँ, इस अपने बुढ़ापे को, इन न खत्म होने वाली निगोड़ी सीढ़ियों पर कोसती चली आ रही है।

माँ जब पास आकर बैठ गई और उसकी सांस उसने ठीक कर ली और बीमारी के दिनों में परसराम ने बहू की जो सेवा की और जिस तरह अस्पताल में उसे रखा और जिस तरह पैसा पानी की तरह बहाया, उन सब बातों का ज़िक्र करके, जब

अन्त में दो आँसू भी बहा लिए तो कहने लगी कि बेटा, जो बना है, अवश्य टूटेगा, इस जग में और किस चीज़ का स्थायित्व है कि मनुष्य ही अमर रहे। यदि आदमी इस तरह चुप बैठ जाए तो फिर संसार के काम कैसे चलें। और फिर एक लम्बी सांस लेकर उसने गली बालमाता वाले पं. दीनदयाल की चाची का ज़िक्र छेड़ा कि बेचारी बड़ी भली है। जब से पति की मृत्यु हुई है, उसने भूलकर भी उजला कपड़ा नहीं पहना। अपने मन को उसने घर के काम-काज और साधु-सन्तों की संगति में लगा दिया है और धर्म-कर्म की तो मानो वह मूर्ति है। और फिर बोली कि उसका भतीजा दीनदयाल तो बड़ा ही भलामानुस है। बिजली की कम्पनी में हेड-क्लर्क है। दो सौ वेतन पाता है। अपनी चाची को वह माँ की तरह मानता है। उस बेचारे के कोई सन्तान नहीं। ले-देकर एक ही लड़की भागवन्ती है जो अपने पिता की धर्म-परायणा चाची के चरणों में बैठकर घर के काम-काज और धर्म-कर्म के कामों में दक्ष हो गई है।

तभी पं. परसराम को आकाश में कहीं से एक कटी पतंग असहाय-सी, बेबस-सी, इधर-उधर डोलती, क्षण-प्रतिक्षण नीचे गिरती दिखाई दी। जिधर को वह जा रही थी, उधर ही उनकी दृष्टि भी जा रही थी और उनकी माँ उस समय यह जानकर कि उनका लड़का दत्तचित्त होकर सुन रहा है, सोल्लास भागवन्ती के रूप-गुण का बखान कर रही थी। सहसा एक झपकी खाकर पतंग दूर किसी मकान के आँगन में जा गिरी।—पं. परसराम ने लम्बी सांस ली। माँ तब कह रही थी कि बच्चा दीनदयाल की चाची ने तो कहा था कि यदि परसराम माने तो भागवन्ती...

तब पं. परसराम ने सहसा उन आँखों से माँ की ओर देखा, जिनमें सफ़ेदी होने पर भी आग बरस रही थी और एक बार उनके मुँह से निकला—'माँ!'

उनकी कल्पना के सम्मुख तब उनकी सास का उदास और विवर्ण मुख घूम गया। कितनी मन्नतों, कितनी प्रार्थनाओं के बाद, एक-एक करके सात बच्चों को मृत्यु की गोद में सुलाने के बाद उसने यह लड़की पाई थी। उसे अपने पति के साथ सुखी देखकर ही वह अपने सारे अभाव को, अपने बच्चों के निधन को, अपने पति की मृत्यु को, सब दुःख को भुलाए हुए थी। अपनी लड़की और दामाद को देखकर ही वह जीती थी, पर आज वह भी न रही। अपनी सास के दुःख का खयाल करके परसराम सिहर उठे। उन्होंने निश्चय कर लिया कि धर्म का जो नाता एक बार स्थापित हो गया, उसे वे कदापि न टूटने देंगे। उसे सान्त्वना देंगे; उसे तसल्ली देंगे; कहेंगे, "क्या हुआ यदि तुम्हारी लड़की मर गई? तुम्हारा लड़का तो है। आखिर दामाद और लड़के में अन्तर ही क्या है!" वे उसके चरणों पर सिर रख देंगे और कहेंगे कि माँ, तुम्हारा यह लड़का तुम्हारी हर सेवा के लिए प्रस्तुत है।

यह सोच वे उठे, ससुराल उनकी नगर में ही थी, चुपचाप वे उधर को चल पड़े।

ड्योढ़ी में स्त्रियों के घेरे में बैठी उनकी सास अपनी जवान लड़की की मृत्यु पर क्रन्दन कर रही थी। उसे तो आयु-भर रोना था, पर समाज का भी यह अनुरोध है कि ग्यारह दिन तक उसे दिखाकर रोया जाए। उसके करुण क्रन्दन को सुनकर परसराम का दिल भर आया। चुपचाप वे ड्योढ़ी के पास जाकर खड़े हो गए। रोना कुछ क्षण के लिए बन्द हो गया। अन्दर जाने के लिए उन्हें मार्ग दे दिया गया। तभी उन्हें पहचान कर एक बुढ़िया ने गहरा निःश्वास छोड़कर कहा, ''बेचारे का इस घर से इतना ही नाता था, अब सूरत तक को भी तरस जाएँगे।''

दूसरी ने कहा, ''भला यह कोई बात है, विमला जो है।'' और तब परसराम की सास ने उसने कहा, ''अपना तो जो जाना था चला गया, बित्तो की माँ, पर घर की आग दूसरे क्यों सेंकें?''

बित्तो की माँ ने केवल एक दीर्घ निःश्वास छोड़ा।

परसराम के कानों में भी इन बातों की भनक पड़ी। उन्हें उन दोनों बूढ़ियों पर दया हो आई। उनके दिल पर जो गुज़र रही थी, उनकी सास के हृदय पर जो बीत रही थी, उसे वे शुष्क, हृदयहीन बूढ़ियाँ क्या जानें?

जब स्त्रियों के चले जाने के बाद सास उनके पास आई तो अनायास ही उसकी आँखों में आँसू आ गए, पर शीघ्र ही व्यस्त-सी होते हुए बोली, ''सुबह का काहे को कुछ खाया होगा?'' और फिर उसने अपने भतीजे की बहू को बुलाकर कहा, जल्दी से कुछ बना दो। परसराम ने बहुतेरा कहा कि मुझे भूख नहीं, मैं कुछ न खा सकूँगा, पर जब सास ने एक लम्बी सांस भरी और दुःखी होकर कहा, ''बच्चा, अब तू कब-कब मेरे घर खाएगा...'' तो परसराम चुप हो गए खाना बना तो भूख न होने पर भी वे चुपचाप खाने लगे। सास पास आ बैठी। तब अचानक ही उसकी आँखें भर आईं। कण्ठ अवरुद्ध हो गया। घुटे-घुटे स्वर में बोली, ''इतना ही सम्बन्ध था भाग्य में, मैं तो तुम्हें पाकर निश्चिन्त हो गई थी, पर जिस विधाता ने अपने लड़के ही छीन लिए, वह दूसरे...''

परसराम ने विनीत कण्ठ से कहा, ''तुम क्या बात करती हो माँ! यह नाता इतना साधारण नहीं, इतना कच्चा नहीं कि मृत्यु सूत के तागे की भांति इसे तोड़ दे।''

''दुनिया में यह होता ही आया है बच्चा!''—सास ने कहा।

''दुनिया, दुनिया, मुझे तुमने दुनिया जैसा देखा है!''

सास ने कहा, ''बेटा, पराई लड़कियाँ तो आकर भाई-भाई में बिछोह डाल देती हैं, फिर मेरा तो नाता अब कल की बात हो गई।''

''पराई लड़की...''

''हाँ, अन्त को पराई लड़की तो आएगी ही। अभी तुम्हारी उमर ही क्या है बेटा!''—और फिर एक दीर्घ निःश्वास छोड़कर, दबे स्वर में सास ने कहा, ''लोग

कहते हैं कि घर की आग घर ही में रहे। विमला है—मेरे जेठ की लड़की, तुमने उसे देखा ही होगा, छोटी-सी ही थी जब अपने बाप के पास चली गई थी, पर अब तो बेटा, वह ब्याहने योग्य है, मेरे यदि कोई दूसरी लड़की होती तो क्या मैं तुम्हें जाने देती! पर अब यहीं…"

परसराम ने कहा, "तुम कहती क्या हो मां?"

"सोचती हूँ कि यह रिश्ता तो जाए तो मेरा आना-जाना खुला रहे, नहीं तो पराई लड़की कब…"

परसराम को गुस्सा आ गया। क्रोध में बोले, "माँ ने यह बात कही, चाची ने यह बात कही, पास-पड़ोस ने यह बात कही, कई आँख के अन्धे सगाइयाँ लेकर भी आए, लेकिन मैं चुप रहा। किन्तु तुम—उसकी, मरने वाली की माँ होकर, यही बात कहोगी और वह भी उसकी मृत्यु के चौथे दिन ही!—इस बात की मैंने स्वप्न में भी कल्पना न की थी।"

क्रोध और भावावेश से परसराम का गला रुँध गया, तभी किसी ने धीरे-से कहा, "नमस्कार, जीजा जी!"

परसराम ने सिर उठाकर देखा। अत्यन्त सुन्दर, पर उदास, बड़ी-बड़ी आँखें लिए, लज्जा के भार से जैसे सिमटी, विमला उनके सामने आकर बैठ गई है।

क्रोध के आवेग में परसराम कुछ और भी कहने वाले थे कि रुक गए और हैरान-से विमला की ओर देखने लगे कि यह वही विमला है, जिसे उन्होंने आठ वर्ष पहले अपने विवाह के दिनों फटी पुस्तकों और कटे बालों को लिए स्कूल जाते देखा था।

"पहचाना नहीं इसे?"—सास ने दीर्घ निःश्वास भरकर कहा, "विमला है, तुम्हारी साली!"

परसराम ने धीरे से कहा, "पहचानता हूँ, अब तो यह सयानी हो गई है।"

और विमला का मुख लाल-लाल हो गया।

सांझ पड़े जब परसराम लौटे तो उनका हृदय उदास न था, कुछ प्रफुल्लित ही था और रह-रहकर उनकी आँखों के सामने कान्तकामिनी विमला की सूरत घूम-घूम जाती थी।

"छिः-छिः!" वे अपने-आप पर क्रुद्ध होते चले जा रहे थे। पर जितना ही वे क्रुद्ध होते, जितना ही उस चित्र को मस्तिष्क से हटाने का प्रयास करते, उतना ही वह और भी गहरा होकर अंकित होता जाता और अनजाने की वह विमला के गुण-दोषों का विवेचन करने लगते।

वहीं बैठे-बैठे उन्होंने पूछा था, "कहो विमला, क्या करती रहीं वहाँ? कुछ पढ़ीं भी या यों ही वक्त गँवाया किया?"

तब विमला ने कहा था, "आठ जमातें पढ़ी हूँ।" और फिर अपनी रौ में कह

चली थी, ''वहाँ से बहुत कुछ सीखा है जीजा जी, मैं चादरों में ऐसे अच्छे फूल निकालती हूँ कि इधर कौन निकालेगा? दुसूती का काम नफ़ीस से नफ़ीस सीख गई हूँ। इतने किस्म के स्वेटर बुन लेती हूँ कि गिना नहीं सकती। फिर धोतियों के किनारों से ट्रंकों के गिलाफ़ बना लेती हूँ। फटे कपड़ों के तागों से आसन बुन लेती हूँ और क़सीदा...''

और परसराम सोचते—ऐसी ही पत्नी तो मैं चाहता हूँ और तभी अपनी मृत पत्नी के अनेकों दोष उनकी आँखों के सामने फिर जाते—वह कहाँ इतनी चुस्त थी, अनपढ़ और अकर्मण्य! उसे कहाँ यह सब करना आता था! और तभी वे अपने-आपको कोसते। 'छिः छिः! यह क्या उचित है, बित्तो से विमला का क्या मुक़ाबिला? उस जैसा सरल, अबाध प्रेम उन्हें कौन दे सकता है? लेकिन विमला...''

उनके वहीं बैठे-बैठे विमला की बड़ी बहन आ गई थी और आँखों में आँसू भरकर उसने कहा, 'जीजाजी, बित्तो को कहाँ छोड़ आए!'' और वह ऊँचे-ऊँचे रो उठी थी।

उसका यह क्रन्दन उन्हें बहुत बुरा लगा था। विमला से बातें करते-करते वे एक और ही दुनिया में खो गए थे और विमला की बड़ी बहन की वह संवेदना उन्हें रुचिकर प्रतीत न हुई थी। उस समय अपने घर को जाते-जाते अपने इसी व्यवहार के अनौचित्य पर वे खीझ उठे थे। क्या उनके लिए ऐसा करना उचित था? क्या उन्हें इस तरह खो जाना चाहिए था? अपनी प्रिय पत्नी की मृत्यु के चौथे दिन ही! छिः-छिः!!

अपने-आपसे इसी तरह लड़ते-झगड़ते वे चले जा रहे थे कि मार्ग में उन्हें उनका मित्र रूप मिल गया। रूप—वह सदा खुश, सदा प्रसन्न रहने वाला कुँआरा!

''तुम्हारी पत्नी मर गई।'' रूप ने ज़रा गम्भीर होकर कहा, ''मैंने कल ही सुना।'' और फिर एक सांस में कह उठा, ''देखो, अब जल्दी विवाह के फन्दे में न फँसना, कुछ देर आराम करना!''

पं. परसराम को उसका यह कथन अच्छा न लगा। विमला का चित्र फिर विद्युत्-सा उनकी आँखों के सम्मुख घूम गया। दीर्घ निःश्वास लेकर उन्होंने कहा, ''नहीं, अब क्या शादी करूँगा!''

रूप ने कहा, ''हाँ—अब इस जंजाल में हरगिज़ न फँसना और फिर तुम तो इस जीवन का आनन्द भी ले चुके हो।''

पं. परसराम के यह दूसरा घाव लगा, पर मन के भावों को मन ही में दबाकर कुछ दबे-दबे स्वर में उन्होंने कहा, ''नहीं, अब शादी क्या करूँगा! मेरी सास मेरी साली के लिए कह रही है, उसके कोई लड़की भी नहीं, चाहती है कि उधर नाता कर लूँ तो उसका आना-जाना भी बना रहे।'' और फिर सहसा जोश से कह उठे, ''पर मैं शादी करने का खयाल भी नहीं रखता, बित्तो की मृत्यु के बाद...''

‘‘हाँ-हाँ, कहीं भी न फँसना, बिल्कुल न फँसना। आकाश में विचरने वाले पक्षी की भाँति आज़ाद, स्वतन्त्र!’’ और रूप यह कहता-कहता चला गया।

पं. परसराम परेशान-से कुछ क्षण वहीं खड़े रहे। एक तीव्र अट्टहास की भांति रूप के वाक्य उनके कानों में गूँजने लगे।

रात को खाना खाते समय माँ ने गली बालमाता वाली पं. दीनदयाल की चची की बात छेड़ी तो वे चुप सुनते रहे। उन्हें ऐसा प्रतीत हुआ जैसे रूप की बातों से उनके हृदय पर जो घाव लगे थे, उन पर माँ की बातें ठण्डे लेप का काम दे रही हैं।

सुबह उठे तो पं. परसराम का सिर भारी था। रात वे बहुत देर तक सो न सके थे। एक द्वन्द्व-सा सारी रात उनके मन में छिड़ा रहा और प्रातः उठने के साथ ही जैसे ससुराल जाने की एक प्रबल आकांक्षा उनमें जाग उठी थी। विमला की वह सरल सुन्दर मूर्ति सारी रात उनकी आँखों में घूमती रही थी। शौचादि से निवृत्त हो, नहा-धो, जल्दी-जल्दी खाना खा, कपड़े पहन, वे तैयार हो गए। तभी दरवाज़े के ऊपर टाँगे हुए अपनी स्वर्गीय पत्नी के चित्र पर उनकी नज़र गई। वे खड़े के खड़े रह गए। उन्हें ऐसा प्रतीत हुआ। जैसे चोरी करने को जाते समय उनका पाँव किसी ने पीछे से पकड़ लिया है। अपना यह कृत्य भयावह रूप धारण करके उनके सामने आ गया। कोट उतारकर खूंटी पर टाँगते हुए वे कुर्सी पर बैठ गए और मन ही मन इस कृत्य के लिए उन्होंने अपनी पत्नी के चित्र के आगे हाथ जोड़कर क्षमा माँगी।

इसके बाद वे कई दिन तक अपने कमरे से बाहर न निकले। द्वन्द्व उनके मन में शान्त हो गया हो, वह बात न थी, पर उन्होंने निश्चय कर लिया था कि वे उसे शान्त कर देंगे।

इन सात दिनों में कई अच्छे-अच्छे घरों से पैग़ाम भी आए, पर परसराम अपने कमरे से बाहर ही नहीं निकले। माँ के पास भी वे नहीं बैठे कि कहीं वह गली बालमाता वाले पं. दीनदयाल की चची और उनकी भतीजी का ज़िक्र न ले बैठे।

क्रिया-कर्म के दिन जब उनकी सास और उनकी बड़ी साली शोक प्रकट करने के निमित्त आईं तो विमला भी उनके साथ थी। तब भी पं. परसराम सामने न आए। क्रिया-कर्म से निबटकर ऊपर अपने कमरे में जा बैठे। जा तो बैठे पर जैसे वहाँ से बाहर जाने के लिए उनका मन व्यग्र हो उठा। विमला आई हुई है, यह बात वे न भूल सके। रह-रहकर उनका मन उठकर खिड़की में जा बैठने के लिए, नज़र-भर विमला को देख लेने के लिए व्याकुल हो उठता। अपने मन को रोकने का भरसक प्रयत्न किया। उनकी पत्नी का चित्र अब भी वहीं लगा था। उसे देख, अपने आपको उन्होंने कोसा भी, पर इन सब बातों के बावजूद जब उन्होंने सुना कि वे सब जा रही हैं तो वे खिड़की में जा खड़े हुए। तभी जैसे विमला ने उधर देखा और निमिष-मात्र के लिए उनका हृदय धक्-धक् करने लगा।

जब वे दूर निकल गईं तो उन्होंने खिड़की लगा ली और जाकर कुर्सी पर बैठ गए। तब फिर प्रतिक्रिया आरम्भ हुई। पर इस बार वह अधिक देर तक न टिक सकी। आराम-कुर्सी पर लेट, आँखें बन्द करके वे कल्पना की सुन्दर-सुरम्य वाटिकाओं की सैर में निमग्न हो गए, जिनमें विमला की स्मिति की स्निग्ध धूप खिलती थी, उसकी सुगन्धित केशराशि के परस से भारी होकर हवा चलती थी और उसके मादक स्वर-संगीत को सुनकर सरिता कल-कल बहती थी—'विमला...विमला'...उन्होंने गुनगुनाया...वे उससे ही विवाह करेंगे।

तभी किसी ने कहा—'बित्तो!' और घबराकर उन्होंने आँखें खोल दीं। सामने दीवार पर उनकी स्वर्गीय पत्नी का चित्र टँगा था। उन्हें मालूम हुआ जैसे यह आवाज़ वहीं से आई है। दिल धक्-धक् करने लगा। स्तब्ध बैठे कुछ क्षण वे उस चित्र को देखते रहे। फिर अचानक जैसे कोई दृढ़ निश्चय करके उठे। दरवाज़ा उन्होंने धीरे से बन्द कर दिया। चिटकनी लगा दी। तब मेज़ को घसीटकर वे दरवाज़े के पास ले आए, उस पर कुर्सी को रखा, चढ़े और चित्र को उतार लिया।

कमरे में अँधेरा छा गया था। रोशनदान के शीशों से आने वाले धीमे प्रकाश में उनकी नज़र दाईं ओर से क़द्दे आदम शीशे में गई और उस वक्त उन्हें अपना प्रतिबिम्ब एक प्रेतात्मा की भांति दिखाई दिया। तभी बढ़कर उन्होंने एक समाचारपत्र उठाया, तस्वीर को उसमें लपेटा और अन्दर कोठरी में जाकर चार ट्रंकों को उठाकर नीचे के बड़े ट्रंक में रख आए। मेज़ को उसकी जगह घसीट, कुर्सी को उसके ऊपर से उठा, उन्होंने दरवाज़ा खोलकर बिजली का बटन दबा दिया। तब उन्होंने समझ लिया, उस आवाज़ का उन्होंने गला घोंट दिया है।

रात को खाना खाते समय उन्होंने माँ से स्वयं ही विवाह की बात चला दी।

माँ का चेहरा खिल गया। गली बालमाता वाले पं. दीनदयाल की चची की बात उन्होंने फिर चलाई। कहने लगीं, "बेटा, वे तो आज भी आई थीं। लड़की भागवन्ती तो ऐसे सलीके वाली, चतुर और बुद्धिमती है कि क्या कहूँ! न हो तू जाकर एक नज़र देख लेना।"

तब परसराम की आँखों में विमला की मूर्ति बैठी थी। सुन्दर, चंचल आँख, लज्जा के आवरण में लिपटी रहने पर भी, उन्हें निमन्त्रण दे रही थीं। और माँ कह रही थीं—

"बेटा, कुंवारे के तो अढ़ाई पट होते हैं, रिवाज ही ऐसा है, लोग एक-दो महीने तक तो आते हैं, फिर कोई बात भी नहीं करता। मैं यह नहीं कहती कि तू कुँवारा रह जाएगा, पर अच्छे घर-दर वाले तो पूछ-पूछकर हार जाएँगे।"

अपनी कल्पना में निमग्न परसराम सुनते रहे, जैसे विमला उन्हें बुला रही है,

उनसे कह रही है–''जीजा जी, तुम्हारे लिए ही तो मैं इतनी दूर से आई हूँ, इतनी दूर से–गया से...''

और माँ कह रही थी, ''तुम हाँ तो करो बेटा, मैं कल ही उसे बुलवा लूं।''

परसराम ने जैसे अपने-आप 'हूँ' कहा। माँ ने समझा, उसके पुत्र को समझ आ गई है और मन उसका फूल उठा। और पुत्र ने समझा कि कि गया से चलकर आनेवाली उस कान्तकामिनी विमला ने उसे बुलाया है और वह उससे मिलने ज़रूर जाएगा। लम्बी सांस लेकर वे उठे।

दूसरे दिन जब उनकी माँ घर के काम-काज से निबटकर गली बालमाता की ओर उनकी सहेली से मिलने जा रही थी, परसराम एक अत्यन्त सुन्दर, पर सूफ़ियाना सूट पहनकर अपनी ससुराल की ओर अग्रसर थे।

दिसम्बर का महीना था और आकाश खिला हुआ था। सूरज जो सुबह कंजूस की भांति अपने धन को आँचल में छिपाए था, अब दोनों हाथों से उसे लुटा रहा था। बड़े दिनों की छुट्टियों में लाहौर में एक विशेष चहल-पहल थी। दुःख को जैसे दबाकर, व्यथा को जैसे भुलाकर और अपनी विपन्नता को जैसे छिपाकर लोग घूम रहे थे। परसराम को सब ओर एक नई स्फूर्ति, एक नया जीवन दिखाई दे रहा था। मन उनका जैसे निर्मल आकाश की गहराइयों में उड़ने वाली चीलों की भांति पंख फैलाकर उड़ने को व्यग्र हो रहा था और उनका मस्तिष्क सुख के एक नए साम्राज्य का सृजन कर रहा था–जिसके राजा वे थे और रानी थी अनिन्द्य सुन्दरी विमला....तभी उनकी ससुराल आ गई।

सास उनकी आँगन में बैठी सूत अटेर रही थी। वे चुपचाप उसके पास जा बैठे। एक बार उसने अन्यमनस्कता से पूछा, ''कहो, अच्छे हो!'' ओर जब उत्तर में उन्होंने कह दिया, ''आपकी कृपा है!'' तो वह फिर चुपचाप सूत अटेरने लगी।

पाँच मिनट बीते, दस मिनट बीते, पन्द्रह मिनट बीते, परसराम के लिए वह वातावरण असह्य हो उठा। खिसियाने-से स्वर में उन्होंने पूछा, ''तबीयत तो ठीक है?''

उत्तर में सास ने केवल एक दीर्घ निःश्वास छोड़ा।

पं. परसराम का सारा नशा हिरन हो गया। वे बैठे क्या करें? सास के मुँह की ओर तकते रहें, वे कुछ भी तय न कर सके। हारकर उन्होंने पूछा, ''वे सब लोग किधर हैं?''

''क्रिया के बाद अपने घर चले गए।''

कृत्रिम हैरानी के साथ परसराम ने पूछा, ''गया?''

''नहीं, अभी गया कैसे जाएँगे, विमला का विवाह करके ही वापस लौटेंगे।''

‘‘तो कहाँ सगाई की?’’ परसराम ने जैसे बेपरवाही के साथ पूछा।

‘‘यही शहर में की है। आज ही शगुन देकर आए हैं, तुम तो माने ही नहीं और उनको वापस भी जाना है।’’

शहीदी भाव से वे बोले, ‘‘मैं कैसे मानता, सावित्री की मृत्यु के बाद इतनी जल्दी...’’

सास बोली, ‘‘मुझसे तो उन्होंने अनुरोध किया था, पर मैंने कह दिया, भाई उसके दिल पर बड़ी चोट लगी है, वह न मानेगा इतनी जल्दी...’’

परसराम ने दिल में रोते हुए कहा, ‘‘अच्छा किया, अच्छा किया!’’ और प्रणाम करके सास से छुट्टी ली और उठ आए।

घर पहुँचकर वे खट-खट सीढ़ियाँ चढ़ गए। माँ ऊपर आंगन में बैठी मटरों से दाने निकाल रही थी। उन्हें आते देखकर उसने शिकायत-भरे स्वर में कहा, ‘‘बेटा, तुमने बड़ी देर कर दी। गली बालमाता वाले पं. दीनदयाल और उनकी चची...’’

गरजकर पं. परसराम ने कहा, ‘‘ तुम पागल हो गई हो क्या? यदि वह तुम्हारी लड़की होती तो तुम्हें अपने दामाद का इतनी जल्दी शादी कर देना भाता क्या...?’’ और धम-धम पैर रखते वे अन्दर अपने कमरे में जाकर सूट समेत ही बिस्तर पर लेट गए।

मटर की फली माँ के हाथ से गिर गई और चकित-सी भौचक्की-सी वह उसी शून्य में देखती रह गई।

डाची

काट[1] 'पी सिकन्दर' के मुसलमान जाट बाक़र को अपने माल की ओर लालच-भरी निगाहों से तकते देखकर चौधरी नन्दू वृक्ष की छांह में बैठे-बैठे अपनी घरघराती आवाज़ में ललकार उठा, "रे-रे, अठे के करे है?"[2] और उसकी छह फुट लम्बी सुगठित देह, जो वृक्ष के तने के साथ आराम कर रही थी, तन गई और बटन टूटे होने के कारण मोटी खादी के कुर्ते से उसका विशाल वक्षस्थल और उसकी बलिष्ठ भुजाएँ दृष्टिगोचर हो उठीं।

बाक़र तनिक समीप आ गया। गर्द से भरी हुई छोटी, नुकीली दाढ़ी और शरई मूंछों के ऊपर गढ़ों में धँसी हुई दो आँखों में निमिष-मात्र के लिए चमक पैदा हुई और ज़रा मुस्कराकर उसने कहा, "डाची[3] देख रहा था चौधरी, कैसी खूबसूरत और जवान है! देखकर आँखों की भूख मिटती है।"

अपने माल की प्रशंसा सुनकर चौधरी नन्दू का तनाव कुछ कम हुआ; प्रसन्न होकर बोला, "किसी सांड?"[4]

"वह, परली तरफ़ से चौथी।" बाक़र ने संकेत करते हुए कहा।

ओकांह[5] के एक घने पेड़ की छाया में आठ-दस ऊँट बँधे थे, उन्हीं में वह जवान सांडनी अपनी लम्बी, सुन्दर और सुडौल गर्दन बढ़ाए घने पत्तों में मुँह मार रही थी। माल-मण्डी में, दूर जहाँ तक नज़र जाती थी, बड़े-बड़े ऊँचे ऊँटों, सुन्दर सांडनियों, काली-मोटी बेडौल भैसों, सुन्दर नागौरी सींगों वाले बैलों और गायों के सिवा कुछ दिखाई न देता था। गधे भी थे, पर न होने के बराबर। अधिकांश तो ऊंट ही थे। बहावल नगर के मरूस्थल में होने वाली माल-मण्डी में उनका आधिक्य था भी स्वाभाविक। ऊँट रेगिस्तान का जानवर है। इस रेतीले इलाके में आमदरफ़्त

---

1. दस-बीस सिरकियों के खेमों का छोटा-सा गाँव

2. अरे, तू यहाँ क्या कर रहा है?

3. डाची—सांडनी

4. कौन-सी डाची?

5. एक वृक्ष विशेष

खेती बाड़ी और बारबरदारी का काम उसी से होता है। पुराने समय में जब गायें दस-दस और बैल पन्द्रह-पन्द्रह रुपये में मिल जाते थे, तब भी अच्छा ऊँट पचास से कम में हाथ न आता था और अब भी, जब इस इलाक़े में नहर आ गई है, पानी की इतनी किल्लत नहीं रही, ऊंट का महत्त्व कम नहीं हुआ, बल्कि बढ़ा ही है। सवारी के ऊँट दो-दो सौ से तीन-तीन सौ तक पा जाते हैं और बाही तथा बारबरदारी के भी अस्सी-सौ से कम में हाथ नहीं आते।

तनिक और आगे बढ़कर बाक़र ने कहा, ''सच कहता हूँ चौधरी, इस जैसी सुन्दर सांडनी मुझे सारी मण्डी में दिखाई नहीं दी।''

हर्ष से नन्दू का सीना दुगुना हो गया, बोला, ''आ एक ही के, इह तो सगली फूटरी हैं। हूँ तो इन्हें चारा फलूंसी नीरियाँ करूँ।''[1]

धीरे-से बाक़र ने पूछा, ''बेचोगे इसे?''

नन्दू ने कहा, ''इठई बेचैन तो लाया हूँ।''

''तो फिर बताओ, कितने को दोगे?''

नन्दू ने नख से शिख तक बाक़र पर एक दृष्टि डाली और हँसते हुए बोला, ''तन्ने चाही जै, का तेरे धनी बेई मोल लेसी?''[2]

''मुझे चाहिए।'' बाक़र ने दृढ़ता से कहा।

नन्दू ने उपेक्षा से सिर हिलाया। इस मज़दूर की यह बिसात कि ऐसी सुन्दर सांडनी मोल ले। बोला, ''तूं की लेसी?''

बाक़र की जेब में पड़े हुए डेढ़ सौ के नोट जैसे बाहर उछल पड़ने के लिए व्यग्र हो उठे। तनिक जोश के साथ उसने कहा, ''तुम्हें इससे क्या, कोई ले, तुम्हें तो अपनी क़ीमत से गरज़ है, तुम मोल बताओ?''

नन्दू ने उसके जीर्ण-शीर्ण कपड़ों, घुटनों से उठे हुए तहमद और जैसे नूह के वक्त से भी पुराने जूते को देखते हुए टालने के विचार से कहा, ''जा, जा, तू इशी-विशी ले आई, इंगो मोल तो आठ बीसी सूं घाट के नहीं।''[3]

एक निमिष के लिए बाक़र के थके हुए, व्यथित चेहरे पर आह्लाद की रेखा झलक उठी। उसे डर था कि चौधरी कहीं इतना मोल न बता दे, जो उसकी बिसात से ही बाहर हो; पर जब अपनी ज़बान से ही उसने 160) बताए तो उसकी खुशी का ठिकाना न रहा। 150) तो उसके पास थे ही। यदि इतने पर भी चौधरी न माना तो दस रुपये वह उधार कर लेगा। भाव-ताव तो उसे करना आता न था। झट-से

---

1. यह एक ही क्या, यह तो सब ही सुन्दर हैं, मैं इन्हें चारा और फ्लूसी (जवारा और मोठ) देता हूँ।

2. तुझे चाहिए या तू अपने मालिक के लिए मोल ले रहा है?

3. जा, जा, तू कोई ऐसी-वैसी सांड ख़रीद ले, इसका मूल्य तो 160) से कम नहीं।

उसने डेढ़ सौ के नोट निकाले और नन्दू के आगे फेंक दिए। बोला, ''गिन लो, इनसे अधिक मेरे पास नहीं। अब आगे तुम्हारी मर्ज़ी।''

नन्दू ने अन्यमनस्कता से नोट गिनने प्रारम्भ कर दिए। पर गिनती खत्म करते ही उसकी आँखें चमक उठीं। उसने तो बाक्कर को टालने के लिए ही मूल्य 160) बता दिया था, नहीं मण्डी में अच्छी से अच्छी डाची डेढ़ सौ में मिल जाती और इसके तो 140) पाने की भी कल्पना उसने स्वप्न में न की थी। पर शीघ्र ही मन के भावों को छिपाकर और जैसे बाक्कर पर एहसान का बोझ लादते हुए नन्दू बोला, ''सांड तो मेरी दो सौ की है, पण जा सग्गी मोल मियाँ, तन्ने दस छांडिया।''[1] और यह कहते-कहते उठकर उसने सांडनी की रस्सी बाक्कर के हाथ में दे दी।

क्षण-भर के उस कठोर व्यक्ति का जी भर आया। वह सांडनी उसके यहाँ ही पैदा हुई और पली थी। आज पाल-पोसकर उसे दूसरे के हाथ में सौंपते हुए उसके मन की कुछ ऐसी दशा हुई, जो लड़की को ससुराल भेजते समय पिता की होती है। ज़रा काँपती आवाज़ में, स्वर को तनिक नर्म करते हुए उसने कहा, ''आ सांड सोरी रहेड़ी है, तू इन्हें रेहड़ में न गेर दई।''[2] ऐसे ही जैसे ससुर दामाद से कह रहा हो—''मेरी लड़की लाडों-पली है। देखना, इसे कष्ट न होने देना।''

आह्लाद के पंख पर उड़ते हुए बाक्कर ने कहा, ''तुम ज़रा भी चिन्ता न करो, जान देकर पालूँगा।''

नन्दू ने नोट अण्टी में सँभालते हुए, जैसे सूखे हुए गले को ज़रा तर करने के लिए, घड़े मैं से मिट्टी का प्याला भरा। मण्डी में चारों ओर धूल उड़ रही थी। शहरों की माल-मण्डियों में भी—जहाँ बीसियों अस्थायी नल लग जाते हैं और सारा-सारा दिन छिड़काव होता रहता है—धूल की कमी नहीं होती, फिर रेगिस्तान की मण्डी पर तो धूल ही का साम्राज्य था। गन्ने वाले की गंडेरियों पर, हलवाई के हलवे और जलेबियों पर, खोंचे वाले के दही-बड़े पर, सब जगह धूल पर पूर्णाधिकार था। घड़े का पानी टांचियों द्वारा नहर से लाया गया था, पर यहाँ आते-आते वह कीचड़ जैसा गंदला हो गया था। नन्दू का खयाल था कि निथरने पर पिएगा, पर गला कुछ सूख रहा था। एक ही घूंट में प्याले को खत्म करके नन्दू ने बाक्कर से भी पानी पीने के लिए कहा। बाक्कर आया था तो उसे ग़ज़ब की प्यास लगी हुई थी, पर अब उसे पानी-पीने की फुर्सत कहाँ? वह रात होने से पहले-पहले गाँव पहुँचना चाहता था। डाची की रस्सी पकड़े हुए वह धूल को चीरता हुआ-सा चल पड़ा।

---

1. सांडनी तो मेरी 200) की है, पर जा, सारी क़ीमत में से तुम्हें दस रुपये छोड़ दिए।
2. यह सांडनी अच्छी तरह रखी गई है, तू इसे यों ही मिट्टी में न रोल देना।

बाक़र के दिल में बड़ी देर से एक सुन्दर और युवा डाची ख़रीदने की लालसा थी। जाति से वह कमीन था। उसके पूर्वज कुम्हारों का काम करते थे, किन्तु उसके पिता ने अपना पैतृक काम छोड़कर मज़दूरी करना शुरू कर दिया था। उसके बाद बाक़र भी इसी से अपना और अपने छोटे-से कुटुम्ब का पेट पालता आ रहा था। वह काम अधिक करता हो, यह बात न थी। काम से उसने सदैव जी चुराया था। चुराता भी क्यों न, जब उसकी पत्नी उससे दुगना काम करके उसके भार को बँटाने और उसे आराम पहुँचाने के लिए मौजूद थी। कुटुम्ब बड़ा न था—एक वह, एक उसकी पत्नी और एक नन्हीं-सी बच्ची। फिर किसलिए वह जी हलकान करता? पर क्रूर और 'बेपीर' विधाता—उसने उसे उस विस्मृति से, सुख की उस नींद से जगाकर अपना उत्तरदायित्व समझने पर बाधित कर दिया। उसे बता दिया कि जीवन में सुख ही नहीं, आराम ही नहीं, दुख भी है, परिश्रम भी है।

पाँच वर्ष हुए उसकी वही आराम देने वाली प्यारी पत्नी सुन्दर गुड़िया-सी लड़की को छोड़कर परलोक सिधार गई थी। मरते समय, अपनी सारी करुणा को अपनी फीकी और श्रीहीन आँखों में बटोरकर उसने बाक़र से कहा था, "मेरी रज़िया अब तुम्हारे हवाले है, इसे कष्ट न होने देना!" इसी एक वाक्य ने बाक़र के समस्त जीवन के रुख को पलट दिया था। उसकी मृत्यु के बाद ही वह अपनी विधवा बहन को उसके गाँव से ले आया था और अपने आलस्य तथा प्रमाद को छोड़कर अपनी मृत पत्नी की अन्तिम अभिलाषा को पूरा करने में संलग्न हो गया था।

वह दिन-रात काम करता था ताकि अपनी मृत पत्नी की उस धरोहर को, अपनी उस नन्ही-सी गुड़िया को, भांति-भांति की चीज़ें लाकर प्रसन्न रख सके। जब भी कभी वह मण्डी से आता तो नन्ही-सी रज़िया उसकी टांगों से लिपट जाती और अपनी बड़ी-बड़ी आँखें उसके गर्द में अटे हुए चेहरे पर जमाकर पूछती, "अब्बा, मेरे लिए क्या लाए हो?" तो वह उसे अपनी गोद में ले लेता और कभी मिठाई और कभी खिलौनों से उसकी झोली भर देता। तब रज़िया उसकी गोदी से उतर जाती और अपनी सहेलियों को अपने खिलौने या मिठाई दिखाने के लिए भाग जाती। यही गुड़िया जब आठ वर्ष की हुई तो एक दिन मचलकर अपने अब्बा से कहने लगी, "अब्बा, हम तो डाची लेंगे; अब्बा हमें डाची ले दो।" भोली-भाली निरीह बालिका! उसे क्या मालूम कि वह एक विपन्न, साधनहीन मज़दूर की बेटी है जिसके लिए डाची खरीदना तो दूर रहा, डाची की कल्पना भी पाप है। रूखी हँसी हँसकर बाक़र ने उसे अपनी गोद में ले लिया और बोला, "रज्जो, तू तो खुद डाची है।" पर रज़िया न मानी। उस दिन मशीर माल अपनी सांडनी पर चढ़कर अपनी छोटी लड़की को अपने आगे बैठाए दो-चार मज़दूर लेने के लिए अपनी इसी काट में आए थे। तभी रज़िया के नन्हे-से मन में डाची पर सवार होने की प्रबल आकांक्षा पैदा हो उठी थी, और उसी दिन से बाक़र की रही-सही अकर्मण्यता भी दूर हो गई थी।

उसने रज़िया को टाल तो दिया था, पर मन ही मन उसने प्रतिज्ञा कर ली थी कि वह अवश्य रज़िया के लिए एक सुन्दर-सी डाची मोल लेगा। उसी इलाक़े में जहाँ उसकी आय की औसत साल-भर में तीन आने रोज़ाना भी न होती थी, अब आठ-दस आने हो गई। दूर-दूर के गाँवों में अब वह मज़दूरी करता। कटाई के दिनों में वह दिन-रात काम करता—फ़सल काटता; दाने निकालता; खलिहानों में अनाज़ भरता; नीरा डालकर भूसे के कूप बनाता। बिजाई के दिनों में हल चलाता; क्यारियाँ बनाता; बिजाई करता। उन दिनों उसे पाँच आने से लेकर आठ आने रोजाना तक मज़दूरी मिल जाती। जब कोई काम न होता तो प्रातः उठकर, आठ कोस की मंज़िल मारकर मण्डी जा पहुँचता और आठ-दस आने की मज़दूरी करके ही घर लौटता। उन दिनों में वह रोज़ छह आने बचाता आ रहा था। इस नियम में उसने किसी तरह की ढील न होने दी थी। उसे जैसे उन्माद-सा हो गया था। बहन कहती—''बाक़ी, अब तो तुम बिल्कुल ही बदल गए हो, पहले तो तुमने कभी ऐसे जी तोड़कर मेहनत न की थी।''

बाक़र हँसता और कहता—''तुम चाहती हो, मैं आयु-भर निठल्ला रहूँ?''

बहन कहती—''निकम्मा बैठने को तो मैं नहीं कहती, पर सेहत गँवाकर रुपया जमा करने की सलाह भी मैं नहीं दे सकती।''

ऐसे अवसर पर सदैव बाक़र के सामने उसकी मृत पत्नी का चित्र खिंच जाता, उसकी अन्तिम अभिलाषा उसके कानों में गूँज जाती। वह आँगन में खेलती हुई रज़िया पर एक स्नेह भरी दृष्टि डालता और विषाद से मुस्कराकर फिर अपने काम में लग जाता। और आज—डेढ़ वर्ष के कड़े परिश्रम के बाद वह अपनी चिरसंचित अभिलाषा पूरी कर सका था। उसके एक हाथ में सांडनी की रस्सी थी और नहर के किनारे-किनारे वह चला जा रहा था।

सांझ की वेला थी। पश्चिम की ओर डूबते सूरज की किरणें धरती को सोने का अन्तिम दान कर रही थीं। वायु में ठण्डक आ गई थी, और कहीं दूर खेतों में टिटिहरी टीहूँ-टीहूँ करती उड़ रही थी। बाक़र के मन में अतीत की सब बातें एक-एक करके आ रही थीं। इधर-उधर कभी-कभी कोई किसान अपने ऊँट पर सवार जैसे फुदकता हुआ निकल जाता था और कभी-कभी खेतों से वापस आने वाले किसानों के लड़के बैलगाड़ी में रखे हुए घास-पट्ठे के गट्ठों पर बैलों को पुचकारते, किसी गीत का एक-आध बन्द गाते या बैलगाड़ी के पीछे बँधे हुए चुपचाप चले आने वाले ऊँटों की थूथनियों से खेलते चले जाते थे।

बाक़र ने, जैसे स्वप्न से जागते हुए, पश्चिम की ओर अस्त होते हुए अंशुमाली की ओर देखा, फिर सामने की ओर शून्य में नज़र दौड़ाई। उसका गांव अभी बड़ी दूर था। पीछे की ओर हर्ष से देखकर और मौन रूप से चली आने वाली सांडनी

को प्यार से पुचकारकर वह और भी तेज़ी से चलने लगा—कहीं उसके पहुँचने से पहले रज़िया सो न जाए, इसी विचार से।

मशीर माल की काट नज़र आने लगी। यहाँ से उसका गांव समीप ही था। यही कोई दो कोस। बाक़र की चाल धीमी हो गई और इसके साथ ही कल्पना की देवी अपनी रंग-बिरंगी तूलिका से उसके मस्तिष्क के चित्रपट पर तरह-तरह की तस्वीरें बनाने लगी। बाक़र ने देखा, उसके घर पहुँचते ही नन्ही रज़िया आह्लाद से नाचकर उसकी टांगों से लिपट गई है और फिर डाची को देखकर उसकी बड़ी-बड़ी आँखें आश्चर्य और उल्लास से भर गई हैं। फिर उसने देखा, वह रज़िया को आगे बैठाए सरकारी खाले (नहर) के किनारे-किनारे डाची पर भागा जा रहा है। शाम का वक्त है, ठण्डी-ठण्डी हवा चल रही है और कभी-कभी कोई पहाड़ी कौवा अपने बड़े-बड़े पंख फैलाए और अपनी मोटी आवाज़ से दो-एक बार कांव-कांव करके ऊपर से उड़ता चला जाता है। रज़िया की खुशी का वारापार नहीं। वह जैसे हवाई जहाज़ में उड़ी जा रही है; फिर उसके सामने आया कि वह रज़िया को लिए बहावल नगर की मण्डी में खड़ा है। नन्ही रज़िया मानो भौचक्की-सी है। हैरान और आश्चर्यान्वित-सी चारों ओर अनाज के इन बड़े-बड़े ढेरों, अगनित छकड़ों और हैरान कर देने वाली चीज़ों को देख रही है। बाक़र साह्लाद उसे सबकी कैफ़ियत दे रहा है। एक दुकान पर ग्रामोफ़ोन बजने लगता है। बाक़र रज़िया को वहाँ ले जाता है। लकड़ी के इस डिब्बे से किस तरह गाना निकल रहा है, कौन इसमें छिपा गा रहा है, ये बातें रज़िया की समझ में नहीं आतीं, और यह सब जानने के लिए उसके मन में जो कौतूहल और जिज्ञासा है, वह उसकी आँखों से टपकी पड़ती है।

वह अपनी कल्पना में मस्त काट के पास से गुज़रा जा रहा था कि सहसा कुछ विचार आ जाने से रुका और काट में दाखिल हुआ।

मशीर माल की काट भी कोई बड़ा गांव न था। इधर के सब गाँव ऐसे ही हैं। ज़्यादा हुए तो तीस छप्पर हो गए। कड़ियों की छत का या पक्की ईंटों का मकान इस इलाक़े में अभी नहीं। खुद बाक़र की काट में पन्द्रह घर थे; घर क्या, झुग्गियाँ थीं। सिरकियों के खेमे—जिन्हें झोंपड़ियों का नाम भी न दिया जा सकता था। मशीर माल की काट भी ऐसी ही बीस-पच्चीस झुग्गियों की बस्ती थी, केवल मशीर माल का निवास-स्थान कच्ची ईंटों से बना था; पर छत उस पर भी छप्पर की ही थी। बाक़र नानक बढ़ई की झुग्गी के सामने रुका। मण्डी जाने से पहले वह यहाँ डाची का गदरा[1] (पलान) बनने के लिए दे गया था। उसे खयाल आया कि यदि रज़िया ने सांडनी पर चढ़ने की ज़िद की तो वह उसे कैसे टाल सकेगा, इसी विचार से वह

---

1. ऊँट पर बैठने की गद्दी

पीछे मुड़ आया था। उसने नानक को दो-एक आवाज़ें दीं। अन्दर से शायद उसकी पत्नी ने उत्तर दिया, ''घर में नहीं हैं, मण्डी गए हैं।''

बाक़र का दिल बैठ गया। वह क्या करे, यह न सोच सका। नानक यदि मण्डी गया है तो गदरा क्या ख़ाक बनाकर गया होगा! फिर उसने सोचा, शायद बनाकर रख गया हो। इससे उसे कुछ सान्त्वना मिली। उसने फिर पूछा, ''मैं सांडनी का पलान बनाने के लिए दे गया था, वह बना या नहीं?'' जवाब मिला, ''हमें मालूम नहीं।''

बाक़र का आधा उल्लास जाता रहा। बिना गदरे के वह डाची को क्या लेकर जाए? नानक होता तो उसका गदरा चाहे न बना सही, कोई दूसरा ही उससे माँगकर ले जाता। वह विचार आते ही उसने सोचा—'चलो मशीर माल से माँग लें। उनके तो इतने ऊँट रहते हैं, कोई न कोई पुराना पलान होगा ही। अभी उसी से काम चला लेंगे। तब तक नानक नया गदरा तैयार कर देगा।' यह सोचकर वह मशीर माल के घर की ओर चल पड़ा।

अपनी मुलाज़मत के दिनों में मशीर माल साहब ने पर्याप्त धनोपार्जन किया था। जब इधर नहर निकली तो उन्होंने अपने पद और प्रभाव के बल पर रियासत में कौड़ियों के मोल कई मुरब्बे ज़मीन ले ली थी। अब नौकरी से अवकाश ग्रहण कर यहीं आ रहे थे। राहक[1] रखे हुए थे, आय ख़ूब थी और मज़े से जीवन व्यतीत हो रहा था। अपनी चौपाल में एक तख़्त पर बैठे वे हुक्का पी रहे थे—सिर पर श्वेत साफा, गले में श्वेत कमीज़, उस पर श्वेत जाकेट और कमर में दूध जैसे रंग का तहमद। गर्द से अटे हुए बाक़र को सांडनी की रस्सी पकड़े आते देखकर उन्होंने पूछा, ''कहो बाक़र, किधर से आ रहे हो?''

बाक़र ने सलाम करते हुए कहा, ''मण्डी से आ रहा हूँ, मालिक।''

''यह डाची किसकी है?''

''मेरी ही है मालिक, अभी मण्डी से ला रहा हूँ।''

''कितने की लाए हो?''

बाक़र ने चाहा, कह दे आठ-बीसी को लाया हूँ। उसके ख़्याल में ऐसी सुन्दर डाची 200) में भी सस्ती थी, पर मन न माना, बोला, ''हुज़ूर, माँगता तो 150) था, पर सात बीसी ही में ले आया हूँ।''

मशीर माल ने एक नज़र डाची पर डाली। वे स्वयं अर्से से एक सुन्दर-सी डाची अपनी सवारी के लिए लेना चाहते थे। उनके डाची तो थी, पर पिछले वर्ष उसे सीमक[2] हो गया था और यद्यपि नील इत्यादि देने से उसका रोग तो दूर हो गया था, पर उसकी चाल में वह मस्ती, वह लचक न रही थी। यह डाची उनकी

---

1. मुज़ारा
2. ऊँटों की एक बीमारी

नज़रों में जंच गई।—क्या सुन्दर और सुडौल अंग है; क्या सफ़ेदी-मायल भूरा-भूरा रंग है; क्या लचलचाती लम्बी गर्दन है! बोले, ''चलो, हमसे आठ बीसी ले लो, हमें एक डाची की ज़रूरत है। बीस तुम्हारी मेहनत के रहे।''

बाक़्र ने फीकी हँसी के साथ कहा, ''हज़ूर, अभी तो मेरा चाव भी पूरा नहीं हुआ!''

मशीर माल उठकर डाची की गर्दन पर हाथ फेरने लगे थे—वाह! क्या असील जानवर है। प्रकट बोले, ''चलो पाँच और ले लेना।''

और उन्होंने आवाज़ दी, ''नूरे, अरे ओ नूरे!''

नौकर भैंसों के लिए पट्टे कतर रहा था, गड़ांसा हाथ ही में लिये भागा आया। मशीर माल ने कहा, ''यह डाची ले जाकर बाँध दो! 165) में, कहो कैसी है?''

नूरे ने हतबुद्धि-से खड़े बाक़्र के हाथ से रस्सी ले ली और नख से शिख तक एक नज़र डाची पर डालकर बोला, ''खूब जानवर है'', और यह कहकर नौहरे[1] की ओर चल पड़ा।

तब मशीर माल ने अंटी से 60) रुपये के नोट निकालकर बाक़्र के हाथ में देते हुए मुस्कराकर कहा, ''अभी एक ग्राहक देकर गया है, शायद तुम्हारी ही क़िस्मत के थे। अभी यह रखो, बाक़ी भी एक-दो महीने तक पहुँचा दूँगा। हो सकता है, तुम्हारी क़िस्मत के पहले ही आ जाएँ।'' और बिना कोई जवाब सुने, वे नौहरे की ओर चल पड़े। नूरा फिर चारा कतरने लगा था। दूर से ही आवाज़ देकर उन्होंने कहा, ''भैंस का चारा रहने दे, पहले डाची के लिए गवारे का नीरा कर डाल, भूखी मालूम होती है।''

और पास जाकर सांडनी की गर्दन सहलाने लगे।

कृष्ण पक्ष का चांद अभी उदय नहीं हुआ था। विजन में चारों ओर कुहासा छा रहा था। सिर पर दो-एक तारे निकल आए थे और दूर बबूल और ओकांह के वृक्ष बड़े-बड़े काले-सियाह धब्बे बन रहे थे। फोग की एक झाड़ी की ओट में अपनी काट के बाहर बाक़्र बैठा उस क्षीण प्रकाश को देख रहा था। जानता था, रज़िया जागती होगी, उसकी प्रतीक्षा कर रही होगी। वह इस इन्तज़ार में था कि दीया बुझ जाए, रज़िया सो जाए तो वह चुपचाप अपने घर में दाखिल हो।

---

1. भूसा आदि रखने का स्थान

नासूर

शादी के दिन सुरजीत ने जल्दी-जल्दी लिखा—

''ईश्वर जी, मुझे ले चलो। इसी वक्त! मेरी रूह पिंजरे की तीलियों में सदा के लिए बन्द हो जाने वाली पक्षी की भांति छटपटाती रहेगी। तिल-तिल करके क्या आप चाहते हैं, मैं जलती रहूँ? आपने मुझे यह सब क्यों सिखाया, यह आर्ट, यह कला? मेरी आँखों को इतनी विशालता क्यों प्रदान की? मेरे हृदय को इतना भावुक क्यों बना दिया? मेरे मस्तिष्क को...क्या इसीलिए कि इस समस्त विशालता और भावुकता के साथ, अपनी इन लम्बी-लम्बी अँगुलियों से (जो आपके कथनानुसार खास तौर पर चित्रकला के लिए भी हैं) मैं लोहे की सलाखों पर रंग किया करूँ...''

और उनकी आँखें छलछला आईं। आँसुओं की एक-दो बूँदें कागज़ पर ढुलककर फैल गईं। कण्ठ में कुछ गोला-सा आकर अटक गया। और हृदय की सिहरन से कलाइयों में पड़ी हुई लाल चूड़ियाँ झनझना उठीं और मस्तक के चाँद का प्रतिबिम्ब सामने लगी शृंगार-मेज़ के शीशे में झिलमिलाकर कमरे को रोशन करता हुआ विलीन हो गया।

समीप ही रसोईघर में अगणित प्लेटों के धोने, साफ़ किए जाने तथा रखे जाने की आवाज़ आ रही थी। स्वादिष्ट भोजनों की सुगन्धि वायुमंडल के कण-कण में बसी जा रही थी। नौकरों और प्रबन्धकों की चिल्ल-पों के मारे कान पड़ी आवाज़ न सुनाई देती थी। परे हॉल कमरे में बारात के बैठने का प्रबन्ध करने वाले लोगों में ईश्वर का कोई-कोई क़हक़हा गैलरी में से होता हुआ वहाँ आ पहुँचता था और ऊपर बिसाती में ढोलक पर बच्चियाँ गा रही थीं—बालो अपने चन्न (चांद) से कहती है—

कोई मिश्री दी डली हो डली

ओ, कल असां टुर जाना;

फेर ढूंढेगा गली हो गली।[1]

___

1. पंजाबी गीत—कल हम चले जाएँगे, फिर तू हमें गली-गली ढूँढ़ेगा।

सुरजीत झुकी-झुकी लिख रही थी। बहुमूल्य साड़ी और बेशक़ीमती आभूषणों में आवृत्त उसके हुस्न को चार चाँद लग गए थे।

किन्तु यह चांद शीतकाल के शुक्ल पक्ष की रातों के चांद थे, जिनकी दीप्ति प्रभात की धुंधियाली के कारण कुम्हलाई हुई हो।

सीधे खड़े होकर साड़ी के छोर से आँखों को पोंछते हुए उसने पत्र को पढ़ा। हॉल कमरे से ईश्वर का क़हक़हा फिर गैलरी को गुँजाता हुआ आया।

पत्र को बन्द करते हुए उसने नौकर को आवाज़ दी।

रसोईघर के दरवाज़े पर उसके दादा खड़े थे। उनके चेहरे की नस-नस से उल्लास फूट रहा था। उनके जीवन में जैसे इससे बड़ा उल्लास का दिन फिर न आएगा। गाल उनके उभर आए थे, आँखें रोशन थीं और दाढ़ी के सफ़ेद बाल जैसे उनके आन्तरिक उल्लास के कारण चमक रहे थे।

सुरजीत कुर्सी में धँस गई। पत्र उसके हाथों में तुड़-मुड़ गया और फिर पुर्जे-पुर्जे हो गया।

उसी समय नौकर ने कहा, ''कहिए बीबी जी?''

''ईश्वर जी से कहो, इतने ज़ोर से न हँसें, सिर में दर्द-सा हो रहा है।''

नौकर पल-भर के लिए हैरान-सा खड़ा रहा, फिर चला गया।

और सुरजीत ने सोचा, ''आज ये इतनी ज़ोर से, इतना अधिक क्यों हँस रहे हैं? पहले तो कभी यों नहीं हँसे!'

पाँच महीने पहले

वसन्त के आरम्भ की एक दुपहरी में एक पतला सुन्दर युवक 45, कनाट प्लेस की सीढ़ियों की ओर बढ़ा—गले में सिल्क की कमीज़, उस पर अचकन, कमर में चूड़ीदार पायजामा, पैरों में कामदार जूता, और सिर पर सावधानी से बँधी हुई दस्तार—रंग उसका गेहुआँ था, रूप-रंग तथा वेशभूषा से वह हँसमुख, हसीन-सूरत युवक मालूम होता था। बेपरवाही का उसमें यों कोई निशान न था। अचकन के बटन अवश्य खुले थे और कमीज़ के गले का भी, और कण्ठ का सुन्दर खम साफ दिखाई देता था। पर इतनी-सी बेपरवाही तो फ़ैशन में शामिल समझकर नज़र-अन्दाज़ की जा सकती है।

सीढ़ियों के पास आकर वह तनिक रुका। धूप बाहर तेज़ थी और उसके मस्तक पर पसीने की नन्ही-नन्ही बूंदें झलक आई थीं। जेब से एक तह किया हुआ दूध जैसा श्वेत रूमाल निकालकर उसने पसीना पोंछा, सुख की एक लम्बी सांस ली और फिर बेख़्याली में उन चौड़ी सीढ़ियों की दीवार पर अपनी पतली लम्बी अँगुली से दिखाई न देने वाली लकीरें-सी बनाता हुआ वह धीरे-धीरे सीढ़ियाँ चढ़ने लगा।

जिस कमरे में कुछ क्षण बाद वह दाखिल हुआ, वह एक आर्टिस्ट का कमरा था। वैसे उसे ड्राइंग-रूम भी कहा जा सकता है। पर कमरे में महत्त्व की चीज़ें कोच,

उन पर पड़े हुए रेशमी कुशन या दरम्यान में पड़ी हुई अखरोट की लकड़ी की अठकोनी मेज़ और मेज़ पर पीतल के चार छोटे-छोटे हाथियों के मध्य रखा हुआ गुलदान या दरवाज़ों और खिड़कियों के भारी पर्दे न थे, बल्कि कमरे की दीवारों पर टंगी हुई चित्रकला की उत्कृष्ट कृतियाँ, अँगीठी के कपड़े की गुलकारी, उस पर पड़ी हुई एक प्रस्तर मूर्ति, एक कोने में रखा हुआ ईज़ल, उस पर फ़िट किया हुआ सिल्क का स्क्रीन, पास ही एक स्टूल पर रखी ट्रे में पैलेट, रंग का डिब्बा और ब्रश आदि थे।

कमरे में उस समय कोई न था। युवक ने बाहर ही से मीठे स्वर में आवाज़ दी, ''सुरजीत!''

कमरा खाली था। आवाज़ फिर आई, ''सुरजीत!''

फिर किवाड़ों पर प्यार-भरी टिक-टिक और युवक पाँवदान पर पाँव पोंछता हुआ दरवाज़ा खोलकर अन्दर आ गया।

एक निमिष के लिए उसने इधर-उधर चित्रों पर दृष्टि डाली, फिर वह स्क्रीन के पास गया। चारकोल का कुछ स्केच-सा बना था। ट्रे से चारकोल उठाकर उसने एक-दो लकीरें बनाते हुए आवाज़ दी, ''सुरजीत!''

एक छोटे-से युवक ने अन्दर से झांका, ''अभी आती हैं, बाबू जी।'' और एक प्लेट में कुछ मिठाई लाकर उसने मेज़ पर रख दी और पूछा, ''सोडा पिएँगे या...''

''पानी!'' और फिर बोला, ''नहीं-नहीं, कुछ भी नहीं...!''

नौकर चला गया। युवक ने मिठाई का एक नन्हा-सा टुकड़ा मुँह में रख लिया और बरामदे में जा खड़ा हुआ।

बाहर कमरे में ठण्डी हवा रमक रही थी। सामने फुटपाथ पर लगे पेड़, जो नववयस्क होने के कारण अधिक ऊँचे नहीं हो पाए थे, मस्त झूम रहे थे। विशाल सड़क पर एक ताँगा जा रहा था और उसमें कोई यौवन-माती जैसे अपनी ही दुनिया में मस्त बैठी थी। नीचे दुकान के सामने एक कार आकर खड़ी हो गई और उसमें से उतरकर, बटुआ हाथ में लिए, तेज़-तेज़ चलती हुई एक साड़ी दुकान के अन्दर चली गई और उसके पीछे सिगार का धुआँ उड़ाता हुआ एक सूट। पास से दो सुर्ख-सुर्ख गालों वाले बच्चे लम्बे कॉलरों की कमीज़ें और नीली निक्करें पहने बाइसिकलों पर जैसे उड़ते हुए गुज़र गए...

युवक ने एक लम्बी सांस ली। वह मुड़ा। अन्दर से पाँवों की चाप सुनाई दी और चित्र का फ्रेम उसे दिखाई दिया।

''जीवन भी क्या मन का प्रतिबिम्ब ही नहीं सुरजीत?...'' उसने कहना शुरू किया।

लेकिन जिसे वह सुरजीत समझे हुए था, वह सुरजीत के दादा निकले—

चित्र हाथों में लिए उसे देखते हुए आ रहे थे। दहलीज़ की ठोकर लगने से गिरते-गिरते बचे—गालों से उनके उल्लास फूटा पड़ता था। खुशी की जैसे किरणें उनकी आँखों से निकल रही थीं।

युवक ने आँख उठाकर देखा—श्वेत दाढ़ी, भोला मुख, मुस्कराते ओठ—सरदार बहादुर सरदार गुरदयालसिंह को देखते ही उसकी आँखों में पितृ-भाव की एक विचित्र-सी श्रद्धा उमड़ पड़ी।

"सुरजीत आज न आएगी?" उसने पूछा।

वृद्ध तनिक और समीप चले गए और उन्होंने भेद-भरे स्वर में कहा, "जालन्धर में टाटा के एजेण्ट हैं न सरदार साहब सरदार बलबीर सिंह, उनके पुत्र हैं महेन्द्र सिंह। एम. ए. हैं और अब श्रीनगर, कश्मीर में अपनी ब्रांच का काम देखते हैं। वे आज सुरजीत को देखने आएँगे। जालन्धर में दो कोठियाँ हैं उनकी और लाहौर में तथा कश्मीर में..." और उन्होंने कहा, "देखो, इस तस्वीर को तुमने सुरजीत की सबसे अच्छी तस्वीर कहा था। सरदार शोभासिंह और चग़ताई साहब तक ने इसकी प्रशंसा की है, इसे इस कमरे में लगा दें न?"

व्यंग्य-भरी मुस्कान के साथ युवक ने पूछा, "तो वे आर्टिस्ट हैं क्या?"

हँसते हुए दादा ने कहा, "नहीं...पर..."

"हाँ-हाँ, लगा दीजिए!" वह बोला।

"और वे अवनीन्द्रनाथ, नन्दलाल वसु, कनु देसाई और चग़ताई के चित्रों की जगह भी सुरजीत की बनाई हुई तस्वीरें लगा दीजिएगा। ये सब चित्र शायद वे पसन्द न करें। आपको याद है न चरणसिंह..."

"यह तुमने ठीक कहा।" और बुजुर्ग जल्दी-जल्दी वापस चले गए।

फिर अवनीन्द्रनाथ ठाकुर के 'स्वतन्त्र मृग' के स्थान पर 'गुरु नानक'; नन्दलाल वसु के 'प्रकृति-पुरुष' के स्थान पर 'दरबार साहब, अमृतसर', रामगोपाल विजयवर्गीय के 'विकास' के स्थान पर 'गुरु तेग बहादुर' और कनु देसाई के 'बापू' के स्थान पर स्वयं अपने हाथ से बनाया हुआ सुरजीत का अपना चित्र लगाया गया।

जब कमरा विभिन्न कलाकारों के आर्ट की नुमाइश के स्थान पर एक ही आर्टिस्ट के सब तरह के धार्मिक चित्रों की प्रदर्शनी बन गया और वे चित्र, जिन पर भारत के इन उत्कृष्ट कलाकारों ने न जाने कितने बेशक़ीमत दिन व्यतीत किए थे और सुरजीत ने न जाने किस चाव से लाहौर, शिमला, दिल्ली और कलकत्ता की नुमाइशों से जिन्हें खरीदा था, अन्दर से छोटे-से स्टोर-रूम में चले गए (जो मात्र सुरजीत के कला-सम्बन्धी सामान के लिए रिज़र्व था) तो वृद्ध सन्तोष की एक सांस लेकर बाहर बरामदे में जा बैठे और युवक कोच में धँस गया। लेकिन धँसने से पहले, उसने इतना अवश्य पूछा था, "तो क्या आज मैं जाऊँ...?" और जब उसके उत्तर में, "नहीं-नहीं, आप..." कहते हुए बुजुर्ग उठे थे तो वह चुपचाप बैठ गया था।

वहीं बैठे-बैठे उसकी आँखें सुरजीत के चित्रों पर चली गई थीं—सुरजीत का अपने हाथ से बनाया अपना चित्र! कोई देख ले तो देखता ही रह जाए। यौवन का

सवेरा उदय हो रहा था; आँखों में ठंडक पहुँचाने वाली दीप्ति चारों ओर फैल रही थी और दर्शक का मन प्राण-उस ज्योति से उद्भासित हो उठता था।

सुरजीत का अपने हाथ से बनाया अपना चित्र...लेकिन वह जानता था कि उसने उस चित्र पर कितना परिश्रम किया था। उसके हृदय की समस्त शक्तियों ने किस प्रकार उसकी रेखाओं को उभारा था। क्या इसीलिए कि उसे देखकर एक लोहे का व्यापारी उसे पसन्द कर ले?

एक व्यंग्य-भरी मुस्कान उसके ओठों पर फैल गई। उसका दम घुटने-सा लगा, लेकिन उसी समय सुरजीत कमरे में दाखिल हुई। पंखुड़ियों-से ओठ मुस्कराए, लज्जा के भार से दबी-सी, जैसे तितली से पंखों-सी पलकें फड़फड़ाईं और हाथ जोड़ते हुए जैसे ओठों ही में उसने कहा, ''सत श्री अकाल, ईश्वर जी।''

ईश्वर! युवक हँसा और फिर, जैसे वह मीलों चलकर कोच में धँसा हो और उठने में उसे कष्ट हो रहा हो, अन्यमनस्कता के साथ अपनी हथेली को कोच पर रखकर उठा और ईज़ल के पास जाकर खड़ा हो गया।

''आप दो दिन आए नहीं?''

युवक ने उधर देखा और मुस्कराया।

''यह मेरा चित्र, देखिएगा, मेरे सब चित्रों से बाज़ी ले जाएगा। मैं कहती हूँ—ईश्वर जी, भावनाएँ मेरे हृदय में इतनी हैं, इतने विचार हैं कि यदि कहीं कला पर मेरा अधिकार हो जाए तो न जाने किन चीज़ों का सृजन कर दूँ? 'एक नूर से सब जग उपजिया'—शब्द तो आपने सुना होगा, पर इस शब्द की आदर्श व्याख्या (Idealistic Interpretation) का ख़ाका भी तनिक देखिए।'

''लेकिन लोहे के व्यापारी शायद इसे पसन्द न कर सकें!'' कोयला लेकर खाके की कुछ रेखाओं को ठीक करते हुए ईश्वर ने कहा।

सुरजीत का रंग कानों तक सुर्ख हो गया और उसने जैसे चौंकी हुई मृगी की भाँति पहली बार इधर-उधर देखा।

''यह क्या? यह सब परिवर्तन किसने किया?'' उन चित्रों को देखते हुए सुरजीत ने कहा।

''इसलिए कि लोहे का व्यापारी तुम्हें पसन्द कर ले। जानती हो न चरणसिंह की बात...''

ये चरणसिंह एक प्रोबेशनरी मैजिस्ट्रेट थे। अत्यधिक ग़रीब के घर पैदा होकर अपनी मेहनत के बल पर पी. सी. एस. की परीक्षा में सर्वप्रथम आए थे। एक चित्र के अपेक्षाकृत 'नंगेपन' को देखकर उन्होंने कहा था, 'जो इन चित्रों को बना सकती है (या शायद कहा था कि जो ऐसे चित्र ड्राइंग-हाल में लगा सकती है) वह एक घर को सुखी नहीं बना सकती—फिर सुन्दरता में चाहे वह हूर ही क्यों न हो'। उनकी

यह बात उनके एक मित्र द्वारा ईश्वर तक पहुँची थी। उस समय तो प्रकट उन्होंने यही कहा था कि लड़की पढ़ी हुई अधिक है और उन्हें इतनी शिक्षित नहीं चाहिए।

''ईश्वर जी...''

और रुआँसी होकर वह वहीं कोच में धँस गई और युवक अन्यमनस्कता से चारकोल से स्क्रीन पर लकीरें बनाने लगा।

पाँच वर्ष पहले

ईश्वर अपने स्टूडियो में मात्र एक रेशमी कमीज़ और तहबन्द पहने तूलिका हाथ में लिए एक चित्र में रंग भर रहा था। चित्र चूँकि मन की इच्छा के अनुसार उतर रहा था, इसलिए वह साथ-साथ हल्के स्वर में सीटी भी बजाए जा रहा था–'अपूर्ण गान'–जीवन-मार्ग पर, किसी शाम के धुँधलके में, जब पश्चिम के क्षितिज पर गहरे नीले बादलों में, स्वर्ण-रेखाएँ नदियाँ-सी झिलमिला उठती हैं, एक युवक और युवती आ मिलते हैं। कुछ दूर इकट्ठे चलते हैं; एक दूसरे का परिचय पाते हैं; हृदयों के तारों से प्रेम का संगीत झंकृत हो उठता है, पर अभी वह गान समाप्त नहीं होता कि जीवन-मार्ग का मोड़ आ जाता है, जहाँ से उन्हें अलग होना है...तभी नौकर ने कार्ड देते हुए कहा, ''सरदार बहादुर सरदार गुरदयाल सिंह!''

और कार्ड को वहीं रखकर, ड्रेसिंग गाउन पहन, वह आगन्तुक से मिलने को तैयार हो गया।

आगन्तुक सरल स्वभाव के वृद्ध थे। घनी लम्बी श्वेत दाढ़ी और भारी मूँछों में से भी जैसे उनके ओठों की मुस्कान छनकर चेहरे को प्रदीप्त कर रही थी।

''मैं आपका अधिक समय न लूँगा।'' उन्होंने सोफ़े पर बैठते हुए कहा, ''मैंने आपके आर्ट की बहुत तारीफ़ सुनी है। मेरे एक पोती है। एकमात्र वही मेरी खुशी का केन्द्र है। मेरा लड़का इंजीनियर था। वह, उसकी बीवी, बच्चे–सब क्वेटा के भूचाल में दब गए!'' और इस घटना की स्मृति-मात्र से उनकी आँखें सजल हो गईं, ''बस एक यही लड़की बच गई थी'', उन्होंने कहना शुरू किया, ''पिता ने तरस-तरसकर प्राप्त किया था उसे, बाजे बजवाए थे, शीरनी बाँटी थी, पर अपने जीवन में वह उसे उसके घर सुखी देखने का चाव भी पूरा न कर सका।''

और अवरुद्ध कण्ठ को बरबस गीला करके और संयत होकर उन्होंने कहा, ''एफ. ए. में अपनी श्रेणी में द्वितीय रही थी। उसे चित्रकला का बड़ा शौक़ है, यदि आप कुछ समय दे सकें तो...''

ईश्वर ने विनय के स्वर में क्षमा माँगते हुए कहा कि वह ट्यूशन नहीं करता।

वृद्ध कुछ मायूस हो गए। फिर उन्होंने कहा, ''मेरी यह इच्छा थी कि आप कुछ न कुछ समय, चाहे सप्ताह में एक बार ही क्यों न सही, उसे अवश्य देते।''

और फिर उन्होंने कहा, ''उसे बहुत शौक़ है। उसका हाथ भी काफ़ी चलता है। आपको बहुत कष्ट न होगा, सिर्फ़ उसे मार्ग बताने की आवश्यकता है, वह चल पड़ेगी।

वृद्ध की आकृति में जो प्रार्थना का भाव था और उनके स्वर में जो विनय थी, उसने कलाकार के हृदय को असमंजस में डाल दिया।

और वृद्ध ने फिर कहा—''पिता की यह अत्यधिक लाड़ली थी। अब, जब काल ने उसके सिर से पिता का हाथ उठा लिया है तो मैं उसे यह अभाव महसूस नहीं होने दूँगा। मैं उसकी हर इच्छा पूरी करूँगा।''

यह कहते-कहते उनकी वाणी आर्द्र हो गई थी और ईश्वर मान गया था।

और जब दो दिन बाद बताए हुए समय पर वह उनके घर पहुँचा था और दरी पर बैठी हुई और कागज़ पर किसी चित्र का ख़ाका बनाती हुई एक तरुण से वृद्ध ने कहा था—''सुरजीत, ये हैं तेरे नए मास्टर जी!'' और तितली के पंखों-सी फड़कती, किन्तु लज्जा के भार से झुकी पलकें उठी थीं तो वह मुग्ध-सा रह गया था।

और फिर बाद को वह यह भी भूल गया था कि उसने सप्ताह में मात्र एक दिन आने का वादा किया है।

लेकिन ये सब तो पहले की बातें हैं। उस दिन तो इतना ही हुआ कि स्टूडियो में पड़े हुए ईज़ल, उस पर कसे स्क्रीन और उस पर बनने की बाट जोह रहे चित्र को भूलकर वह विवाह के हेतु किराये पर ली गई उस कोठी में सुरजीत के दादा का हाथ बँटाता रहा था और नौकरों, हलवाइयों, विवाह के अवसर पर आने वाले दूर-नज़दीक के रिश्तेदारों और उनके बच्चे-बच्चियों के शोर में उसके क़हक़हे गूँजते रहे थे।

और जब समय पर दूल्हा तशरीफ़ लाया था और ज्ञानी ने शब्द पढ़ने आरम्भ किए थे तो सुरजीत चुपचाप 'ग्रन्थ साहब' के सामने जा बैठी थी।

इसके बाद एक वर्ष एक श्रीनगर से उसकी चिट्ठियाँ आती रही थीं। एक चिट्ठी में उसने लिखा था—

''...सब तरफ़ बहार छाई है, फूल खिले हैं, बग्गूगोशों के विटप फल ले आए हैं, लेकिन मेरे मन का फूल मुरझा गया है और फल शायद अब उसमें कभी न लगे...''

फिर एक चिट्ठी में लिखा—

''...याद है न ईश्वर जी, आपने एक बार कहा था—'मैं तुम्हारे यहाँ कभी ट्यूशन न करता, यदि यह कहते हुए कि—पिता की वह लाड़ली थी; अब, जब उसके सिर पर पिता का हाथ नहीं रहा, मैं उसे वह अभाव महसूस न होने दूँगा; मैं उसकी

हर इच्छा पूरी करूँगा—तुम्हारे दादा की आँखें आर्द्र न हो जातीं और उनमें कोई स्वर्गीय चमक न झिलमिला उठती!' मुझे आपके मुँह से सुना उनका यह वाक्य बार-बार याद आता है। उन्होंने मेरी सब इच्छाएँ पूरी कीं या मैंने उनकी?''

फिर एक बार लिखा—

"ईश्वर जी, माता-पिता लड़कियों को सौ-सौ लाड़-प्यार से पालते हैं, ऊँची से ऊँची शिक्षा देते हैं; ललित कलाएँ सिखा देते हैं—कोई संगीत में निपुणता प्राप्त करती है, कोई अच्छी लेखिका बन जाती है और कोई अभागिनी आर्टिस्ट! फिर माँ-बाप विवाह कर देते हैं—मेरी एक सहेली है, उसकी आवाज़ में जादू था, पर उसके वाद्य यन्त्रों पर अब धूल पड़ी रहती है और उनके ढकने खोलने में भी उसे कष्ट होता है—एक दूसरी कभी अच्छी लेखिका बनने जा रही थी और उसके पिता बड़े गर्व से, उसे देखने के हेतु आनेवालों को उसकी छपी कविताएँ और कहानियाँ दिखाया करते थे, लेकिन अब उसे सामाचारपत्र तक देखे हफ़्तों बीत जाते हैं। एक तीसरी थी सुरजीत—बड़ी भारी कलाकार बनने जा रही थी, पर अब...

"लेकिन छोड़ो। बाहर सुबह का सूरज कब का निकल आया है। खिड़की के शीशों में से मैं पहाड़ों की बर्फ़ानी चोटियों को चमकते देख रही हूँ। रूह बाहर जाकर पहाड़ियों से उसे उदित होते देखने के लिए तड़पती रही है—पर वे तो ख़र्राटे ले रहे हैं और दस बजे तक लेते रहेंगे...''

ये पत्र कभी पखवाड़े, कभी महीने और कभी दो-दो महीने बाद आते रहे और फिर उनका सिलसिला क़तई बन्द हो गया।

पाँच वर्ष बाद

वसन्त के आरम्भ की एक दुपहरी में ईश्वर 45, कनाट प्लेस की ओर ज़रा जल्दी-जल्दी जा रहा था। सिर पर दस्तार ही थी, पर उसे सावधानी से बंधी हुई हम नहीं कह सकते। गले में सिल्क की कमीज़ थी और उस पर अचकन, लेकिन दोनों का रंग तनिक मैला था। ऊपर की जेब का रूमाल अब निचली दाईं जेब में पड़ा था—दूध जैसा सफ़ेद भी अब वह न था और तह भी अब उसकी नहीं लगी हुई थी। कमर में चूड़ीदार पायज़ामा था, लेकिन पाँवों में कामदार जूते की जगह सिर्फ़ चप्पल थी—कुछ ऐसी बेपरवाही उस पर छाई हुई थी जो फ़ैशन में शामिल नहीं कही जा सकती।

आकाश पर श्वेत, मटमैले, नीले, काले बादलों के टुकड़े बिखरे थे, जैसे अम्बर के इस विशाल स्क्रीन पर किसी अज्ञात कलाकार ने अपनी तूलिका से कहीं हल्के और कहीं गहरे रंग में धब्बे बना दिए हों। सूर्य पर एक काले बादल का बड़ा-सा टुकड़ा छा गया था और दूर कोठियों के सिरों पर धूप चमक रही थी।

वह क्षण-भर के लिए रुका। मस्तक पर उसके पसीने की बूंदें नहीं थीं और

होतीं भी तो उन्हें पोंछने का वह कष्ट न करता—आज पाँच वर्ष बाद सुरजीत आई थी, अपने दादा की मृत्यु पर ही। और उसने सुना था कि इस पाँच वर्ष के अर्से में वह तीन बच्चों की माँ बन चुकी है।

सीढ़ियों की दीवार पर लकीरें-सी बनाता हुआ वह धीरे-धीरे चढ़ने लगा, परन्तु प्रत्येक सीढ़ी के साथ-साथ उसकी गति धीमी होती गई, यहाँ तक कि उनकी समाप्ति पर वह रुक गया।

जिस कमरे में कुछ क्षण बाद वह दाखिल हुआ वह कुछ ऐसे ही था, जैसे पाँच वर्ष बाद वह कमरा हो सकता है, जिसे इस लम्बे अर्से में एक बार भी नारी के हाथों ने न छुआ हो—वही पर्दे थे, वही दरी, वही कोच, वही अखरोट की मेज़ और उस पर रखे हुए पीतल के हाथी, वही अँगीठी और उस पर की प्रस्तर मूर्ति, वही तस्वीरें, जिन्हें इसलिए लगाया गया था कि लोहे का एक शिक्षित व्यापारी, उन्हें बनानेवाली को पसन्द कर ले—सब कुछ वही था, मात्र एक हल्की-सी उदासी उन सब पर छाई हुई थी—कम से कम ईश्वर जब उस कमरे में आया तो उसे ऐसा ही प्रतीत हुआ।

आने से पहले उसने आवाज़ दी थी। सुरजीत का नाम लेकर नहीं, वरन् नौकर का नाम लेकर! फिर किवाड़ पर टिक-टिक की थी, पर उसके न खुलने पर अन्दर नहीं आया, बल्कि प्रतीक्षा करता रहा।

तब एक नन्ही-सी चार वर्ष की बालिका ने आकर कहा—''आ जाइए!''

और वह कोच पर जाकर बैठ गया और निर्निमेष उस कली-सी नन्ही बालिका की ओर देखने लगा। माँ जैसा इकहरा पतला शरीर, लम्बी-तीखी नाक, सुन्दर आयताकार चेहरा, फड़फड़ाती पलकें और पत्तियों-से ओठ—और हाथ पकड़कर उसने उसे अपनी गोद में खींच लिया—''तुम्हारा नाम क्या है?''

''लाड़ली!''

'लाड़ली'—दिल में उसने सोचा—'शायद तुम्हारे आने पर ही सुरजीत ने पत्र लिखना बन्द कर दिया था' पर प्रकट उसने उसे गोद में खींच लिया और अनिमेष दृगों से उसके मुख को देखने लगा और उसने उसे चूम लिया...

तभी सुरजीत एक बच्चे को गोद में उठाए हुए कमरे में दाखिल हुई। ईश्वर के चेहरे पर तनिक स्याही पुत गई, जैसे अपराध करते हुए उसे किसी ने पकड़ लिया हो—लेकिन सुरजीत के शरीर में सनसनी-सी दौड़ गई—ऐसी कि इस पाँच-वर्ष के अर्से में तीन बच्चों की माँ बनने पर भी न दौड़ी थी।

एक ओर चुपचाप वह कोच पर बैठ गई।

ईश्वर सब कुछ भूल गया। सुरजीत इतनी मोटी नज़र आती थी कि वह हैरान था, यह वही सुरजीत है या कोई और। आखिर उसने कहा, ''आप तो कश्मीर जाकर

खूब स्वस्थ हो गई।''

सुरजीत विषाद से हँसी—''ऐसे नासूर क्या आपने नहीं देखे जो बाहर से अच्छे दिखाई देते हैं, लेकिन अन्दर की ओर बढ़ते चले जाते हैं?''

कुछ क्षण ईश्वर स्तब्ध बैठा रहा, फिर उसने सुरजीत के दादा की मृत्यु की बात चला दी।

एक घण्टे बाद, जब वह लकीरें-सी बनाता हुआ धीरे-धीरे सीढ़ियों से उतर रहा था तो मन ही मन कह रहा था—'ऐसे नासूर भी तो होते हैं जो अन्दर-बाहर दोनों ओर बढ़ते हैं। सुरजीत शायद उनको नहीं जानती।'

चारा काटने की मशीन

रेल की लाइनों के पार, इस्लामाबाद की नई आबादी के मुसलमान जब सामान का मोह छोड़, जान का मोह लेकर भागने लगे तो हमारे पड़ोसी लहनासिंह की पत्नी चेतीं।

"तुम हाथ पर हाथ धरे नामर्दों की भाँति बैठे रहोगे," सरदारनी ने कहा, "और लोग एक से एक बढ़िया घर पर कब्ज़ा कर लेंगे।"

सरदार लहनासिंह और चाहे जो सुन लें, परन्तु औरत ज़ात के मुँह से 'नामर्द' सुनना उन्हें कभी गवारा न था। इसलिए उन्होंने अपनी ढीली पगड़ी को उतारकर सिर से जूड़े पर लपेटा; धरती पर लटकती हुई तहमद का किनारा कमर में खोंसा; कृपाण को म्यान से निकालकर उसकी धार का निरीक्षण करके उसे फिर म्यान में रखा और फिर इस्लामाबाद के किसी बढ़िया 'नए' मकान पर अधिकार जमाने के विचार से चल पड़े।

वे अहाते ही में थे कि सरदारनी ने दौड़कर एक बड़ा-सा ताला उनके हाथ में दे दिया। "मकान मिल गया तो उस पर अपना कब्ज़ा कैसे जमाओगे?" उसने कहा, "अपना ताला तो लेते जाओ।"

सरदार लहनासिंह ने एक हाथ में ताला लिया, दूसरा कृपाण पर रखा और लाइनें पार कर इस्लामाबाद की ओर बढ़े।

खालसा कॉलेज रोड, अमृतसर पर, पुतलीघर के समीप ही हमारी कोठी थी। उनके बराबर एक खुला अहाता था। वहीं सरदार लहनासिंह चारा काटने की मशीनें बेचते थे। अहाते के कोने में दो-तीन अँधेरी-सीली कोठरियाँ थीं।

मकान की क़िल्लत के कारण सरदार साहब वहीं रहते थे। यद्यपि काम उन्होंने दो-चार हज़ार रुपये से आरम्भ किया था, पर लड़ाई के दिनों में (किसानों के पास रुपये का बाहुल्य होने से) उनका काम खूब चमका। रुपया आया तो सामान भी आया और सुख-सुविधा की आकांक्षा भी जगी। यद्यपि प्रारम्भ में उस अहाते और उन कोठरियों को पाकर पति-पत्नी बड़े प्रसन्न हुए थे, परन्तु अब उनकी पत्नी, जो 'सरदारनी' कहलाने लगी थी, उन कोठरियों तथा उनकी सील और अँधेरे को अतीव

उपेक्षा से देखने लगी थी। ग्राहकों को मशीनों की फुर्ती दिखाने के लिए दिन-भर उनमें चारा कटता रहता था। अहाते-भर में मशीनों की कतारें लगी थीं जो भावना रहित हो, अपने तीखे छुरों से चारे के पूल काटती रहती थीं। सरदारनी के कानों में उनकी कर्कश ध्वनि हथौड़ों की अनवरत चोटों-सी लगने लगी। जहाँ-तहाँ पड़े हुए चरी के पूले और चारे के ढेर पर अब उसकी आँखों को अखरने लगे। सरदार लहनासिंह तो—यद्यपि उनकी पगड़ी और तहमद रेशमी हो गई थी और उनके गले में लकीरदार गबरून की कमीज़ का स्थान घुटनों तक लम्बी बोस्की की कमीज़ ने ले लिया था—वही पुराने लहनासिंह थे। उन्हें न कोठरियों की तंगी अखरती थी, न तारीकी, न मशीनों की कर्कशता, न चारे के ढेरों की निरीहता, बल्कि वे तो इस सारे वातावरण में बड़े मस्त रहते थे। वे उन सरदारों में से थे जिनके सम्बन्ध में एक सिख लेखक ने लिखा है कि जिधर से पलटकर देख लो, सिख दिखाई देंगे।

कुछ पतले-दुबले हों, यह बात नहीं। अच्छे-खासे हृष्ट-पुष्ट आदमी थे और उनकी मर्दुमी के परिणाम-स्वरूप पाँच बच्चे जोंकों की तरह सरदारनी से चिपटे रहते थे। परन्तु यह सरदारनी का ढंग था। उसे यदि सरदार लहनासिंह से कोई ऐसा काम कराना होता, जिसमें कुछ बुद्धि की आवश्यकता हो तो वह उन्हें 'बुद्धू' कहकर उकसाती और यदि ऐसा काम कराना होता, जिसमें कुछ बहादुरी की ज़रूरत हो तो उन्हें 'नामर्द' का ताना देती। उसका ढंग था तो खास अशिष्ट, पर रुपया आने और अच्छे कपड़े पहनने ही से तो अशिष्ट आदमी शिष्ट नहीं हो जाता। फिर सरदारनी को नए धन का मान चाहे हो, शिष्टता का मान कभी न था।

सरदार लहनासिंह इस्लामाबाद पहुँचे तो वहाँ मारधाड़ मची हुई थी। उनकी चारा काटने की मशीनें जिस प्रकार भावना-रहित चरी के निरीह पूले काटती थीं, कुछ उसी प्रकार उन दिनों एक धर्म के अनुयायी दूसरे धर्म के अनुयायियों को काट रहे थे। सरदार लहनासिंह ने अपनी चमचमाती हुई कृपाण निकाली कि यदि किसी मुसलमान से मुठभेड़ हो जाए तो तत्काल उसे अपनी मर्दुमी का प्रमाण दे दें। परन्तु इस ओर जीवित मुसलमान का निशान तक न था। हाँ, गलियों में रक्तपात के चिह्न अवश्य थे और दूर लूट-मार की आवाज़ें भी आ रही थीं।

तभी, जब वे सतर्कता से बढ़े जा रहे थे, उनको अपने मित्र गुरदयालसिंह मकान का ताला तोड़ते दिखाई दिए।

सरदार लहनासिंह ने रुककर प्रश्न-सूचक दृष्टि से उनकी ओर देखा।

"मैं तो इस मकान पर कब्ज़ा कर रहा हूँ।" सरदार गुरदयालसिंह ने एक उचटी हुई दृष्टि अपने मित्र पर डाली और निरन्तर अपने काम में लगे रहे।

तब सरदार लहनासिंह ने ढीली होती हुई पगड़ी का सिरा निकालकर पेच कसा और अपने मित्र के नए मकान की ओर देखा। उसे देखकर उन्हें अपने लिए मकान

देखने की याद आई और वे तत्काल बढ़े। दो-एक मकान छोड़कर उन्हें सरदार गुरुदयालसिंह की अपेक्षा कहीं बड़ा और सुन्दर मकान दिखाई दिया, जिस पर ताला लगा था। आव देखा न ताव, उन्होंने गली में से एक बड़ी-सी ईंट उठाई और दो-चार चोटों ही में ताला तोड़ डाला।

वह मकान यद्यपि बहुत बड़ा न था, परन्तु उनकी उन कोठरियों की तुलना में तो स्वर्ग से कम न था, कदाचित् किसी शौकीन क्लर्क का मकान था, क्योंकि एक छोटा-सा रेडियो भी वहाँ था और ग्रामोफ़ोन भी। गहने-कपड़े न थे और ट्रंक खुले पड़े थे। मकान वाला शायद मार-धाड़ से पहले शरणार्थी कैम्प या पाकिस्तान भाग गया था। जो सामान वह आसानी से साथ ले जा सका था, ले गया था। फिर भी ज़रूरत का काफ़ी सामान घर में पड़ा था। यह सब देखकर सरदार लहनासिंह ने उल्टी कलाई मुँह पर रखी और ज़ोर से बकरा बुलाया।[1] फिर तहमद की कोर को दोनों ओर से कमर में खोंसा और सामान का निरीक्षण करने लगे।

जितनी काम की चीज़ें थीं, वे सब चुनकर उन्होंने एक ओर रखीं, अनावश्यक उठाकर बाहर फेंकी, वहीं बड़ा ताला, जो वे घर से लाए थे, मकान में लगाया, गुरदयालसिंह को बुलाकर समझाया कि उनके मकान का खयाल रखें और स्वयं अपना सामान लाने चले कि मकान पूर्ण रूप से उनका हो जाए।

जब वे अपने घर पहुँचे तो उन्हें खयाल आया कि सामान ले जाएँगे कैसे? इस भगदड़ में तांगा-इक्का कहाँ? तब अहाते से साइकिल लेकर वे अपने पुराने मित्र रामधन ग्वाले के यहाँ पहुँचे, जिसकी बैलगाड़ी पर (ट्रकों पर लाने-ले जाने से पहले) वे अपने चारा काटने की मशीनें लादा करते थे। मिन्न-समाजत कर, दोहरी मज़दूरी का लालच देने के बाद वे उसे ले आए।

जब सारा सामान गाड़ी में लद गया और वे चलने को तैयार हुए तो सरदारनी ने साथ चलने का अनुरोध किया। तब उन्होंने उस नेक-बख़्त को समझाया कि वहाँ के दूसरे सरदार अपनी सिंहनियों को बुला लेंगे तो वे भी ले जाएँगे। वे लाख सिंहनियाँ सही—सरदार लहनासिंह ने अपनी पत्नी को समझाया—पर हैं तो औरतें ही और दंगे-फ़िसाद में औरतों ही को अधिक सहना पड़ा है। फिर उन्होंने समझाया कि अहाते का भी तो ख्याल रखना चाहिए। शरणार्थी धड़ाधड़ आ रहे हैं, कौन जाने यहाँ पर खुला देखकर जम जाए।

सरदारनी मान गई, परन्तु जब सरदार लहनासिंह चलने लगे तो उसने सुझाया कि वे सामान के साथ चारा काटने की एक मशीन ले जाकर अवश्य अपने नए घर में स्थापित कर दें, ताकि उनकी मलकियत में किसी प्रकार का सन्देह न रहे और सभी को पता चल जाए कि यह मकान चारा काटने की मशीनों वाले सरदार लहनासिंह का है।

---

1. पंजाबी जाट जब बहुत प्रसन्न होते हैं तो उल्टी कलाई मुँह पर रखकर बकरे की-सी आवाज़ निकालते हैं।

सरदारनी का यह प्रस्ताव सरदारजी को बहुत अच्छा लगा।

यद्यपि बैलगाड़ी में और स्थान न था, परन्तु सामान पर सबसे ऊपर चारा काटने की एक मशीन किसी न किसी प्रकार रखी गई। गिर न जाए, इसलिए रस्सों से उसे कसकर बाँधा गया और सरदार लहनासिंह अपने नए घर पहुँचे। गली ही में उन्होंने देखा कि सरदार गुरदयालसिंह की सिंहनी और बच्चे तो नए मकान में पहुँच भी गए हैं तब उन्हें लगा कि उनसे भारी ग़लती हो गई है। उन्हें भी अपनी सिंहनी को तत्काल ले आना चाहिए। यदि पतला-दुबला गुरदयाल अपनी सिंहनी को ला सकता है तो वे क्यों नहीं ला सकते।

यह सोचना था कि सारे सामान को उसी प्रकार ड्योढ़ी में रख, वही बड़ा-सा ताला लगा, उन्होंने गुरदयालसिंह से कहा कि भाई ज़रा खयाल रखना, मैं भी अपनी सिंहनी को ले आऊँ, संगत हो जाएगी।

और उसी बैलगाड़ी पर सरदार लहनासिंह उल्टे पाँव लौटे। घर पहुँचकर उन्होंने अपनी सरदारनी को बच्चों के साथ तत्काल तैयार होने के लिए कहा।

परन्तु एक-डेढ़ घण्टे के बाद जब अपने बीवी-बच्चों सहित सरदार लहनासिंह इस्लामाबाद पहुँचे तो उनके नए मकान का ताला टूटा पड़ा था। ड्योढ़ी से उनका सारा सामान ग़ायब था। केवल चारा काटने की मशीन अपने पहरे पर मुस्तैदी से जमी हुई थी। घबराकर गुरदयालसिंह को आवाज़ दी, परन्तु उनके मकान में कोई और सरदार विराजमान थे। उनसे पता चला कि गुरदयालसिंह दूसरी गली के एक और अच्छे मकान में चले गए हैं। तब सरदार लहनासिंह कृपाण निकालकर अपने मकान की ओर बढ़े कि देखें, चोर और क्या-क्या ले गए हैं।

ड्योढ़ी में उनके प्रवेश करते ही दो लम्बे-तगड़े सिखों ने उनका रास्ता रोक लिया, बैलगाड़ी पर सवार उनके बीवी-बच्चों की ओर संकेत करते हुए उन्होंने कहा कि यह मकान शरणार्थियों के लिए नहीं। इनमें थानेदार बलवन्तसिंह रहते हैं।

थानेदार का नाम सुनकर सरदार लहनासिंह की कृपाण म्यान में चली गई और पगड़ी कुछ और ढीली हो गई।

''हुज़ूर, इस मकान पर तो मेरा ताला पड़ा था। मेरा सारा सामान...''

''चलो-चलो बाहर निकलो। अदालत में जाकर दावा करो। दूसरे के सामान को अपना बताते हो?''

और उन्होंने सरदार लहनासिंह को ड्योढ़ी से ढकेल दिया। तभी लहनासिंह की दृष्टि चारा काटने की मशीन पर गई और उन्होंने कहा—

''देखिए, यह मेरी चारा काटने की मशीन है। किसी से पूछ लीजिए, मुझे यहाँ सभी जानते हैं।

परन्तु शोर सुनकर अपने 'नए' मकानों से जो सरदार या लाला बाहर निकले उनमें एक भी परिचित आकृति लहनासिंह को न दिखाई दी।

‘‘यों क्यों नहीं कहते कि चारा काटने की मशीन चाहिए’’, उनको धकेलने वाले एक सिख ने कहा और वह अपने साथी से बोला, ‘‘सुट्ट ओ करतारसिंहा, मशीन नूं बाहर। गरीब शरणार्थी हण। असां इह मशीन साली की करनी ऐं।’’
और दोनों ने मशीन बाहर फेंक दी।

दो-ढाई घण्टे के असफल वाबेले के बाद जब सरदार लहनासिंह, रात आ गई जानकर, वापस अपने अहाते को चले तो उनके बीवी-बच्चे पैदल जा रहे थे और बैलगाड़ी पर केवल चारा काटने की मशीन लदी हुई थी।

आकाशचारी

मुझे ऐसा लग रहा है, जैसे मैं लेटा नहीं हूँ, चल रहा हूँ। चल भी नहीं रहा हूँ, हवा में उड़ा जा रहा हूँ और यह सारी की सारी राजधानी, उसकी गगनचुम्बी इमारतें, चौड़ी कुशादा सड़कें, लहलहाते पार्क—यह इतनी अपार भीड़ मेरे पैरों के नीचे, मेरी विजय का स्वागत करती हुई श्रद्धा से विनत है। परिषद् का पुरस्कार मेरी प्रतिभा के सामने कोई माने नहीं रखता था। मैं तो अपने को संसार के सर्वश्रेष्ठ पुरस्कार का अधिकारी मानता हूँ। लेकिन जब एक बार मेरी पुस्तक का नाम आ गया तो फिर उसका न चुना जाना मेरी पराजय थी। यह ठीक है कि मेरे भय से चुनाव करने वालो ंने शेष दो पुस्तकों को भी नकार दिया और कह दिया कि कोई भी पुस्तक पुरस्कार के योग्य न थी। पर क्या यह मेरा अपमान नहीं था? मैं, जो यह मानता हूँ कि मेरा हर शब्द भाषा के सीने पर एक ऐसा अमिट गोदना है, जो दिन-प्रतिदिन एक नई आभा से चमकता जाएगा, इस बात को कैसे स्वीकार कर लेता कि मेरी पुस्तक उस अकिंचन पुरस्कार के योग्य न समझी जाए! मैं, जो अपने-आपको काव्य, कहानी और उपन्यास—साहित्य के सभी क्षेत्रों में युग-प्रवर्तक समझता हूँ, जिसने अपनी इस भाषा को इस योग्य बनाया है कि लोग उसमें फिर से 'साहित्य' रच सकें, नई और गहरी बात कह सकें—उस भोंडी, कच्ची, अनगढ़, फूहड़ भाषा को, जिसने नई आभा, नई व्यंजना, नए अर्थ और नया परिष्कार दिया, कैसे वह सहन करता?... सकोगे?'...सकूँगा!'...मेरे सामने मेरा ही एक प्रयोग घूम रहा है। कितने अभिव्यंजनापूर्ण शब्द हैं! एक-एक शब्द में साधारणतः अपनी इस भाषा में लिखे जाने वाले पूरे के पूरे वाक्य समा गए हैं। आँख के संकेतों जैसे न जाने कितने ऐसे व्यंजक शब्द मैंने इस भाषा को दिए और ईर्ष्यालु कहते हैं कि मुझमें मौलिकता नहीं; कि मैं अंग्रेज़ी से चुराता हूँ; कि मैं मृत भाषा इस्तेमाल करता हूँ; कि जनता के सीधे सम्पर्क से दूर मैं अपनी गजदन्ती मीनार में बैठकर एक-एक शब्द एक-एक मुहावरा गढ़ता हूँ, जो कभी जनसाधारण के होंठों पर न चढ़ पाएगा।...उन मूर्खों को कौन समझाए कि साहित्य में भी एक आभिजात्य होता है, कि मौलिकता का कोई महत्त्व नहीं है, कि बिना नूतन अभिव्यंजना के, बिना परिष्कार के, मौलिकता महज़ कच्चा माल है

और कच्चा माल साहित्य नहीं होता। उपनिषदकार क्या मौलिक थे? गीताकार क्या मौलिक थे? पुराणों की कहानियाँ क्या सब की सब मौलिक हैं? सूर, तुलसी और कबीर क्या मौलिक थे? और क्या टैगोर ही ने सब कुछ मौलिक लिखा?—वेदों से उपनिषदकारों ने लिया, गीताकार और पुराणकारों ने उपनिषदों से, सूर तुलसी और कबीर ने उन सबके विचार चुराए, टैगोर ने न जाने किन खज़ानों मे मोती उड़ाए—महत्त्व मौलिकता का, नहीं, अभिव्यंजना, परिष्कार और समन्वय का है।...सकोगे?'...सकूँगा!'...मेरे सेंसुअल होंठ (सविता कहा करती थी—प्र. जी., आपके होंठ बड़े सेंसुअल हैं।) एक मीठी मुस्कान में फैल जाते हैं...मैं जैसे पैरों के नीचे बिछी राजधानी पर तैरता चला जा रहा हूँ।...सकोगे!'' 'सकूँगा!'...और मैं क्या नहीं सका? तीन वर्ष के बाद झख मारकर परिषद् ने उसी पुस्तक पर मुझे पुरस्कार दिया, जिसे उसने इस योग्य न समझा था...नहीं सका मैं?...अभी कुछ ही वर्ष पहले जो लोग मुझे खत्म हुआ, चुक गया समझते थे, अब कैसे मेरे इर्द-गिर्द मंडरा रहे हैं। कैसे फिर अपनी पुस्तकें मेरे नाम समर्पित कर अपने को धन्य समझ रहे हैं...वह मेरे पद-चिह्नों पर चलने वाला अहंकारी, जिसने मुझे तृतीय कोटि का उपन्यासकार घोषित कर दिया था, अब अपना कथा-संग्रह मुझे समर्पित करते हुए लिखता है—''प्र. जी के लिए, जिन्होंने कहानी को अपनी इस भाषा में फिर एक बार सम्भव बनाया, परवर्तियों के आभार सहित!''...परवर्तियों के आभार सहित...इसे कहते हैं विजय! जो व्यक्ति स्वयं मुझे मानने को तैयार नहीं था, वह सभी दूसरों को लेकर मेरे आगे नतशिर है!...राजधानी में कोई फंक्शन नहीं होता, जिसमें पहले मुझे अध्यक्ष-पद के लिए पूछा न जाए। मैं इन्कार कर देता हूँ, क्योंकि मैंने ऐसी स्थिति बना ली है कि लोग मेरा इन्कार सुनना भी अपना सौभाग्य मानें और फिर-फिर मुझे बुलाएँ! मैंने अपनी स्थिति बना ली है कि मैं चुनाव कर सकूँ। मैंने अपनी स्थिति बना ली है और मैं इन्कार कर देता हूँ। तब लोग दूसरे तथाकथित साहित्यकारों और आचार्यों को पूछते हैं। कल तक द्वितीय श्रेणी के जो लोग, संसद-स्थित साहित्यकारों की चापलूसी कर, साहित्यकार और आचार्य बन गए थे, जिन्होंने दल बाँधकर प्रतिभा-सम्पन्नों का बहिष्कार किया, कैसे मैंने उनके सिंहासन हिला दिए हैं...सकोगे?''...सकूँगा!' कैसा मज़बूत दल मेरे इर्द-गिर्द इकट्ठा हो गया है—मेरे संकेत पर साहित्यिक आन्दोलन छेड़ देने वाला, मेरा झण्डा उठाए भारत-भर में मेरा डंका बजाने वाला!...किस प्रान्त में मेरे नाम की कसमें खाने वाले, मेरे लिए सिर फोड़ने-फोड़वाने वाले नहीं हैं! बड़े-बड़े तीसमारखों की, अपने-आपको महान कहाने वालों की, वर्षों से प्रतिष्ठित कवियों और उपन्यासकारों की पर्त उतारकर मेरे चाहने वालों ने नहीं रख दी क्या!...मेरे सामने आचार्य क—की सूरत घूम जाती है। द्वितीय श्रेणी में एम. ए. करके वे नए-नए एक सबर्बन कॉलेज में पढ़ाने लगे हैं और कई प्रयासों के बाद मुझसे मिलने में सफल हुए हैं...अंग्रेज़ का ज़माना है। मैं रेडियो में ऑनरेरी सलाहकार हूँ...मेरे सामने बैठे वे आध घण्टे से मिनमिन कर रहे हैं, उनकी

इच्छा है, मैं उन्हें रेडियो में इण्ट्रोड्यूस करूँ; कहानी, समालोचना, वार्ता–कुछ भी दूँ...लेकिन मुझे वे नितान्त प्रतिभाहीन, कोरे मेहनती लगते हैं, मैं उनकी मिनमिन को चुप सुनता रहता हूँ, और फिर एक 'अच्छा' कहकर सिर से सूक्ष्म-से झटके से उन्हें उठा देता हूँ।...फिर वे कभी मुझसे मिलने नहीं आते। विश्वविद्यालय के विभागीय अध्यक्ष की जूतियाँ सीधी करके येन-केन प्रकारेण डॉक्ट्रेट की डिग्री ले लेते हैं। उनके सौभाग्य से देश स्वतन्त्र हो जाता है और दुनिया जहान के प्रतिभाहीन, मीडियाकार दिल्ली की कुर्सियों पर आसीन हो जाते हैं। तब वे भी तिकड़म भिड़ाकर एक विश्वविद्यालय में विभागीय अध्यक्ष बन जाते है। उन दिनों जब उनसे मेरा एक प्रशंसक कहता है (कि मैं उस ज़माने में उस नगर ही में अस्थायी रूप से निवास करता हूँ) कि मेरा उपन्यास, जिसने साहित्य में नये युग का सूत्रपात किया है, पाठ्यक्रम में रखा जाए तो वे उपेक्षा से मुँह बिदोरकर कहते हैं कि वह तो पश्चिमी लेखकों का उच्छिष्ट-मात्र है और घोषणा करते हैं कि जब तक वे हैं, उनके विश्वविद्यालय में तो क्या, किसी दूसरे विश्वविद्यालय के पाठ्यक्रम में भी वे भरसक उसे न लगने देंगे।...और वे पाठ्यक्रम बोर्डों, इण्टरव्यू समितियों और सरकारी कमेटियों पर–सब जगह अधिकार कर लेते हैं। इस तिकड़मों से विभिन्न प्रान्तीय विश्वविद्यालयों में अपने छात्रों को लेक्चरर और अध्यक्ष नियुक्त करा देते हैं। एक बार उन पर कोई व्यंग्य करता है–'आचार्य जी, आपके बैल कहाँ-कहाँ नहीं हैं? आप बछड़े भरती करते हैं और उन्हें मरकहे बैल बनाकर बाहर भेज देते हैं।'...आचार्य जी हँसते हैं, ''वे मरकहे दूसरों के लिए हैं, मेरे लिए तो वे खस्सी हैं!''...आचार्य जी ठीक कहते हैं। जब उनके बैल छात्रों के रूप में विश्वविद्यालय में गए थे तो वे मुँहज़ोर बछड़े ही थे, लेकिन ऐसे प्राणहीन पाठ्यक्रमों से, जिनमें नवीनता की तनिक गंध न थी उनके दिमागों में भुस भर दिया गया। फिर अपने प्रिय छात्र-छात्राओं को अधिकाधिक नम्बर देकर, आने वालों को बता दिया गया कि जिसे डिवीजन और कैरियर चाहिए, वह कौन-सा रास्ता अपनाए और यों उन्हें ख़स्सी करके अध्यापक, प्राध्यापक, लेक्चरर और अध्यक्ष बनाकर भारत-भर में फैले विश्वविद्यालयों में भेज दिया गया और उन खस्सी बैलों ने देश में खस्सी अध्यापकों और आलोचकों की एक पूरी की पूरी पीढ़ी तैयार कर दी।...लेकिन अब आचार्य जी का सिंहासन डोलने लगा है, क्योंकि मैंने भी खस्सी सांड़ों की एक खेप तैयार कर दी है जो उनके बैलों के मुकाबिले में अधिक मरकहे हैं...'सकोगे!' 'सकूँगा'...जब उन्होंने मेरे उपन्यास को पाठ्यक्रम में नहीं रखा था और कहा था कि हम उस लेखक को पढ़ाते हैं, जो अपनी मृत्यु के पच्चीस-पचास वर्ष बाद ही ज़िन्दा रहता है (हालांकि अपनी कृतियों को, जो पौराणिक आख्यानों की सरल सार मात्र हैं अथवा जिनमें ऐतिहासिक तथ्यों का गला उल्टे छुरे से रेता गया है, वे इस योग्य समझते हैं कि वे उनके जीवन ही में हर विश्वविद्यालय में पढ़ाई जाएँ और उनकी साहित्यिक 'उपलब्धियों'

पर शोध-कार्य किया जाए) तब मैंने अपने-आपसे प्रश्न किया था–‘सकोगे?’ और मैंने स्वयं उत्तर दिया था–‘सकूँगा!’...और मैं सका! मैंने उन्हीं के हथियारों का उन पर प्रयोग किया। उन्होंने खस्सी करने को जो बछड़े चुने थे, वे दिमाग में कोरे थे। उनके खाली दिमाग़ों में उन्होंने भुस भरा। फिर उनके अहं को पूरी तरह मारकर, उन्हें नितान्त निर्वीर्य बनाकर, अपनी गाड़ी में जोत लिया। मैंने तैयार जवान बछड़े चुने। जो सबके सब प्रतिभा-सम्पन्न थे और कुछ तो, यदि ठीक रास्ते पर लगे रहते, मुझसे आगे निकल जाते, मैंने उनका अहं कुचलने के बदले, उसे सहलाया। इसके बाद बस यह किया कि उनकी दृष्टि बदल दी। उनकी अभिव्यक्ति को उल्टे रास्ते मोड़ दिया। उनमें से एक भी मेरे जैसा अभिजात नहीं था। वे सबके सब निम्न मध्यवर्ग के थे। साधारणता के बीच से उगे थे। महत्त्वाकांक्षी! आदर्शवादी! मैंने बस यह किया कि उनके मन में जो अपने को अभिजात समझने और बनने की छिपी कामना थी–जनता कॉफ़ी हाउस में बैठने के बदले स्टैंडर्ड या वैंगर्ज़ में चाय-कॉफ़ी पीने की!–उसे बढ़ावा दिया। मैंने उन्हें पहले साहित्य के कॉफ़ी हाउस से उठाकर साहित्य के स्टैंडर्ड में ला बैठाया।–वे सीधी-सादी, सरल रचनाओं के बदले जीवन की यथार्थता से दूर, कठिन, पेचीदा, दुर्बोध, अस्पष्ट, व्यक्तिवादी रचनाएँ करने लगे। उनमें मेरे जैसा आभिजात्य तो था नहीं। मेरे जैसी रचना करना उनके बूते से बाहर था। अपना थान वे छोड़ चुके थे, दूसरा उनके बस का नहीं था। उस समय जब वे दुविधाग्रस्त थे, मैंने उन्हें अपने थान से ला बाँधा। उनकी उन प्राणहीन और दुर्बोध रचनाओं के अनुवाद स्वयं अंग्रेज़ी में किए, अपने देशी-विदेशी मित्रों से सांठ-गांठकर उन्हें देश-विदेश में छपवाया, उन्हें बड़ी-बड़ी नौकरियाँ दिलाकर उनका आज़ादी से कुदकड़े मारना भुलाया। वे अपने-आपको मुझी से नहीं, संसार के सारे साहित्यिकों से बेहतर समझते हैं, लेकिन वे बुरी तरह खस्सी हैं और उन्हें इसका एहसास भी नहीं।...चूँकि वे मेरी छत्र-छाया में बड़ी-बड़ी नौकरियाँ करते हैं, इसलिए वे मुझे मानते हैं और मेरे अर्ध-संकेत पर लोगों की पगड़ियाँ उछालने को तैयार रहते हैं। मुझे तो बल्कि संकेत भी करने की ज़रूरत नहीं रहती। जो भी मेरा विरोधी है, वे उसके पीछे पड़ जाते हैं और लोग कहने लगे हैं कि मैंने क्रान्तिकारी दल से यही सीखा है, कि मैंने गैंगस्टर और मवाली इकट्ठे कर लिए हैं।...प्रतिभा-सम्पन्न कवियों, कथाकारों, उपन्यासकारों, आलोचकों को एक दल में संगठित कर मवाली बना देना...क्यों आचार्य जी, आपके खस्सी प्राध्यापकों की तुलना में, कैसे हैं ये सारे खस्सी मवाली–और मैंने अपने से पूछा था–‘सकोगे?’–जाल बिछा दिया है आप ही की तरह मैंने भी...और आपके खस्सी बैल मेरे खस्सी सांड़ों की दया-माया पर निर्भर रहने लगे हैं...आपके हाथ में यदि विश्वविद्यालय है तो मेरे हाथ में लाखों की पूंजी से चलने वाला पत्र है,–सभी शहरों में उसके रिपोर्टर हैं, जिन्हें अपने शत्रुओं के विरुद्ध झूठी, तुड़ी-मुड़ी, विषभरी एकांगी रिपोर्टें तैयार करने के लिए मैं खासी

रकमें दिलवाता हूँ और आपके खस्सी बैल अपना सारा मरकहापन छोड़कर निरीह बनते जा रहे हैं!...और आप हमारी पुस्तक को उस अकिंचन पुरस्कार के योग्य भी नहीं समझते थे। कहते थे कि मेरी सबसे कमज़ोर पुस्तक है।—है! यही मेरी विजय है कि उस कमज़ोर पुस्तक पर ही, सारे विरोध के बावजूद, मैंने पुरस्कार पाया है...और देखिएगा, मैं कैसे देश-विदेश के बड़े-बड़े पुरस्कार जीतता हूँ। संसार का अत्यन्त महत्त्वपूर्ण देश मेरे साथ है। इस देश में उसका लाखों रुपया मेरे संकेत पर वितरित होता है। मैं ही भारत में उसका साहित्यिक सलाहकार हूँ...इनाम की मुझे ज़रूरत नहीं, मैं तो स्वयं इनाम बाँटता हूँ...वह तो केवल आप जैसे मूर्खों को यह दिखाना था कि मुझे मरने की ज़रूरत नहीं। मैं इसी जन्म में मिथ बन जाऊँगा...मिथ बन जाऊँगा...मैं सकूँगा—सकूँगा—सकूँगा!

राजधानी मेरे पैरों के नीचे बिछी है। वसन्त के बाद दिनों में आ जाने वाली गर्मी रात के आगमन के साथ कैसी खुनक हो गई है। राजधानी के ऊपर यों निर्बन्ध उड़ना कितना अच्छा लगता है—मेरे सेंसुअल होंठों पर इस वक्त ज़रूर भीनी-मुस्कान होगी। वही मुस्कान, जिसके सामने मेरे बड़े-से-बड़े विरोधी परास्त हो जाते हैं, जिसे आईने में देखकर मैं स्वयं अपने ऊपर मुग्ध हो जाता हूँ, जिसकी लौ पर न जाने कितनी तन्वियों को मैंने पतंगों की तरह जलाया है, जिसमें मेरा सारा आभिजात्य अपनी मनमोहक भव्यता के साथ सिमट आता है!...जब वह मुस्कान मेरे होंठों पर खेलती है, तब मैं किसी के लिए कुछ भी कर सकता हूँ।—ये मेरे इर्द-गिर्द इकट्ठे होने वाले मरकहे सांड इसके आगे कैसे निरीह बछेरे बन जाते हैं और मैं इसी के द्वारा जैसे उनके पुट्ठे थपथपा देता हूँ।...नीचे पार्कों में कचनार फूल आया है। कुछ ही दिनों में गुलमौर के छतनार पेड़ अपने लाल गुंचों और जेकारेंडा के गाछ अपने बैंगनी मेघों से दोपहरियों का ताप हर लेंगे। यह अमलतास न जाने क्यों दिल्ली में इतना नज़र नहीं आता। इलाहाबाद की लू-भरी दोपहरियों में इसकी लम्बी पीली लटकती झालरें कैसे आँखों की थकान मिटाती हैं। मैं जब भी गुलमौर की याद करता हूँ, मेरी आँखों में आसाम के जंगलों का ‘कृष्ण सुरा’ घूम जाता है—वह पेड़ जो एकदम गुलमौर जैसा लगता है, केवल यही अन्तर है कि लाल के बदले उसकी डालियाँ गुलाबी गुच्छों से भरी रहती हैं। कैसा प्यारा-सा नाम है—कृष्ण सुरा!...शिलांग जाते हुए सुष्षी ने कैसे मुझे विवश कर दिया था कि मैं कार रोककर कृष्ण सुरा की एक गुच्छों-भरी डाल उसे लाकर दूँ...सुष्षी...सुषमा निखलसेन...मैंने यही मुस्कान होंठों पर लाकर कहा था—‘सुष्षो, तुम तो स्वयं कृष्ण सुरा की डाल हो’...और वह कैसे प्यार से मेरी गोद में लुढ़क आई थी।...लेकिन मुझे कचनार इनसे भी प्रिय है। मुझे उसका सफ़ेदी-मायल गुलाबीपन बहुत भाता है।...कचनार की कच्ची कलियों की तरकारी का स्वाद सहसा मेरी जीभ पर आ जाता है...मैं खुले हवादार किचन में एक पटरे पर बैठा हूँ। लगातार

बैठने से पटरा बेतरह मुलायम हो गया है। सामने श्वेत संगमरमर की चौकी पर चाँदी की थाली में माँ कचनार की तरकारी दे रही है।...मेरी माँ का बूटा-सा कद, तीखा, नाक-नक्शा, गोरा चिट्टा रंग मेरे सामने है। न जाने कितनी यन्त्रणा मैंने उसके हाथों पाई और कितनी उसे दी है!...लेकिन मैं उस पर नहीं, अपने पिता पर गया हूँ। मेरा यह लम्बा कद, मेरा चौड़ा माथा, मेरे ये सेंसुअल होंठ, मेरे शरीर के घने काले बाल, जिनसे अपने गाल रगड़ना, न जाने कितनी तन्वियों की आकांक्षा रही है–ये सब मेरे पिता का है।...माँ का न जाने मेरे यहाँ क्या है? शायद पेटीनेस, टुच्चापन–निम्न मध्यवर्ग का टुच्चापन–जो मेरे अभिजात-अहं के साथ मिलकर एकदम क्षुद्रता-सा लगता है।...कोई ऐसा अतिथि मेरे यहाँ आ जाए, जिसे मैं पसन्द न करता होऊँ तो मैं उसे घंटों-दिनों बात नहीं करता। डाइनिंग टेबल पर रखी फलों की प्लेट से सेब या संतरा लेकर छील-छीलकर खाता हूँ और उसे नहीं पूछता और मेरे व्यवहार के कारण मेज़ पर पड़े फलों को उठाने का साहस मेहमान को नहीं होता। मेरे इस व्यवहार से मेहमान का ध्यान फलों की ओर चला जाता है। उसकी आकृति पर अजीब-सा तनाव आ जाता है। यह देखकर न जाने मेरे मन में बैठा कौन यन्त्रणा-प्रिय तृप्त होता है। जितने दिन वह अतिथि रहता है, मैं भरपूर यह तृप्ति पाता हूँ। यह तृप्ति मेरी माँ की है।...डाइनिंग टेबल पर बैठे कोई भी अप्रिय बात मेरे माथे पर बड़ा क्षीण-सा तेवर ले आती है।...हम खाना खा रहे हों और गैलरी में केवल एक अंगोछा बाँधे पसीने से लथपथ माली बाग में काम करता करता किसी आगंतुक की खबर देने आ जाए तो माँ के चेहरे पर ऐसा ही बड़ा हल्का-सा तेवर बन जाता था। लेकिन पिता का चौड़ा मस्तक और भी खिल जाता था। पिता का आभिजात्य स्वाभाविक था। माँ का ऊपरी। सायास बटोरा हुआ। इसीलिए खोखला और टुच्चा! माँ ऐसे में माली को डाँट देती थी। पिता बड़े धीरज से, मुस्कराते हुए उसे आगंतुक को बैठाने का आदेश देते थे।...मैं मुस्करा नहीं सकता। मैं डाँट भी नहीं सकता। बस, एक क्षीण-सा तेवर माथे पर ले आता हूँ। डाँटने अथवा चिल्लाने जैसा फूहड़ व्यवहार मेरे आभिजात्य को रुचिकर नहीं...लेकिन मेरे सारे प्रयत्नों के बावजूद कभी-कभी मेरी माँ मुझ पर हावी हो जाती है और अपने आभिजात्य के सारे पर्दों को चीरकर मैं चिल्ला उठता हूँ।...मैं कार रेस्तरां के सामने पार्क करना चाहता हूँ आगे एक फ़ोर-सीटर स्कूटर वाला सिक्ख, स्कूटर रोके, उसमें लेटा हुआ है। मैं बार-बार भोंपू बजाता हूँ! वह स्कूटर में लेटे-लेटे बेपरवाही से कहता है 'औधर पार्क पर लाओ जी।' और मेरा संयम टूट जाता है और मैं दाँत भींचकर चिल्लाता हूँ–'आप आगे से हटें तो!'' मेरी आवाज़ में, दाँत भिंचे होने के बावजूद, न जाने कैसी कर्कशता है कि दूसरे क्षण सिक्ख पलटकर देखता है, उठता है और स्कूटर घर्र-घर्र कर सरक जाता है।...पिता अफसरों के सामने कभी दयनीय नहीं हुए। उनके झुकने में भी एक गरिमा रहती थी। वे अफसरों का स्वागत

करते थे तो लगता था, जैसे एक सम्राट् दूसरे सम्राट् का स्वागत करता है। वे उनके साथ घूमते थे तो लगता—एक सम्राट् दूसरे सम्राट् के साथ घूम रहा है। इसीलिए अंग्रेज़ अफ़सर उन्हें पसन्द करते थे। उनकी क़द्र करते थे। लेकिन मेरी माँ अपने सारे करों-फ़र के बावजूद, अंग्रेज़ अफ़सरों की बीवियों के सामने बिछ-बिछ जाती थी। उसके होंठ अपने-आप खुशामद में फैल जाते थे।...मैंने सदा अपने पिता की तरह बनने की कोशिश की पर सुष्मी जब आसाम में मुझे छोड़कर आ गई और उससे किसी ने पूछा कि प्रशान्त पहली ही भेंट में तुम्हें ऐसे लखनऊ से उठाकर अपने साथ आसाम ले गए थे, जैसे तेज़ तूफ़ान छोटी-सी पपोली को, फिर तुम इतनी जल्दी क्यों उन्हें छोड़कर आ गईं? तो उसने कहा था—'प्र. जी अपने अधीनस्थ लोगों से अत्यन्त बुरा व्यवहार करते थे और अपने अफ़सरों की बेतरह चापलूसी, और मुझे वह सब बहुत बुरा लगता और मैं भाग आई।'...दया सोनवलकर ने सुष्मी के टुच्चेपन के संदर्भ में यह बात बम्बई में मुझसे कही थी।...यह चापलूसी मेरी माँ की है...मैं अपनी माँ से घृणा करता हूँ। मैं अपने पिता-सा बनना चाहता हूँ, पर मेरी माँ के चेहरे पर आने वाले खुशामदी भाव अजाने मेरे चेहरे पर भी आ जाते हैं। मैं अपनी माँ से घृणा करता हूँ, अपने रक्त की इस संकरता से घृणा करता हूँ...घृणा करता हूँ...घृणा करता हूँ...माँ जो न पा सकती थी, उससे घृणा करने लगती थी। मैं भी ऐसा करता हूँ। मैं माँ को कितना चाहता था! पिता की तरह चाहता था। पर जब उसी माँ ने मेरे किशोर गालों पर थप्पड़ दे मारा तो मैं अपने-आपमें सिमट गया। सिमटता चला गया। और माँ से घृणा करने लगा। मैं कभी उससे सीधे मुँह नहीं बोला। उसे चाहते हुए भी मैंने उसका अपमान किया। यन्त्रणा-भरा दुख दिया। दुःख पाया और अपने एकान्त में उस सब अपमान और यन्त्रणा का बदला चुकाया...मेरे सामने श्वेत रक्त का सागर हिलोरें लेता है...(श्वेत रक्त यह नाम मैंने कहाँ पढ़ा है...श्वेत रक्त...महात्मा गाँधी ने शायद इस शब्द का प्रयोग किया है।) मैं देखता हूँ, मैं श्वेत रक्त के उस पार सागर में डूब गया हूँ। और जब किनारे पर पर लगा हूँ तो मैंने पाया कि वह तो मेरा ही रक्त था, मेरी ही ऊर्जा थी और मैं अपाहिज हो गया हूँ। पंगु हो गया हूँ। ज़िन्दगी-भर के लिए बेकार हो गया हूँ। माँ की उस उपेक्षा ने मुझे तबाह कर दिया!...मेरे सामने सजी हुई सुहाग-सेज पर एक निर्वसना नारी की आकृति आती है। अतृप्त, अवाक्, अवसन्न! और मैं पर्दे के पीछे बाल नोच रहा हूँ। ओ माँ! तूने मुझे तबाह कर दिया। तबाह कर दिया! मैं तुझसे घृणा करता हूँ...घृणा करता हूँ...नारी मात्र से घृणा करता हूँ। पुरुष में जो सुन्दर है, उसे वह असुन्दर बना देती है। उसे अपाहिज और पंगु बना देती है...मैं नारियों को पतंगों की तरह आकर्षित करता हूँ और उन्हें जला-जलाकर अपनी यन्त्रणा-प्रियता को तृप्त करता हूँ। जो मैंने गँवा दिया, इस तरह उसके अभाव की पूर्ति करता हूँ।...मेरे सामने अपना वह चित्र आता है, जो राजधानी के एक कलाकार

फ़ोटोग्राफ़र ने पुरस्कार वितरणोत्सव के कुछ दिन पहले लिया था। मैं चाहता था—मेरे पिता की मुखाकृति पर रहनेवाला उदार भाव और मेरी विश्वविजयिनी मुस्कान मेरे होंठों पर आ जाए। पर ऐन वक्त पर न जाने क्या हुआ, मुझे लगा, यों मुस्कराते हुए फ़ोटो खिंचवाना मेरे गाम्भीर्य को, मेरी महानता को शोभा नहीं देता।...और मेरे होंठ भिंच गए, माथे पर वह हल्का-सा तेवर और होंठों के कोनों में वही नामालूम-सा विकुंचन आ गया—वही पेटीनेस, वही अन्तर के गुह्य स्तरों में छिपी क्षुद्रता—मैं घृणा करता हूँ; घृणा करता हूँ, घृणा करता हूँ—निम्न मध्यवर्ग के समस्त टुच्चेपन और क्षुद्रता से घृणा करता हूँ। मैं उससे ऊपर उठ जाना चाहता हूँ। बहुत ऊपर उठ जाना चाहता हूँ...आसमानों को छू लेना चाहता हूँ।...लेकिन मेरी माँ मुझे फिर नीचे घसीट लाती है और वह हल्का-सा तेवर मेरे माथे पर आ जाता है और मेरी वह मुस्कान जाने कहा विलुप्त हो जाती है!...मेरे सामने मेरे चाहने वाले आते है। सब उसी निम्न मध्यवर्ग के हैं। मैं उन सबसे घृणा करता हूँ।...उन्होंने मेरे उसी फ़ोटो की ढेरों प्रतिलिपियाँ कराके सभी प्रदेशों के अपने साथियों को भेजीं और न जाने मेरे होठों के उस विकुंचन में कैसे मेरे हृदय में छिपी उदारता खोज निकाली—'प्र. जी, यह फ़ोटोग्राफर कमाल का आर्टिस्ट है। आपके हृदय का औदार्य, जिसे आप लाख छिपाने का प्रयास करते हैं, इस कलाकार ने आपकी कृति पर उभार दिया है'...मेरे ही थान पर बँधा, मेरे मुँह-चढ़ा, खस्सी सांड।...मैं अपनी विश्वविजयिनी मुस्कान होंठों पर ले आया हूँ, पर मेरी आंखों में संदेह है कि वह मेरा मज़ाक तो नहीं उड़ा रहा... नहीं, वह तो मेरी ओर देख भी नहीं रहा। एक अजब-सी चियार में उसके होंठ फैले हैं।...अपनी पचासवीं वर्षगांठ पर, अपना परिचय देते हुए, मैंने अन्त में लिखा था कि और चाहे भगवान ने मुझे कुछ न दिया हो, पर दिल दरिया दिया है। मेरे उस आत्म-परिचय का उल्लेख कर वह मेरे उस अन्तिम वाक्य को बार-बार दोहरा रहा है कि आपने यह सच लिखा था।...मेरे इस औदार्य के क़िस्से-साहित्य में धीरे-धीरे सरायत कर रहे हैं—कवि संजीव, जो अपने कस्बे की झोपड़ी में फ़र्श पर सोते और अपने हाथ से खिचड़ी बनाकर गुज़ारा करते हुए स्वतन्त्र रूप से कविता करते थे, जिन्होंने प्रगतिवादी काव्य को प्रयोग दिया और जहाँ-तहाँ जिनके प्रशंसक दबी ज़बान से यह कहने लगे थे कि वे मुझसे बेहतर लिखते हैं, कि उन्होंने काव्य को सच्चे अर्थों में प्रयोग दिया है—वही कवि संजीव—मेरी दरियादिली और उदारता के गुण गाते नहीं अघाते!...मैं जब-जब उनके कस्बे से गुज़रा हूँ, उनकी कुठरिया में ज़रूर गया हूँ। गद्गद होकर वे लोगों से कहते हैं—'प्र. जी अपने क़ीमती वस्त्रों का ध्यान न कर मेरी कोठरी की खुरी चौखट पे बैठ जाते थे।' वे मेरी दानशीलता और करुणा के क़िस्से सुनाते हैं कि किस प्रकार जब-जब उन पर मुसीबत पड़ी, मैंने उनकी सहायता की।...कवि संजीव एक बार मेरे यहाँ आए। रात को सोने से पहले मैं 'शुभ रात्रि' कहने उनके कमरे में गया। उनके बिस्तर पर तकिया नहीं था। मैंने झट अपना रेशमी

तकिया लाकर उन्हें दे दिया।...यह घटना न जाने उन्होंने कहाँ-कहाँ नहीं सुनाई!...मैंने उनकी रचनाओं का संकलन किया, उन्हें भारत ही में नहीं, बाहर भी छपवाया; उन्हें बड़ी-सी नौकरी दिलवा दी और कवि संजीव, जो आभिजात्य से चिढ़ते थे, अब बड़े-बड़े अभिजात-वर्गियों के कान काटते हैं...(इन सभी छद्म प्रगतिवादियों के अन्दर वही पुराना पूंजीवाद छिपा है जो शोर मज़दूर का मचाता है, पर सुविधाएँ अपने लिए चाहता है। मेरे सामने विदेशी दूतावासों में काम करने वाले कितने ही छद्म प्रगतिवादी घूम जाते हैं, जो मुझे पानी पी-पीकर कोसते थे और अब मज़दूर की बेकारी और किसान की ग़रीबी को भूलकर बढ़िया विलायती शराबों के जाम पर जाम चढ़ाते हैं और दिन-प्रतिदिन मुटाते जाते हैं)...मैं ऐसी दानशीलता और करुणा का बराबर परिचय दिया करता हूँ, न जाने कितनों को इसी संवेदना के बल पर मैं उनकी ऊँचाइयों से खींच खड्डों में गिरा आया हूँ। मेरी नाक कटी है तो उनकी क्यों साबत रहे...लेकिन कई बार मैं चाहता हूँ—अपने पिता की तरह गणनाओं से मुक्त होकर किसी का घर भर दूँ, शत्रुओं को शरण में पाकर क्षमा कर दूँ, लेकिन मेरी माँ पिता के इस औदार्य को पागलपन कहती थी। और मैं पागल नहीं हूँ। ..लेकिन मैं पागल होना चाहता हूँ। मैं पागल होना चाहता हूँ...निर्बन्ध, अबाध, गणनाओं से परे।...लेकिन मेरी माँ मुझे सदैव बाँध लेती है। मेरी विशालता संकुचित कर देती है। मुझे बौना बना देती है...मैं घृणा करता हूँ...घृणा करता हूँ....घृणा करता हूँ...।

मेरे पैरों के नीचे ठोस सड़क है। कोलतार की ठोस काली सड़क है। राजधानी के ऊपर तैरता हुआ न जाने मैं कब इस संकुलता से उतर आया हूँ, कितनी भीड़ है! कितनी बेपनाह भीड़ है! हल्की खुनकी के बावजूद पसीने की गंध है। धुआँ है, धूल है!...(मेरी कार कहाँ है?)...धूल है—हर तरफ़ धूल है। यह मरुस्थल कैसे हर क्षण राजधानी की ओर बढ़ा आ रहा है! यह मरुस्थल इसकी सारी मेधा, सारी शक्ति, सारी उर्वरता और ऊर्जा को सोख लेगा।...पूरब से, पश्चिम से, उत्तर से, दक्खिन से ढेरों मिट्टी आती है। हर वर्ष, हर मास, हर दिवस और राजधानी पर छा जाती है। कभी मैंने चाहा था, मैं प्रयाग के शान्त-स्वच्छ एकान्त में रहकर साहित्य-साधना करूँगा। पर मैं स्वयं उस मिट्टी का नन्हा-सा कण बना उड़ा चला आया..अंतर केवल यही है कि मैं गद्देदार कुर्सी पर जम गया हूँ...मैं रेत का कण नहीं बनना चाहता...मैं रेत का कण नहीं बनना चाहता। इसीलिए मैं उड़ता हूँ, चिन्तन के अजाने आकाशों में उड़ता हूँ; राजधानी के ऊपर उड़ता हूँ और सागरों और पहाड़ों पर उड़कर देश-विदेश घूम आता हूँ...चाहता हूँ, राजधानी में हर जगह घने छतनार बारहमासी पेड़ गला दिए जाएँ। हरे-भरे पेड़ों की एक चौड़ी मेखला इसे पूरी तरह घेर ले। और इस मरुभूमि का चढ़ता सैलाब रुक जाए।...लेकिन जब चारों ओर धरती सूख रही है, मिट्टी रेत बन रही है तो ये पेड़ क्या करेंगे? यह घातक रेत उन पर जम जाएगी। उनकी हरियाली

सोख लेगी। उनकी जड़ें खोखली कर देगी और यह बढ़ता मरु एक दिन उन्हें लील जाएगा।...मेरा दम घुटा जा रहा है,...मेरा दम बेतरह घुटा जा रहा है।...सामने बन्द गली का बड़ा ऊँचा गुम्बदाकार दरवाज़ा है। उस पर बड़ा-सा ताला लगा है। मैं जेबें टटोलता हूँ। जाने मेरी जेबें कितनी लम्बी हैं। मेरा हाथ नीचे—नीचे—नीचे चला जा रहा है। हठात चाबी मेरे हाथ लग जाती है। मैं जल्दी से ताला खोलता हूँ। लोहे के दरवाजे न जाने कब से बन्द हैं। ज़ोर से अपनी ओर खींचकर खोलता हूँ! गली की सीढ़ियों पर मेरा युवा माली एक छोटी-सी गोरी लड़की के साथ बैठा गहरे आलाप में तल्लीन है। दरवाज़ा खुलने की आहट से दोनों चौंक जाते हैं माली तत्काल उड़ा खड़ा होता है। घबराहट में अपने सिर के लम्बे पटों पर बराबर हाथ फेरे जाता है। उसकी आँखें झुकी हैं। लज्जा की एक क्षीण-सी मुस्कान उसके नथुनों और होंठीं के बीच टिकी है।...लेकिन लड़की वैसे ही तनी बैठी है। सहसा उसकी सीधी दृष्टि से मेरी चोर दृष्टि मिलती है। लवणी। लावण्य। प्रभा। मेरी असमी नौकरानी! उसका वक्ष उभर आया है। कटि की रेखा सुनिश्चित हो गई है।...जब मैं असम में था और वह छोटी-सी, बारह वर्ष की छोकरी थी और दस ही वर्ष की लगती थी और फ़रॉक पहनती थी और अपनी माँ के साथ घर की सफ़ाई-उफ़ाई करने आती थी; तब कैसे मुग्ध भाव से अपलक मेरी ओर देखा करती थी! आँखें मिलते ही बड़े प्यारे ढंग से मुस्करा देती थी। उसके मोटे मंगोल होंठ ऐसी मुस्कान में खुल जाते कि मोतिया दन्तावली एक अजीब-से तिकोन में चमक जाती। तब बहुत दिन तक वह ऐसे ही मुस्कराती रही और मैंने कभी उसे पास नहीं बुलाया तो एक दिन वह मेरी मेज़ के पास आ खड़ी हुई और दायीं ओर बग़ल के ज़रा नीचे यों ही-सा संकेत करके कहने लगी—'यहाँ दुखता है।'...मेरा ध्यान काम में था। मैंने बिना मेज़ से आँखें हटाए पूछा—'कहाँ?' और उसने फ़रॉक ऊपर उठा दिया।...मेरे सामने छोटा-सा निरावरण अर्ध वक्षोज आ जाता है। गोरा, मुलायम, कोमल! भूरा-भूरा कुचाग्र और उसमें रेशमी सुनहरे रोम। मैं बेध्यानी में उस पर हाथ फेर देता हूँ। लवणी अपनी वही मोतिया तिकोन चमकाती, सकुचाती दोहरी हो जाती है...'कहाँ दुखता है तुम्हारे?' मैं झेंपता हुआ तत्परता से डाँटता हूँ। 'यहाँ तो कुछ नहीं।...' वह गम्भीर होकर फिर फ़रॉक उठा देती है और ज़रा-सा मुड़ जाती है। बगल की हल्की-सी रेशमी धुँध के नीचे एक लाल-सी खरोंच। मैं उस पर हाथ फेरता हूँ। मेरा हाथ अनायास उस सुकोमल वक्षोज तक बढ़ जाता है।. ..तभी लवणी तनिक सिर झुकाकर कनखियों से मेरी ओर देखती है। जाने उन आँखों में कैसा समर्पण-सा है कि मुझे कुछ अस्वस्ति-बोध होता है। सुन्दर-असुन्दर होने लगात है। निमिष-भर को मैं उसे खींचकर अपनी बांहों में भरकर उस भूरे प्यारे कुचाग्र पर अपने होंठ रख देना चाहता हूँ, पर अपनी यह पराजय मुझे स्वीकार नहीं...कुछ नहीं है। कहीं खोज करते नाखून लग गया है, भाग जा।' कहता हुआ,

मैं उठ जाता हूँ और स्नानागार में भाग जाता हूँ।...दूसरे ही दिन मैं उसका अपने यहाँ आना मना कर देता हूँ।...लवणी सीढ़ियों पर उसी तरह बैठी है। उद्धत, उद्दण्ड, अपलक मेरी ओर देख रही है।...मेरी चोर निगाहें उस पर टिकी हैं। मुझे लगता है, यह क्षण इसी तरह सदा-सदा के लिए थम जाएगा। लेकिन मैं दृष्टि हटा लेता हूँ।....उसकी दृष्टि की उद्धतता को मैं सहन नहीं कर पाता। न यही सहन कर पाता हूँ कि वह मेरी ओर देखने के बदले मेरे माली की ओर मुग्ध भाव से देखे, उससे प्रेमालाप करे...मैं माली को अपने पीछे आने का संकेत देता हूँ और गली की सीढ़ियाँ उतरता हूँ। लवणी वहाँ से उड़कर मेरी आँखों के सामने, उसी तरह उद्धत, उद्दण्ड मुद्रा में बैठी, शून्य में अटक जाती है। जैसे-जैसे मैं आगे बढ़ता हूँ, वह उतने ही अन्तर पर पीछे हटती जाती है।...तीव्र क्रोध से भरकर मैं रुकता हूँ। मुड़ता हूँ। बगल की कोठरी का दरवाज़ा खोलता हूँ और अन्दर जाकर उसे बन्द कर लेता हूँ।...सामने मेरा सूटकेस पड़ा है। मैं उसे खोलता हूँ। बाफ़्ते की मँजूषा उठाता हूँ। मुझे वह लवणी के वक्षोज-सी सुकोमल लगती है। मैं प्यार से उस पर हाथ फेरता हूँ। उसे खोलता हूँ। ऊपर पाँच हज़ार का चेक पड़ा है। क्षण भर मैं उसे देखता हूँ।...प्रशांत वैश्म्पायन।...देसराज शर्मा। माता-पिता द्वारा दिए गए मेरे नाम से यह कितना सुन्दर है? वे माता-पिता नाम रखते समय भविष्य में क्यों नहीं झाँकते? क्यों इतनी अन्यमनस्कता से नाम रख देते हैं?...देसराज शर्मा...किसी कवि-कथाकार का भला यह नाम हो सकता है? मैंने अच्छा किया जो अपना नाम प्रशांत रख लिया। प्रशांत महासागर-सा गहन, गम्भीर, विशाल और शांत।...मैं चेक के नीचे तांबे की पट्टिका पर लिखे शब्द 'साहित्य' को देखता हूँ साहित्य! दिन आएगा जब साहित्य का नाम मेरे नाम का पर्याय हो जाएगा।...चेक को वहीं रखकर मैं मंजूषा बन्द करता हूँ। उसे सूटकेस में यथास्थान रखकर सूटकेस बन्द करके मुड़ा हूँ। मुझे लगता है कि लवणी दरवाज़े में खड़ी ज़रूर मुग्ध भाव से मेरी ओर देख रही होगी. ..मैं भूल ही गया था कि मैंने उसी के भय से दरवाज़ा बन्द कर लिया था।...सहसा मैं धक्-से रह जाता हूँ...कोठरी का दरवाज़ा खुला है और चौखट में एक शराबी गुण्डा दोनों बांहें फैलाए पूरी चौखट को रोके खड़ा है। उसके सिर के खिचड़ी बाल बेतरतीब हैं। खिचड़ी मूँछें कानों तक फैली है। शरीर पर छोटे कॉलरों की लकीरदार कमीज़ और कमर में रंगीन लुँगी है। कमीज़ का गिरेबान खुला है और छाती के रूखे खिचड़ी बाल चारों ओर से झाँक रहे हैं। उसकी आँखें लाल हैं और होंठों के कोने से पान की पीक बह रही है। हवा के झोंके के साथ शराब की बू का भभका आता है।...गुण्डा सूटकेस की ओर लोलुप दृष्टि से देख रहा है। मैं चाहता हूँ, अपना सन्तुलन कायम रखूँ। ऐसा बर्ताव करूँ, जैसे मैं अपने यहाँ मिलने को आने वाले किसी अपरिचित से करता हूँ। या अपनी वही विश्वविजयिनी मुस्कान अपने होंठों पर ले आऊं। लेकिन दोनों में से कुछ भी नहीं हो पाता। मैं स्तम्भित-सा बैठा रहता

हूँ। मेरा दिल ज़ोर-ज़ोर से धड़कने लगता है। लाख चाहने पर भी वह हल्का-सा तेवर मेरे माथे पर नहीं आता। गुण्डा दायाँ हाथ आगे बढ़ाता है और उँगलियों को ऊपर-नीचे हिलाता हुआ संकेत करता है कि लाओ-लाओ चाबी दो! मेरी ब्रोंज़ की पट्टिका...साहित्य...जिसे पाने के लिए मैंने तीन वर्ष तक इतने तिकड़म किए। मैं कुछ अजीब खिसियानेपन में हँसता हूँ। बुदबुदाता हूँ—'इसमें कुछ नहीं है।'. ..गुण्डा उत्तर नहीं देता। केवल बढ़े हुए हाथ की उँगलियों का अग्रभाग हिलाता है कि लाओ-लाओ!...सहसा मुझे उपाय सूझ जाता है । मैं चाबी उसके बढ़े हाथ पर फेंक देता हूँ और परम निरपेक्षता से कहता हूँ—खोलकर देख लो, इसमें कुछ नहीं है!'...मेरा ब्लफ़ काम कर जाता है। शराबी बेपरवाही से उँगलियों के अग्रभाग पर पड़ी चाबी को ठप्पा लगाने की तरह बायें हाथ की हथेली पर मारता है और दायें हाथ की उँगलियों से उसे दबा देता है। फिर वह चाबी मेरी तरफ़ उछाल देता है और कोठरी के बाहर निकल जाता है।...मैं दोनों हाथों से चाबी लपक लेता हूँ, फिर सूटकेस खोलता हूँ और बाफ़्ते की मंजूषा देखकर आश्वस्त होता हूँ।.. .तभी माली बढ़कर माथे पर कई तेवर बनाए, दोनों भ्रुओं को मिलाए कहता है—'सा'ब आपने यह क्या कर दिया! उसने चाबी का ठप्पा ले लिया है। वह उसकी दूसरी चाबी बना लेगा। ये लोग ऐसा ही करते हैं।'...और मैं उठ भागता हूँ। अंधाधुंध गली में भागता चलता जाता हूँ। और मैं उसे जा पकड़ता हूँ।...एक लम्बा-सा दालान है। उसके परे आँगन और खुला आसमान है। वहीं छोटे-से बौने-सा उसका सिलहूत दिखाई देता है।...तुम चाबी का ठप्पा बना लाए हो। तुम नहीं जानते, मैं कौन हूँ! राष्ट्रपति...(मैं कहना चाहता हूँ कि राष्ट्रपति मेरे मित्र हैं, प्रशंसक हैं, मेरी रचनाओं के अंग्रेज़ी अनुवाद उन्होंने पढ़े हैं। पर तभी मुझे याद आता है कि पुरस्कार देते हुए उन्होंने मेरी ओर देखा भी नहीं, मुस्कराए तक नहीं...नहीं, मैं राष्ट्रपति का नाम नहीं लूँगा और मैं कहता हूँ...) प्रधानमंत्री मेरे मित्र और प्रशंसक हैं, मैं ज़रा संकेत कर दूँ तो वे तुम्हें डी. आई. आर. में पकड़कर जेल में बन्द करवा देंगे और किसी अदालत में सुनवाई भी नहीं होगी।'...यह कहते-कहते मेरा आकार एकदम बढ़ जाता है। सीना तिगुना-चौगुना हो जाता है और सिर छत को छूने लगता है।

लेकिन मैं वाक्य पूरा भी नहीं कर पाता कि वह पतला, दुबला, बौना सिलहूत सहसा बढ़ने लगता है और मेरा वाक्य समाप्त होते न होते देवाकार बनकर, ब्रह्माण्ड नापने वाले वामनावतार की तरह नपे-तुले तीन पगों में, बीच का फ़ासला नापकर मेरे सिर पर आ पहुँचता है।...मेरा वाक्य मेरे होंठों पर जम जाता है। मेरा कद एकदम छोटा हो जाता है। मुझे लगता है, मेरे सेंसुअल होंठ मेरी माँ के हो गए हैं और उन पर चाटुकारिता-भरी चियार फैल रही है।...मैं नज़र उठाता हूँ। वह देवाकार आकृति मुझे आचार्य जी ऐसी लगती है।...मैं चाहता हूँ, मेरे माथे पर वही हल्का-सा तेवर बन जाए...सहसा देव मुझे कलाई से पकड़कर घुमा देता है। अपना फ़ौलादी पंजा

मेरी गुद्दी पर जमाकर उसे झुका देता है। और पूरे ज़ोर से मेरे चूतड़ों पर लात जमा देता है...मैं कलाबाज़ी खाता शून्य को चीरता हुआ उड़ता हूँ। दीवार रास्ता दे देती है। गली नीचे रह जाती है। आंधी की लपेट में आए तृण-सा मैं उड़ा जा रहा हूँ...हठात् मेरा रोम-रोम काँप जाता है। मुझे लगता है, मैं आकाश से गिर रहा हूँ। टूटने वाले तारे-सा तेज़ी से नीचे राजधानी की ओर गिर रहा हूँ साँझ में धुंधियाले में राजधानी का खाका उभरता है। बत्तियाँ चमकती हैं, घूमती हैं। नीचे जनपथ की पथरीली काली सड़क चमकती हैं। मुझे लगता है, अगले क्षण मैं ऐन जनपथ के बीच गिरकर चूर-चूर हो जाऊँगा...मेरी माँ ज़ोर से चीख मारती है...मुझे ज़ोर से भींच लेती है।...

मेरी आँखें खुल जाती हैं। मुझे सांस लेने में बेहद कष्ट हो रहा है। मेरा बदन पसीने से तर है। सविता मुझे बाँहों में भरे मुझपर झुकी है—मेरे चौड़े माथे और बढ़ते हुए गंजेपन के कारण, हल्के हो जाने वाले पसीने से गच बालों पर हाथ फेरे जा रही है। और उसके चिन्तित होंठ बार-बार फुसफुसा रहे हैं—'प्र. जी'...प्र. जी!' 'क्या मैं चीखा था?'—मैं पूछना चाहता हूँ—'क्या मैं चीखा था?' लेकिन मैं नहीं पूछता। 'प्र. जी'...प्र.जी'—सविता फुसफुसाए जा रही है।...सहसा गोद में पड़े समाचार-पत्र की सुर्खी पर मेरी दृष्टि पड़ती है—दिल के दौरे से श्री—'यहाँ सीने में दर्द है' मैं दिल पर हाथ रखता हूँ। सांस लेने में बड़ा कष्ट हो रहा है।'—मैं अभी डॉक्टर को बुलाती हूँ।' सविता कहती है और मेरी गोद में तकिया उठाकर मेरे सिर के नीचे रख, मुझे ठीक से लिपटा देती है।..टेलीफोन पर सविता की घबराई आवाज़ आती है—'आप तत्काल आइए। प्र. जी को शायद दिल का दौरा पड़ गया है। उन्हें सांस लेने में तकलीफ है।'...आराम से लेट जाने पर मुझे कुछ आराम मिलता है। शायद मैं समाचार-पत्र में आचार्य जी का भाषण पढ़ते-पढ़ते ऊंघ गया था...मैं कुछ आश्वस्त होता हूँ सविता टेलीफोन का चोंगा रखकर लौटती है—'प्र. जी. कैसी तबीयत है?''—सविता आँखों में अपार स्नेह और श्रद्धा और चिन्ता लिए खड़ी है।...मैं उसे नहीं बताऊँगा। मैं उसे कुछ भी नहीं बताऊँगा। मैं पत्र में अपने माइल्ड हार्ट-अटैक की खबर छपने दूँगा। मैं सप्ताह-भर किसी से नहीं मिलूँगा। प्र.—प्रशान्त—मैंने अपने चेहरे को, अपने व्यक्तित्व को प्रशान्त महासागर-सा बनाने का प्रयत्न किया है—अगाध, स्थिर, प्रशान्त!...पर मेरे अन्तर में ये कैसे तूफ़ान उठते हैं! मुझे अपना नाम अतलांतक महासागर के नाम से रखना चाहिए था। पर अतलांतक के लिए हिन्दी में कोई अच्छा पर्याय नहीं है।

अजगर

रोज़ की तरह वह सवेरे बड़े नॉर्मल ढंग से उठता है। आँखें खुलने के बाद चारपाई पर देर तक पड़ा लेटा रहता है। गत सांझ के आंधी-पानी के कारण सुबह बड़ी प्यारी हवा रमक रही है। बंगले के बाहर, सड़क के उस पार, पीपल का एक बृहदाकार पेड़ सारे आकाश को ढके है। उसके पीछे दूधिया सवेरा उग रहा है और उसके निर्मल प्रकाश में पेड़ का एक-एक पत्ता कांपता दिखाई देता है। सेमल की रूई का तकिया दोहराकर वह सिर के नीचे रख लेता है और अलस भाव से एकटक पीपल के पत्तों को कांपते देखता है। वह दो-एक बार अलग-अलग दिखाई देने वाले पत्तों को गिनने का भी प्रयास करता है। फिर यह काम असम्भव और मूर्खतापूर्ण जान, मन ही मन हँसकर छोड़ देता है।

तभी अख़बार वाला उस दिन का अखबार फेंक जाता है। वह उठकर अखबार पढ़ने लगता है। और जैसा कि इधर, सहयोगी संस्थान के अन्तर्गत साप्ताहिक निकालने की बात चलने के बाद, वह करने लगा है, मन ही मन प्रधान मंत्री से लेकर नगरपालिका के मुख्याधिकारी तक सबकी आलोचना करता है। चौथे पृष्ठ पर अग्रलेख के साथ छपने वाले विशेष लेखों में भाषा और भावों की ग़लतियाँ निकालता है और अखबार के मालिकों पर तरस खाता है, जिन्हें मालूम नहीं कि इतना शक्ति-सम्पन्न पत्रकार इसी नगर में है और वे उसकी सेवाओं का कोई उपयोग नहीं कर रहे—फिर चूँकि कल्पना करना इधर वर्षों से उसकी आदत हो गई, जब जैसी धुन हो वह कल्पना करने लगता है—कभी महानू कवि बनता है, कभी कथाकार और कभी सम्पादक—इसलिए अख़बार पढ़ना छोड़कर वह कल्पना करने लगता है कि उसे पत्र का सम्पादन सौंप दिया गया है और मन ही मन वह उन परिवर्तनों की रूपरेखा बनाता है जो अन्य पत्रों की तुलना में वह अपने पत्र में करने वाला है—लेख-मालाओं के शीर्षक और उपयुक्त लेखों की सूचियाँ वह बना डालता है।...

उसे पता नहीं चलता कब उसकी पाँच बरस की बच्ची चुपचाप उठकर दबे पाँव आती है और उसकी पीठ पर चढ़कर झूलने लगती है। वह उसी अलस भाव से काफ़ी देर तक उसे झुलाता रहता है। उसकी तुतली बातें सुनता रहता है। फिर

वह उसे कंधे पर उठाए आँगन में लाता है और वहाँ उतारकर नित्य कर्म से निबटने चला जाता है।...थर्मस में एक डली बर्फ़ पड़ी है। भाभी रोज़ की तरह उसके लिए मठे का बड़ा गिलास बनाती है—बिल्कुल बाज़ार के हलवाई की तरह—और उसकी मलाई पर केवड़ा छिड़क देती है। नित्य कर्म से निबट वह मठे का गिलास पीता है और तृप्त होकर डकार लेता है। फिर भाभी के बने हुए पान तश्तरी से उठा, उनकी गिलौरियाँ बनाकर मुँह में रख लेता है। तभी मुन्नी को तैयार करती हुई उसकी पत्नी कहती है, ''मुझे आशा है, प्रिंसिपल मेरा आवेदन स्वीकार कर लेंगी।''—वह बिना उसकी बात पर ध्यान दिए बाहर पान के पहले रस को थूकता है और उसी अलस भाव से अपने कमरे में आकर तख्त पर पसर जाता है।

वहीं लेटे-लेटे, पान का रस मज़े से पपोलेते हुए वह मुन्नी को कॉन्वेंट जाते देखता है। अपनी पत्नी को कॉलेज जाते देखता है। भाई साहब को दफ़्तर जाते देखता है। फिर मठे की गनोदगी और दिन की उमस के कारण वह आँख बन्द कर लेता है।—अनायास पत्नी की बात उसके दिमाग़ में कौंधती है। उसने आवेदन-पत्र दे रखा है कि यदि उसे होस्टल में निवास की सुविधा दी जाए तो वह ऑनरेरी वार्डनर की ड्यूटी भी देगी। उसे आशा है कि उसकी प्रार्थना स्वीकार कर ली जाएगी।—हमेशा की तरह जब उसके पास करने को कुछ नहीं रहता और उसकी पत्नी घर छोड़ देने का संकेत करती है, उसके सामने शुरू के जीवन की झांकियाँ आने लगती हैं। इधर कुछ ज़्यादा ही आने लगी हैं, क्योंकि उसकी पत्नी ने नौकरी कर लेने के बाद न केवल कुछ अधिक रंग निकाल लिया है वरन् वह घर छोड़ देने पर भी कुछ ज़्यादा ही ज़ोर देने लगी है।

अजीब बात है कि वह उसे अच्छी लगने लगी है। अभी वह उसके सामने से होकर कॉलेज गई है तो रोज़ की तरह वह उसे क्षण-भर देखता रह गया है—गेहुँआ चेहरा, किंचित् मोटी नाक, ऊपर की दंत पंक्ति ज़रा आगे को निकली हुई, सामने के दाँतों के बीच संध और मोटे होंठ—सब कुछ वही है, सुहागरात में जिसे देखकर उसे सोलह वर्ष पहले घोर वितृष्णा हुई थी और वह गाँव से भाग आया था और कौवे की चोंच में आ फँसने वाले निरीह केंचुए की तरह भाई साहब के चंगुल में फँस गया था...उसके सामने सोलह वर्ष पहले का अपना रूप आ जाता है। पतला-छरहरा, गोरा-चिट्ठा, अत्यन्त सुन्दर और सुकुमार—चौड़ा माथा, तीखी सुतवां नाक, नुकीला, चेहरा, नाज़ुक हाथ-पाँव—जाने युनिवर्सिटी की कितनी लड़कियाँ, लड़कियाँ ही नहीं, लड़के भी उस पर मरते हैं। कभी जब वह अपनी लोच-भरी आवाज़ में 'हिरनियाँ' का गीत गाता है तो (उसके एक मित्र ने ऐसा स्वीकार किया है।) सुनने वालों के दिल धड़क उठते हैं।...इसी लोकगीत के कारण भाई साहब से उसका परिचय होता है।...उसकी आँखों में वह दृश्य ऐसे आ जाता है जैसे कल घटा हो—वह गाँव से भाग आया है। विश्वविद्यालय में उसने रिसर्च में नाम लिखा लिया है। होस्टल में

एक मित्र के साथ टिका है। खर्च चलाने को यह रेडियो स्टेशन पर ऑडीशन देने आया है। स्टूडियो नम्बर ३ में माइक के आगे बैठा वह यही गाना गा रहा है। भाई साहब एक वार्ता देने आए हैं। वे वार्ता-कक्ष के शीशों से लगातार उसे देखते रहते हैं। दो-एक बार उसकी निगाहें उनसे मिलती हैं। वे अपनी वार्ता रिकॉर्ड कराके उसी स्टूडियो में आ जाते हैं। उसका गाना सुनते हैं। गीत के दर्द से अभिभूत हो अपनी आँखें पोंछते हुए उसकी पीठ ठोंकते हैं। उसे साथ ले जाकर स्टेशन डायरेक्टर से मिलवाते हैं। वे उससे उसका अता-पता पूछते हैं। फिर उसके शौक़-बौक़ के बारे में प्रश्न करते हैं। वह बताता है कि काव्य और कथा-लेखन में उसकी समान रुचि है। पर अभी वह रिसर्च करेगा। डिग्री लेकर कहीं अध्यापक हो जाएगा और तब ज़िन्दगी को साहित्य-साधना में लगाएगा। इस वक़्त तो खर्च चलाने को उसे काम की तलाश है।...वे उसे अपने पत्र के लिए लेख लिखने को कहते हैं और सलाह देते हैं कि जब तक उसे कमरा नहीं मिलता, वह उनके बंगले में आ गए। उनके कोई बच्चा नहीं। मियाँ-बीवी दो प्राणी हैं। वे एक कमरा उसे दे देंगे। खाने-पीने की उसे कठिनाई नहीं होगी।...उसे दूसरे दिन वे होस्टल से उसका सामान लदवाकर उसे अपने यहाँ ले आते हैं।

वह उनकी पत्नी को देखता है। वह उनसे उम्र में पन्द्रह वर्ष छोटी हैं। ठिगनी, गोरी, गदराई और सुबक। वह उसे अपनी समवयस्क लगती है। 'यह इस खूसट को कहाँ से मिल गई?' वह मन ही मन सोचता है। लेकिन प्रकट वह उसे दोनों हाथ जोड़कर 'नमस्कार' करता है। भाई साहब उसे 'बचवा' के लिए चाय बनाने को कहते हैं और उसे उसका कमरा दिखाते हैं। तख़्त पर उसका बिस्तर बिछवा देते हैं। आलमारी में उसकी किताबें लगवा देते हैं। तख़्ती और कागज़ एक ओर लगी मेज़ पर सजा देते हैं। सूटकेस अन्दर भिजवा देते हैं। स्वयं आरामकुर्सी पर बैठ जाते हैं और जैसे उसके मन की बात भांप कर बताते हैं कैसे राष्ट्रीय आन्दोलन में भाग लेने और बार-बार स्वराज्य मन्दिर बनाने में उनकी जवानी होम हो गई, तो उन्होंने तय किया था कि अब विवाह नहीं करेंगे। बाक़ी जीवन देश-सेवा में ही गुज़ार देंगे। वे चाहते तो मिनिस्टर हो जाते, पर उन्हें स्वतन्त्र रहना प्रिय है, इसलिए उन्होंने पत्र का सम्पादक बनकर अपनी स्वतन्त्रता बरक़रार रखी। तभी एक दिन मुख्यमन्त्री ने उन्हें फ़ोन किया। वे गए तो उन्होंने इनका हाथ उनके हाथ में दे दिया। इनके पिता प्रसिद्ध राष्ट्रीय कार्यकर्त्ता थे। माँ इनकी पहले ही परलोक सिधार गई थीं। सहसा पिता का देहान्त हो गया था। वे मुख्यमन्त्री के मित्र थे। मरते समय वे अपनी इस कन्या और उसके भविष्य को मुख्यमन्त्री के हाथों सौंप गए थे।... वे मुख्यमन्त्री की बात कैसे टालते? इसलिए उन्होंने शादी कर ली। बच्चा नहीं है। इसी का उन्हें खेद है। और यह सब सुनाकर वे आश्वासन देते हैं कि वह आराम से रहे। इस घर को अपना ही समझे...तभी चाय आ जाती है और वे समझाते हैं

कि कैसे उसे अपना कार्यक्रम बनाना चाहिए। रिसर्च करने के साथ-साथ न केवल उसे अपना कविता का शौक पूरा करना चाहिए, बल्कि कहानियाँ और नाटक लिखने चाहिए। वे उसे शहर के साहित्यिक हल्के में ले जाएँगे, उसकी पुस्तकों के प्रकाशन की व्यवस्था कर देंगे। वे समय से शादी करते तो उनका लड़का उसकी उम्र का होता...और वे लम्बी सांस भरते हैं।...चाय के समय भाभी भी आकर बैठ जाती है। उसकी ओर बड़ी सतृष्ण निगाहों से देखती हैं। वे अपनी पत्नी से कहते हैं कि उसे अपना बच्चा ही समझे और उसका खयाल रखे।...वे चले जाते हैं और भाभी बैठी उसके घर-द्वार की बातें पूछती रहती हैं और जाने उसे क्या होता है, वह अपनी सारी ट्रेजेडी उनके सामने रख देता है...

वह करवट बदलता है। एक के बाद एक, कई चित्र उसकी बन्द निद्रालस आँखों में आते हैं : भाभी उसे सामने बैठाकर खाना खिला रही है। भाभी उसका बिस्तर बिछा रही है। भाभी उसके कपड़े धो रही हैं। भाभी स्वयं उसका कमरा साफ़ कर रही है। वह पानी माँगता है तो भाभी स्वयं भागी-भागी पानी का गिलास लाती हैं। रात को बड़े प्यार से उसके बालों पर हाथ फेरते हुए, जगाकर उसे दूध का गिलास पिलाती हैं...वह रिसर्च करना छोड़ देता है—'दादूदयाल और उनका काव्य' वह विषय उसे निहायत बोर लगता है। विश्वविद्यालय के अध्यापक उसे और भी बोर लगते हैं।...वह कविता करने लगता है। भाभी को सुनाता है। वे उसका उत्साह बढ़ाती हैं। भाई साहब उसे शहर के सभी साहित्यकारों से मिलाते हैं। वह गोष्ठियों में जाता है। भाई साहब के पत्र में बाक़ायदा शहर की साहित्यिक गतिविधि पर कॉलम लिखता है। वे उसकी बड़ी प्रशंसा करते हैं। दो-एक बार स्नेह से उसे अंक में भरकर उसका माथा चूम लेते हैं।...भाभी उसके बिस्तर पर बैठी हैं। उससे अनुरोध करती हैं कि वह लोकगीत सुनाए। ''ये कहते हैं, बचवा बहुत बढ़िया गाते हैं। हमको तो एक गाना भी कभी नहीं सुनाया।'' वे निहोरा देती हैं। वह नखरा करता है। भाभी उसका हाथ अपने दोनों हाथों में लेकर अनुनय करती हैं। आखिर वह शर्त रखता है कि भाभी सुनाएँगी तो वह भी सुनाएगा। भाभी कहती हैं—''पहले हमने कहा है, इसलिए पहले तुम ही सुनाओ, फिर हम सुना देंगे।'' आखिर वह मान जाता है। भाभी की गोद में सिर रखे लेट जाता है और गाना सुनाता है। भाभी अभिभूत होकर उसका माथा चूम लेती हैं—''तुम्हारे कंठ में तो अमृत है, भइये'' वे कहती हैं।... उनके होंठों में कुछ ऐसी गर्मी है कि उनका रंग लाल हो जाता है और अंग तन जाते हैं। वह उठकर बैठ जाता है और भाभी से गाना सुनाने का अनुरोध करता है। भाभी एक बड़ा चुलबुला गाना सुनाती है :

कैसी चतुर भौजाई रे

मन लगा देवर से

और पूरा गाना सुनाकर वे ज़ोर से ठहाका मारती हुई उठ खड़ी होती हैं। वह उन्हें बैठने को और एक गाना और सुनाने को कहता है पर वे नहीं बैठतीं। हँसती हुई भाग जाती हैं...

और तभी जब वह बड़े मज़े से दिन गुज़ार रहा होता है और जैसाकि अंग्रेज़ी में कहते हैं—'दुनिया के शिखर पर बैठा होता है', कि वह घटना घटती है जो सदा उसे केंचुआ-सा बना जाती है। हमेशा उसकी गनोदगी दूर कर देती है और जिसे दिमाग में धो देने का प्रयास करने पर भी वह इन चौदह-पन्द्रह वर्षों में धो नहीं सका...वह भाभी के साथ लेटा है और तृप्त हो, उसे अपने अंक में लिपटाए वे उसे सटी हैं। दोनों के कपड़े अस्त-व्यस्त हैं कि सहसा भाई साहब ऊपर से आ जाते हैं। भाभी तत्काल उठती हैं। साड़ी से सिर और बदन ढकती हुई कहती हैं, ''भैया की तबीयत ठीक नहीं है'' और चली जाती हैं।...क्षण-भर वह हतप्रभ-सा लेटा रहता है। न हिलता है, न डुलता है। लेकिन भाभी की बात सुनते ही वह दीवार की ओर को मुँह कर लेता है, जैसे सचमुच बीमार हो। भाई साहब कुछ क्षण अस्त-व्यस्त धोती में झलकते उसके गोरे अंगों को देखते रहते हैं। फिर वे उसकी चारपाई पर अधलेटे हों बैठते हैं। उसके बालों को, उसके शरीर को सहलाते हुए पूछते हैं कि अब कैसी तबीयत है। वह उनसे आँख नहीं मिला पाता। दीवार की ओर को मुँह किए निश्चल लेटा रहता है। वे उसका बदन सहलाने और उसके साथ लेटते हुए न जाने क्या बोले जाते हैं। अपने अंग उसके अंग से घिसाए जाते हैं। उसके जी में आता है, पलटकर उन्हें चारपाई से नीचे गिरा दे। पर अपराध-भाव से एकदम सुन्न हो वह लेटा रहता है—कहीं चप्पल उठाकर उसे पीटना शुरू कर दें तो।...और इससे पहले कि वह कुछ और सोचे या करे, वे उसकी गर्दन के पिछले हिस्से को, कानों की लवों के नीचे, चूम लेते हैं, और अपनी बांहों और जांघों में कस लेते हैं। लेकिन वे देर नहीं लगाते। एक बार उसे ज़ोर से कसकर वे ढीले पड़ जाते हैं...उसे कुछ अजीब-सी चिपचिपाहट का एहसास होता है। और उसे पुचकारते हुए वे हट जाते हैं...अनायास वह पलटकर रुआंसा हो जाता है।...

वह उठकर बैठ जाता है। पिछले चौदह-पन्द्रह वर्षों में यद्यपि इस घटना पर काफ़ी धूल-गर्द पड़ गई है, पर जब-जब वह उसे याद आती है, क्षण-भर के लिए उसे लिजलिजा केंचुआ-सा बना जाती है और भाई साहब के विरुद्ध एक दुर्वार क्रोध उसके मन में ज्वाला-सा लपक उठता है।...अगर वह भाभी के साथ उस अस्त-व्यस्त स्थिति में न पकड़ लिया गया होता तो क्या वे कभी साहस कर सकते? यद्यपि यूनिवर्सिटी में लड़कों का खयाल था कि वह पहले से भी ऐसे करवाता रहा है, पर

उसने कभी किसी गुण्डे को इस हद तक बढ़ने नहीं दिया था।...उसके सामने फिर वही चित्र आ जाता है—अपने कपड़े ठीक-ठाक करके भाई साहब एकदम उठ खड़े होते हैं। उसके कपड़े ठीक कर देते हैं। उसे प्यार करते और उसके आँसू पोंछते हुए उससे माफ़ी माँगते हैं। और जेल में अपने लम्बे वर्षों का हवाला देते हुए बड़बड़ाए जाते हैं कि बड़े-बड़े नेताओं में यह कमज़ोरी होती है—सीज़र और एण्टनी जैसे महान योद्धाओं में थी—'आम इन्सानी कमज़ोरी!'...वे गांधी जी के भक्त हैं। अपनी इस कमज़ोरी पर विजय पाएँगे और जो चूक उनसे हो गई है, उसका पश्चात्ताप करेंगे और उस वक़्त तक घर नहीं आएँगे, खाना नहीं खाएँगे जब तक वह उन्हें क्षमा नहीं कर देगा।...

और वे चले जाते हैं।

भाई साहब के जाते ही भाभी आती हैं। उससे पूछती हैं कि क्या हुआ, उन्होंने क्या कहा, वे ऐसे क्यों चले गए हैं, वह ऐसे क्यों लेटा है? पर वह होंठ नहीं खोलता। मर्माहत-सा चुप लेटा रहता है।

तब भाभी उसके पास बैठ जाती हैं। उसे तसल्ली देती हैं कि वह डरे नहीं। वे कोई ऐसा-वैसा कदम नहीं उठाएँगे। वे साहस नहीं कर सकते। वे उन्हें छोड़ कर चली जाएँगी।...वे तो उन्हें कभी भी छोड़कर चली जातीं, पर मुसीबत के वक़्त में उन्होंने हाथ पकड़ा था। वे उन्हें परेशान नहीं करना चाहतीं। लेकिन यदि इस सिलसिले में उन्होंने कुछ भी किया—कुछ भी— तो वे घर छोड़ देंगी, फिर जन्मभर उसे भीख ही क्यों न माँगनी पड़े।...वह कुछ नहीं कहता। न हाँ करता है न ना। बस चुप बना रहता है...तब वे सहसा पूछती हैं, 'कुछ छेड़ा-वेड़ा तो नहीं उन्होंने? उन्हें कुछ आदत है—कभी-कभी वे बहक जाते हैं।...' वे उसकी आँखों में झाँकती है और उसे तसल्ली देती है कि वह घबराए नहीं।...वे उसे कुछ नहीं कहेंगे। कुछ नहीं करेंगे। कुछ करने योग्य वे हैं ही नहीं। वह फिर भी चुप रहता है। केवल अपनी दयनीयता पर उसकी आँखें भर आती हैं, भाभी उसे बांह में लेकर अंक से लगा लेती हैं और तसल्ली देती हुई बार-बार चूमती हैं। उनका हर चुम्बन पहले से गर्म होने लगता है।

"नहीं, कुछ नहीं।" वह सिर को ज़रा-सा झटका देकर रुखाई से इतना ही कहता है और सहसा भाभी को बाँहों के घेरे से निकल, उछलकर उठता है और तौलिया लेकर नहाने चला जाता है। नल ऊँचा है। वह उसे पूरा खोलकर उसके नीचे बैठ जाता है।—क्या वे उसे इसीलिए होस्टल से घर लाए थे? एक दुर्वार क्रोध से पानी की धारा के नीचे उसका तन-मन जल उठता है। वह नल बन्द कर देता है। वह ज़ोर-ज़ोर से शरीर पर साबुन मलता है। साबुन की झाग उसके गोरे शरीर को ढक लेती है...और तभी वह लिजलिजा केंचुआ बढ़ना शुरू होता है और धीरे-धीरे ब्राज़ील के जंगलों का पाइथन बन जाता है—बोआ कन्स्ट्रक्टर—भयानक अजगर, जो अपनी गुंजलकों में शेर बबर तक को पीस डालता है।—उसने शेर बबर को अपनी

गुंजलकों में लपेटे बोआ कन्स्ट्रिक्टर का चित्र देखा है—वह अपने-आपको उसी अजगर के रूप में पाता है और अपने चंगुल में भाई साहब को, उनके सारे जीवन को ग्रस लेता है—उनकी पत्नी को, उनकी कमाई को। और मज़े से उन्हें इंच-इंच निगलता है।...वह पानी की धार छोड़ देता है। उसके शरीर का सारा क्लेश धुल जाता है, मन का संताप दूर हो जाता है। उसे भाई साहब की निरीहता पर दया तक हो जाती है। उसे विश्वास हो जाता है कि वे अब कभी उसे कुछ नहीं कह पाएँगे। कभी वैसी स्थिति में देख लें तो भी नहीं।...वह डर गया था...लेकिन अब डर की कोई बात नहीं।...वह ग्रस लेगा। उन्हें अपनी गिरफ़्त में पीस डालेगा।...वह देर तक नल के नीचे बैठा नहाता रहता है।

भाई साहब दो दिन घर नहीं आते। तन-मन की शुद्धि के लिए अनशन किए रहते हैं। तीसरे दिन वह भाभी को साथ लेकर उनके दफ़्तर जाता है, उन्हें घर ले आता है और परम उदारता से उन्हें क्षमा कर देता है।

वह फिर लेट जाता है। उसके दिमाग़ में अपनी पत्नी की बात कौंध जाती है—'मुझे वहीं होस्टल में क्वार्टर मिल गया तो मैं वहीं रहूँगी।'' वह एक दिन कहती है। इधर जब से उसकी नौकरी लगी है, उसके पहरावे में, चाल-ढाल में, बोल-चाल में अन्तर आ गया है।...आठ वर्ष तक वह पत्नी की सुध नहीं लेता। गाँव जाता भी है तो उसके निकट नहीं फटकता। भाई साहब फिर उसे कभी तंग नहीं करते। बहुत स्नेह उस पर आता तो ज़्यादा से ज़्यादा उसके बालों पर हाथ फेर लेते हैं अथवा झिझकते-झिझकते उसका मस्तक चूम लेते हैं। वह जो चाहता है कर देते हैं। उसे ज़रा-सा कष्ट, तनिक-सी चिन्ता नहीं होने देते। वह भाई साहब से रुपया लेकर घर तो भेज देता है, लेकिन पत्नी को नहीं बुलाता...और भाभी—वे उसकी माँ भी हैं, भाभी भी, प्रेयसी भी और पत्नी भी।...वे उसे कभी-कभी कोंचती हैं, उसकी पत्नी का पक्ष लेकर बात करती हैं, पर वह टाल जाता है। वे कभी ज़ोर नहीं देतीं। हाँ, इस बात का खयाल करती हैं कि हर महीने कुछ रुपये और दिन-त्यौहार को कपड़े-लत्ते वह उसे भेजता रहे।

...तभी पड़ोस में नीति आ जाती है। वह राजनीति में एम. ए. है और कांग्रेस के आन्दोलन पर रिसर्च कर रही है और भाई साहब से मदद लेने आती है।...कभी जब भाई साहब नहीं होते तो वह उसके कमरे में आ बैठती है। उसका कॉलम सुनती है। राजनीति पर उससे बहस करती है। उसकी कहानियाँ सुनती है। उसे ताने देती है कि वह सुस्त हो गया है। साल में तीन-चार कहानियाँ लिखकर कोई बड़ा लेखक नहीं बन सकता। उसे कॉलम बन्द कर देना चाहिए और अपना वक़्त कहानियाँ और कविताएँ लिखने में लगाना चाहिए।...उन दिनों वह सचमुच कहानियाँ और कविताएँ लिखता है। नीति उसके ज़्यादा निकट आ जाती है। इतना कि उसे भाभी की उपस्थिति और नैकट्य खलने लगता है। लेकिन भाभी प्रतिवाद नहीं करतीं। वह नीति को उनके

सामने अंक में भर लेता है। वे मुस्कराती रहती हैं। माथे पर शिकन नहीं आने देतीं। उसी तत्परता से उन दोनों को चाय पिलाती हैं। नाश्ता कराती हैं। दोनों में हँसी-मज़ाक करती हैं।...तभी गाँव में उसके पिता बीमार हो जाते हैं। भाभी अनुरोध करके उन्हें देखने उसके साथ गाँव जाती हैं और जाने कैसे क्या करती हैं कि आते-आते उसकी पत्नी को ले आती हैं।...उसे शिकायत थी कि पुष्पा सुशिक्षित नहीं, सुसंस्कृत नहीं, फूहड़ और देहातिन है। लेकिन जिस दिन पुष्पा आती है, भाभी अपना सारा ज़ोर उसे पढ़ाने-लिखाने, सुघड़ और सुसंस्कृत बनाने में लगा देती हैं। स्वयं जाकर उसे महिला विद्यालय में दाखिल करा आती हैं। पुष्पा मैट्रिक करती है। पुष्पा एफ. ए. करती है। पुष्पा बी. ए. करती है। पुष्पा बी. टी. कर लेती है। इस बीच नीति अपने-आप कट जाती है।...मुन्नी होती है तब भी भाभी उसकी पत्नी की शिक्षा में अन्तर नहीं आने देतीं। मुन्नी का सारा काम अपने ज़िम्मे ले लेती हैं और सबसे ज़्यादा यह कि मुन्नी को माँ की, और पति को पत्नी की कमी महसूस नहीं होने देतीं। पुष्पा के लिए भाभी सास और माँ—दोनों का कर्त्तव्य निभाती हैं...और अब पुष्पा इस घर को छोड़ देना चाहती है।...

वह फिर उठ बैठता है। उसे चाय पीने की इच्छा होती है। वहीं से वह भाभी को चाय लाने के लिए कहता हैं और दीवार पर लगे शीशे के सामने जा खड़ा होता है...उसके बालों में सफ़ेदी आ गई है। गाल किंचित् ढलक आए हैं। हाँ, नाक वही है, माथा वही है, आँखें वही हैं। उसे लगता है। बुढ़ापा वक़्त से पहले उस पर उतर आया है, जबकि सुबह उसे लगा था कि उसकी पत्नी जैसे नए सिरे से जवान हो गई है।...नीति के आने से उसके काम में जो तेज़ी आई थी, वह उसके दूर हट जाने से अपने-आप कम हो गई है। कॉलम लिखना उसने कब का छोड़ दिया है, लेकिन नीति के हट जाने के बाद न वह कहानियाँ लिख पाया है, न कविताएँ। अच्छी कहानी लिखने में जितनी मेहनत करनी पड़ती है, वह उससे नहीं होती और कविता का उसे स्फुरण ही नहीं होता। सुबह वह देर तक लेटा रहता है। फिर देर तक समाचार-पत्र पढ़ता है। विज्ञापन तक पढ़ जाता है। फिर नित्य कर्म से निबटकर मठे का गिलास पीकर तख्त पर पसर जाता है। कोई किताब उठा लेता है और ऊँघ जाता है। दोपहर का खाना खाकर दो घण्टे सोता है। शाम को उसकी बच्ची आ जाती तो उसके साथ खेलता है। बस रात को कुछ पढ़-वढ़ा लेता है। बच्ची को भाई साहब ने बाकायदा गोद ले लिया है। इस दस-बारह वर्षों में उसे अपनी गुंजलक में पूरी तरह उन्हें जकड़ लिया है और वह परम इत्मीनान से अजगर की तरह पसरा हुआ है।...उसे कभी-कभी खयाल आता रहा है कि उसके यदि लड़का होता और उसे भाई साहब गोद लेते तो कितना अच्छा होता।...इसीलिए उसे पत्नी का पढ़ना-लिखना बुरा नहीं लगा। वह पत्नी के साथ चला जाएगा और मुन्नी को ले जाएगा, वह भय दिखाकर उसे अपने शिकंजे को इस घर पर और भी कस लिया है।...वह अपने-आप

मुस्कराता है। भाभी के कोई लड़का न हो जाए, उसने इस बात का कितना खयाल रखा है...लेकिन उसके अपने भी लड़की ही हुई—और उसे अच्छा लगा था कि उसकी पत्नी ने नौकरी कर ली है...लेकिन वह यहाँ से जाना क्यों चाहती है? यहाँ उसे क्या कमी है? मुन्नी को वह कैसे छोड़ जाएगी? वह तो मुन्नी की शादी के बाद दामाद को घर में ही रखने की योजना बना रहा है और यह सब कुछ छोड़-छाड़कर चली जाना चाहती है—वह इसी सोच में डूबा हुआ है कि भाभी चाय ले जाती हैं—''भइये, खाने का टाइम हो गया है, तुमने कहा, तो मैं चाय लाई हूँ।''

''अच्छा भाभी, चाय नहीं पीते, खाना खा लेते हैं।''

भाभी हँसती हैं—''नहीं, मन है तो पी लो। ज़रा ठहरकर खाना खा लेना।''

वह चाय पीता है और सोचता है कि उसे कोई काम करना चाहिए। इस तरह ढीला छोड़ देने से तो उसका शरीर थुलथुला जाएगा। उसे सुबह कुछ कसरत करनी चाहिए। योगाभ्यास करे तो कैसा रहे? वह उठकर आलमारी से ऋषि आश्रम, हरिद्वार की कुछ पुस्तकें उठा लाता है और देर तक उनका अध्ययन करता है और अपने लिए कुछ योगासन चुनता है—वह सुबह जल्दी उठेगा। मालिश कराएगा। कसरत और योगासन करेगा और उसके शरीर में चीते की-सी लचक आ जाएगी।

भाभी उसका खाना ले आती हैं। खाना खाकर वह फिर तख़्त पर पसर जाता है और वह बृहत् उपन्यास की रूपरेखा बनाता सो जाता है। लेकिन उसे उपन्यास लिखने की ज़हमत नहीं उठानी पड़ती। सहसा बाहर बरामदे में शोर से उनकी आँखें खुल जाती हैं। वह तो भूल ही गया था, आज ही तो सहयोगी संस्थान की योजना को अंतिम रूप देने के लिए मीटिंग रखी थी। वह दरवाज़ा खोलकर आगत साहित्यिकों और पत्रकारों का स्वागत करता है और क्षण-भर को क्षमा माँगकर अन्दर जाता है। मुँह-हाथ धोता है। बाल बनाकर कपड़े बदलता है। भाभी से कहता है कि आठ-दस आदमी आए हैं, नाश्ते और चाय का प्रबन्ध कर दें। वह कहना भूल गया था कि और कुछ नहीं तो दो डिब्बे बिस्कुट मँगा लें।

वह अन्दर जाना चाहता है कि भाई साहब आते हैं। वे बड़े उत्साहित हैं, '' 'सहयोगी प्रकाशन' की सारी स्कीम बन गई है। बस बचवा, तुम सुन लो और पास कर दो।'' वे कहते हैं और उसके कंधे पर हाथ रखे वापस कमरे में आ जाते हैं।

दो-तीन घंटे जमकर मीटिंग होती है। चाय, दाल-सेव और नमकीन, मीठे बिस्कुटों का नाश्ता उड़ता है। भाई साहब सबको स्कीम समझाते हैं। उस पर तर्क-वितर्क और वाद-विवाद होता है। बीच-बीच में वह भी पते लगाता है। आखिरकार योजना अन्तिम रूप पा जाती है। ग्यारह सदस्यों की सूची बनती है। वह मन्त्री चुना जाता है। तय होता है कि सब सदस्य एक-एक हज़ार रुपया डालें। कुछ सरपरस्त सदस्य बनाए जाएँ, जो दो-दो शेयर लें। जितना रुपया इकट्ठा हो, उससे दस गुणा सरकार से लिया जाए। एक प्रेस लगाया जाए, एक साप्ताहिक निकाला जाए और साथ में

प्रकाशन किया जाए। सरपरस्त सदस्य बनाने, संस्थान को रजिस्टर्ड कराने और सरकार से रुपया लेने का सारा ज़िम्मा भाई साहब लेते हैं और जब दो घण्टे के तर्क-वितर्क के बाद सारी स्कीम पारित हो जाती है तो भाई साहब सबको लेकर चल देते हैं।

वह बरामदे में जाकर उन्हें विदा कर लौटता है तो उसका मन बड़ा उत्फुल्ल है। बृहत् उपन्यास उसके दिमाग से निकल चुका है, उसके बदले प्रेस और साप्ताहिक और प्रकाशन और बैंक बैलेंस और चेक बुकें और चार-चार अंकों के चेक आ जाते हैं और बड़े प्रसन्न अलस भाव से अन्दर जाता है।

सहसा उसे एक धक्का-सा लगता है और वह आसमान से ज़मीन पर उतर आता है। उसकी पत्नी (जो इस बीच कॉलेज से आ चुकी है) घर के धुले कपड़े तहाकर सूटकेस में सहेज रही है। अपने पति के खिले हुए मुख की ओर वह कोई ध्यान नहीं देती और सुते हुए चेहरे से कपड़े तहाए और उन्हें सूटकेस में रखे जाती है।

चौखट पर खड़े-खड़े क्षण-भर को उसकी निगाहें अपनी पत्नी के चेहरे पर जम जाती हैं—यद्यपि वह दिन-भर कॉलेज में पढ़ाकर आई है, पर उसके चेहरे पर ज़रा भी थकान का आभास नहीं। मुख पर हल्का-सा पाउडर, होंठों पर सुर्खी, आँखों में सुरमे की लकीर, चौड़े माथे पर बड़ी-सी उन्नाबी बिंदी, आधुनिक तर्ज़ का जूड़ा और चेहरे पर कुछ अजीब-सा दर्प—यह वह चेहरा नहीं, जिसे सुहागरात में देखकर उसे वितृष्णा हुई थी। यह तो अपने यार से मिलने को उत्सुक किसी युवती का चेहरा है...और वह सहसा फट पड़ता है—

'कहाँ की तैयारी हो रही है, पुष्पा जी?''

पुष्पाजी पूर्ववत् कपड़े तहाए जाती हैं। उसका प्रश्न वे जैसे नहीं सुनतीं। आँख तक उठाकर नहीं देखतीं।

उसका उल्लास पत्नी की इस अवहेलना से हवा हो जाता है और उसके स्वर में विद्रूप आ जाता है, ''पुष्पा जी, मैंने कुछ आपसे अर्ज़ किया है।''

सहसा पुष्पा जी झुके-झुके आँखें उठाती हैं—जाने उन आँखों में क्या है—अननुय, आग्रह, हठ, किंचित् दुःसाहस, कद्रे बेबाकी—वे सिर्फ़ इतना कहती हैं, ''मैं अब यहाँ नहीं रहूँगी।''

और आँख झुकाकर वे बड़े तन्मय भाव से कपड़े तहाने लगती हैं।

आगे बढ़कर वह पत्नी की पीठ थपथपाता है, ''क्या बात है?''

''मैंने आपसे सुबह ही कह दिया था कि यदि मुझे होस्टल में जगह मिल गई तो मैं चली जाऊँगी'' पत्नी कहती है, ''प्रिन्सिपल ने मेरी प्रार्थना स्वीकार कर ली है। उन्होंने मुझे ऑनरेरी वार्डन नियुक्त कर दिया है। निवास की सुविधा दे दी है। एक क्वार्टर मेरे नाम एलॉट कर दिया है।''

''लेकिन...लेकिन...वहाँ फेमिली तो नहीं रह सकती है।''

''रह सकती है।''

''मैं वहाँ लड़कियों के होस्टल में नहीं रह सकता।''

''आप कोई दूसरा घर किराये पर ले लेंगे तो मैं आ जाऊँगी।''

क्षण-भर सन्नाटा छाया रहता है।

''मुन्नी?...''

लेकिन मुन्नी के बारे में वह क्या कहना चाहता है, वह तय नहीं कर पाता और प्रश्न हवा में लटका रहता है।

पत्नी क्षण-भर को रुकती है कि वह अपना वाक्य पूरा करे। फिर वह कहती है, ''मुन्नी को मैं साथ ले जाऊँगी। आप फ़िक्र न कीजिए।''

''मुन्नी को भाभी नहीं छोड़ेंगी।'' और वह किंचित् बेतुकेपन से हँसता है।

पत्नी उसका कोई उत्तर नहीं देती। केवल सिर को कद्रे टेढ़ा कर और आँखें ज़रा तरेरकर उसकी ओर देखती हैं। उस भंगिमा में कुछ ऐसा है, जो पुकार-पुकारकर कहता है—'वे कौन होती हैं मुन्नी को रखने वाली?''

अपार संयम से अपने-आपको रोककर और स्वर को यथासम्भव सामान्य बनाकर वह पूछता है—

''क्या फिर किसी ने कुछ कह दिया?''

उसकी पत्नी चुप रहती है।

वह स्वर को और भी मुलायम बनाकर पूछता है, ''किसने क्या कहा है?''

पत्नी चुप रहती है।

''क्या फिर कहा राजू की माँ ने कि भाई साहब रो मेरी जाति भिन्न है, या भाभी ने पहले मुझे गोद ले रखा था और अब मुन्नी को ले लिया है?'' और वह बेशर्मी से हँसता है।

पत्नी अब भी चुप रहती है।

''अरे, कुछ तो बोलो भाई।''

वह फट पड़ती है—

''मैंने होस्टल में रहने की बात की तो नीति बोली, 'भाभी, भाई साहब से भी पूछ लिया है? वे कभी उस घर को छोड़कर नहीं आएँगे। वहाँ सबको ग़श आने लगेंगे।' ''

वह अपने-आपको और नहीं रोक पाता—

''उस नीति साली का क्या है? यहाँ भाई साहब से थीसिस में मदद लेने के बहाने आने लगी थी। 'भाभी-भाभी' करते उसकी ज़बान नहीं थकती थी। मुझ पर डोरे डालती थी। यहीं तख्त पर बिछ-बिछ जाती थी। (दिल में वह कहता है—उसी के कारण तुम यहाँ आई हो मेरी जान!) मैंने लिफ्ट नहीं दी तो लगी बकने...और तुम इतनी भोली हो कि...''

"नीति ही की क्या बात है! कौन है जो यह बात नहीं जानता। सुनते-सुनते मेरे तो कान पक गए हैं। और मैं क्या अंधी हूँ? बहरी हूँ? क्या कुछ देखती–सुनती नहीं? गाँव से आने के कारण पहले दो-चार वर्ष कुछ सन्देह भी रहा हो...लेकिन...आप ही सीने पर हाथ रखकर कहिए, क्या लोग ग़लत कहते हैं?"

"लोग साले जलते हैं।"

"काहे से जलते हैं?" पत्नी बिफर पड़ती है। "जलने को है क्या?...कोई बड़ी नौकरी पा ली है? बड़ा व्यापार जमा लिया है? कोई बिल्डिंग खड़ी कर ली है? कि महा पुस्तक लिख डाली है?..."

उसे बेहद क्रोध आता है, पर उसे रोककर वह बड़े आश्वस्त भाव से हँसते हुए कहता है–"सब होगा। सब होगा। आज सहयोगी संस्थान की वह स्कीम बनाई है कि प्रेस, साप्ताहिक और प्रकाशन साथ-साथ होगा। फिर बिल्डिंग भी खड़ी होगी, कार भी आएगी और एक नहीं, कई उपन्यास छपेंगे...आज ही मैंने बृहत् उपन्यास की रूपरेखा बनाई है..."

पत्नी विद्रूप से हँसती है, "जब से मैं आई हूँ कितनी स्कीमें नहीं बनीं? कितने उपन्यास आपने नहीं सोचे? जब-जब कोई झगड़ा हुआ है, जब-जब यहाँ से जाने की बात उठी है, बड़ी स्कीमें बन गई हैं और सपने लेने लगे हैं...बरसों से बेकार दूसरों की कृपा पर जी रहे हैं...लोग जलते नहीं... हँसते हैं...फब्तियाँ कसते हैं...मज़ाक उड़ाते हैं..."

वह क्षण-भर को रुकती है, फिर उसी रौ में कहे जाती हैं, "मेरा जी यहाँ नहीं लगता। यहाँ मेरा दम घुटता है। मेरी स्थिति इस घर में क्या है? मैं यहाँ कौन हूँ...आपकी पत्नी। पर आप तो कमाते नहीं और मेरी स्थिति रखैलों से भी बदतर है। इसीलिए मैंने नौकरी कर ली है। मैं यहाँ नहीं रह सकती। नहीं रह सकती..."

वह उसके स्वर में दर्द को पहचानता है। उसके स्वर में अतिरिक्त फुस-फुसाहट और खुशामद आ जाती है–

"तुम बेकार ज़्यादा सोचती हो। बेकार लोगों की बातें सुनती हो।"

"काश, मेरे दिमाग़ न होता। कान न होते। आँखें न होतीं। काश, मैं इतना न पढ़ती। तब शायद मैं सुख से रह लेती। आप ठीक कहते हैं, मैं बहुत सोचती हूँ। मुझे अपनी ही नहीं, भाभी की स्थिति भी वैसी ही लगती है। पर वे मालकिन हैं। भाई साहब की स्थिति वैसी ही लगती है। पर वे मालिक हैं। आप...आप...मालिक न होते हुए भी मालिकों से ऊपर हैं। लेकिन मैं क्या हूँ? मैं कौन हूँ? मेरी क्या स्थिति है?..."

उसकी आवाज़ दबी हुई चीख की हद तक ऊँची हो गई है। लेकिन उसमें क्रोध नहीं है। अनुनय है। अनुरोध है। समझाने की नैराश्य-भरी कोशिश है।

वह स्वर को और भी मुलायम बना लेता है , "तुम बेकार परेशान होती हो,

कितना स्नेह मुन्नी को भाभी ने दिया है। तुम्हें पढ़ाया-लिखाया और इस योग्य बनाया है।...''

पत्नी चुप रहती है।

''तुम्हें नहीं मालूम, भाभी ही तुम्हें यहाँ लाई है।''

''मैं जानती हूँ। और यह भी जानती हूँ, क्यों लाई और क्यों मेरे स्कूल और कॉलेज जाने पर इतना ज़ोर देती रही हैं।''

''क्या तुम्हारे दिल में ज़रा भी माया-ममता नहीं?'' उसके स्वर में खीझ है, ''पिछली बार जब तुमने मुन्नी को साथ लेकर गाँव चले जाने की बात की थी तो भाभी को दौरा पड़ गया था।''

''मैं जानती हूँ और यह भी जानती हूँ कि आप मेरे साथ चलें तो भाई साहब को भी दौरा पड़ने लगेगा।''

वह अपना संयम खो देता है। ''क्या बकती हो? देखता हूँ चार अक्षर क्या पढ़ गई हो, अपनी औकात भूल गई हो।''

''औक़ात!'' वह जैसे समझाने का प्रयास छोड़ देती है। उसके स्वर में अनुनय गायब हो जाता है। कटुता उभर आती है और इस शब्द को उसके मुँह पर फेंकते हुए, वह जब आँखें उठाती है तो उसमें शोले लपकते हैं और जाने कैसा विद्रूप उसके होंठों को बिच्छू के डंक-सा वक्र कर देता है। ''मेरी औक़ात तो आपके साथ है। अब आपकी कोई औक़ात नहीं तो मेरी क्या होती?...''

यह क्षण-भर चुप रहती है। पति के शरीर का सारा रक्त उसके चेहरे की ओर दौड़ पड़ता है। वह विचलित नहीं होती और तीखे स्वर में कहती है—

''कभी आपने सचमुच हम लोगों की औक़ात पर ग़ौर किया है?...अपनी, मेरी और उस बच्ची की?...क्या आप सचमुच नहीं जानते, लोग क्या कहते हैं?''

वह उत्तर के लिए रुकती है। पति का चेहरा क्रोध के मारे क्षण-क्षण लाल होता जा रहा है लेकिन पत्नी के सामने जैसे वह क्रोध से लाल चेहरा नहीं है—निर्वीर्य, पीला, क्लीब चेहरा है।

''लोग साले तो खुदा को भी गालियाँ देते हैं।'' वह क्रोध में चिल्लाता है, पर उसके स्वर में पत्नी को समझाने का भाव भी है। ''लोगों की बात सुनें तो दो क़दम चलना मुश्किल हो जाए। फिर तुम्हारे लोगों में सबसे आगे है वह राजू की माँ। परम असफल आदमी की परम असन्तुष्ट बीवी। राजू का बाप मेरे ही साथ पढ़ता था। क्या कर लिया उसने? साले स्कूलों, कॉलेजों और सरकारी दफ़्तरों में सड़ते हैं। दिन-भर झूठ बोलते और खुशामद करते हैं और यहाँ किसी साले की नौकरी नहीं करते, किसी की धौंस नहीं सहते। मस्त रहते हैं।''

''इसी का तो दुःख है।'' पत्नी कहती है, ''आप भी यदि दूसरों की तरह काम करते...लेकिन जैसे घरेलू औरत के मुक़ाबिले में रखैल आराम से रहती है आप...''

वह संयम खो देता है। जैसे प्रतिक्षण संचित होता हुआ उसका क्रोध अपनी सीमा को पहुँच जाता है। झन्नाटे का एक थप्पड़ वह अपनी पत्नी को जड़ देता है। ''टांगें तोड़ दूँगा यदि राजू की माँ या नीति-फीति के यहाँ गई, इधर-उधर की बातें सुनीं और मुझे सुनाईं। मैं साले किसी की परवा नहीं करता। तुमको होस्टल में रहना है तो अभी जा रहो। मैं भाई साहब का रखैल हूँ, तुम्हारे बाप का तो नहीं।''

और वह ज़ोर-ज़ोर से चिल्लाने लगता है।

भाई साहब पत्रकारों के साथ ही जा चुके हैं। भाभी रसोईघर में बैठी शाम की रसोई का प्रबन्ध कर रही हैं। चिल्लाहट सुनकर भागी आती हैं। लेकिन उन्हें दाएँ हाथ से परे धकेलते और रास्ते में पड़े पटरे को ठोकर लगाते हुए वह घर से निकल जाता है और तेज़-तेज़ चल देता है...'रखैल' शब्द हथौड़े-सा उसके दिमाग़ में चोट करता है।...वह और तेज़-तेज़ चलने लगता है।...रखैल...फिर उसके सिर पर चोट पड़ती है।...उसके क़दम और तेज़ हो जाते हैं।

वह बंगले से बहुत दूर निकल आया है,उसी तेज़ गति से। लेकिन न उसके पैरों में थकान है न पिंडलियों में दर्द। बार-बार वही शब्द उसे ठकोरता रहता है। उसकी पत्नी ने उसके जीवन का सारा झूठ उसके सामने रख दिया है। वह रखैल ही तो है। नितान्त निरीह केंचुआ और वह अपने को भयानक अजगर समझता था—बोआ कन्स्ट्रक्टर! वह अजगर भी है तो मलूकदास वाला अजगर है, जो चाकरी नहीं करता और रामभरोसे सोया रहता है।...उसे भाई साहब पर क्रोध आता है, जो उसे बहला-फुसलाकर ले आए थे और जिन्होंने उसकी सारी ज़िन्दगी चौपट कर दी। भाभी पर क्रोध आता है, जिसने उसे एक बार अपने चंगुल में जकड़ लिया तो फिर निकलने नहीं दिया।...उसकी आँखों में भाभी के निकटतम सम्पर्क में गुज़ारे क्षण घूम जाते हैं।...वह गोरा-गदराया तन और छोटी चिबुक, पर भरी पुष्ट छातियाँ और रेशमी जांघें और गर्म रसीले होंठ और गहरी नशीली आँखें...और वह प्यार...वह दावानल-सा तपता और समेटता...ममता—नीली विशाल झील-सी गहरी और ठण्डी और खुनक...एक के बाद एक गुंजलक, मज़बूत से मजबूततर, अटूट, इस्पाती...वह बोआ कन्स्ट्रक्टर है। भाभी है। भाभी है। भाभी बोआ कान्स्ट्रक्टर है। और उसकी गुंजलकों में फंसा वह नितान्त निरीह और नपुंसक पशु है। वह नपुंसक है। नामर्द है। मर्द होता तो कब का उस कुंडली को तोड़कर निकल जाता।...उसे अपनी पत्नी पर गुस्सा आता है।...वह उसे एकदम ठस, बेअकल और फूहड़ समझता आया है। वह कितनी तेज़ है! उन सबसे घोर नफ़रत करते हुए भी वह बड़ी निष्ठा और सतर्कता से उस गुंजलक से निकलने की योजना बनाती रही है। और उसकी इतनी हिम्मत हो गई कि जिन्होंने उसे इतना स्नेह दिया, पढ़ाया-लिखाया, उन्हें नितान्त हेय समझे और उसे, जो उसका पति है—रखैल कहे।...उसने उसका गला क्यों न घोंट दिया?...उसे उसी वक़्त उसका गला घोंट देना चाहिए था। कल्पना ही कल्पना में वह दोनों हाथों

में उसकी गर्दन दबोचकर उसे धरती पर गिरा देता है और उसके सीने पर चढ़कर उसका गला घोंटता और उसका सिर ज़ोर-ज़ोर से फ़र्श पर पटकता है...तभी दूर गाड़ी की गड़गड़ाहट सुनाई देती है। वह अपने आपे में आ जाता है। दिल्ली को जानेवाली गाड़ी का टाइम है। हठात् उसके जी में आता है कि वह गाड़ी के आगे कूद जाए। इस बेकार असफल ज़िन्दगी के चंगुल से हमेशा-हमेशा के लिए निकल जाए...तब उस गधी को भी पता चलेगा कि उसका मर्द नपुंसक नहीं है। एक बात के लिए वह ज़िन्दगी को तिनके ही तरह उठाकर अलग फेंक सकता है। जाए वह होस्टल में। रहे वहाँ। सारी ज़िन्दगी वहीं गुज़ारे...उसके मन में प्रतिशोध की प्रबल आग धधक उठती है और गाड़ी के आगे कूद जाने—पत्नी से यों प्रतिशोध लेने का खयाल उसके दिमाग को जकड़ लेता है। वह आज़ाद होना चाहती है। हो आज़ाद। वह उसे ज़िन्दगी भर के लिए आज़ाद कर देगा।...और वह अनायास भागने लगता है।

यद्यपि रेल की गड़गड़ाहट सुनकर, धोती को कमर में खोंस, वह एक अंधे आवेग में सरपट भागने लगा था, लेकिन जब टंकी के मोड़ पर उसे सामने रेल का फ़ाटक नज़र आता है और इंजन की ज़ोर की सीटी सुनाई देती है तो उसका दिल धक् से रह जाता है और उसकी चाल किंचित् मन्द हो जाती है। वह भागे जाता है, लेकिन उसे लगता है कि जैसे उसकी पिंडलियाँ पिघली जा रही हैं। वह फाटक से चन्द क़दम इधर होता है कि उसके सामने से इंजिन धड़धड़ाता हुआ फ़ाटक से गुज़र जाता है और फ़ाटक तक पहुँचते-न-पहुँचते आधी गाड़ी निकल जाती है। एक डिब्बे पर उसे लाल पट्टी पर 'दिल्ली' लिखा दिखाई देता है, पर दूसरा शब्द वह पढ़ नहीं पाता तभी एक गाड़ी के खुल दरवाज़े में खड़ा कोई लौण्डा उसकी ओर मुट्ठी बँधा हाथ बड़े भद्दे संकेत में झुलाता गुज़र जाता है।

वह फ़ाटक पर कोहनी टिका लेता है और स्वप्न की-सी अवस्था में खड़ा गाड़ी को गुज़रते देखता है। सहसा पहियों के नीचे उसे अपने कटे हुए अंग तड़पते, छटपटाते दिखाई देते हैं—कभी कटा सिर, कभी तड़पता हाथ, कभी रह-रहकर फड़कता घुटना। हर डिब्बे के बाद उसे दोनों रेलें दिखाई देती हैं और उनपर छटपटाते उसके अपने अंग और लोहू से भरी लाइनें और पत्थर...कि गाड़ी गुज़र जाती है। फ़ाटक उठता है। वह कोहनी हटा लेता है। डूबती धूप में चमकती नंगी लाइनें उसकी आँखों को चौंधिया जाती हैं। और फिर पों-पों करती बस और अगल-बगल भागते रिक्शे उस जगह को घेर लेते हैं।

वह पीछे हट जाता है। उसकी पिण्डलियाँ बेतरह काँप रही हैं। फुटपाथ और नाले के बीच लम्बी घास की पट्टी है, जिस पर नाले के पार बँगले में लगे छतनार गुलमौर की छाया पड़ रही है। वह बढ़कर वहाँ बैठ जाता है। घास नम है। धोती के नीचे उसके चूतड़ गीले हो जाते हैं। वह परवाह नहीं करता। उसकी निगाह अपनी गोरी-गोरी नंगी पिण्डलियों पर जाती है। बारीक भूरे-भूरे रोंगटे खड़े हो आए हैं। वह

धोती को नीचे कर लेता है और नम घास पर लेट जाता है...गुलमौहर का आधा पेड़ लाल सिन्दूरी गुंचों से लदा हँस रहा है और आधा वीरान और उदास, जैसे अपने आधे भाग से विमुख है। एक उचटती नज़र उसपर डालकर वह आँखें बन्द कर लेता है...देखता है कि वह भागता जा रहा है और फ़ाटक के बराबर से निकलकर इंजन के आगे कूद जाता है। इंजन के आगे लगा लोहे का जालीदार काऊकेचर उसे उठाकर और आगे फेंक देता है और गाड़ी उसके ऊपर से गुज़र जाती है।...दूसरी बार वह देखता है कि उसकी धोती काऊकेचर में फँस गई है और वह दूर तक घिसटता, कटता चला जाता है।...वह बार-बार तरह-तरह से अपनी मौत देखता है। उसे कुछ अजीब-सी लज़्ज़त उसमें मिलती है। वह आँखें खोल देता है और उठकर बैठ जाता है।...वह उठकर चल देना चाहता है। पर उसे अपार थकान महसूस होती है। वह फिर से लेट जाता है। आँखें बन्द कर लेता है।...इस बार वह देखता है कि रेल की पटरी पर गर्दन टिकाए लेटा है और किसी स्लो-फ़िल्म की गति से इंजन उसकी ओर बढ़ा आ रहा है। वह चाहता है पर उठ नहीं पाता। चीखना चाहता है पर चीख नहीं पाता। कुछ अजीब-से सम्मोहन में बँधा इंजन को इंच-इंच अपनी ओर सरकते देख रहा है। वह एक खामोश चीख मारता है और आँखें खोल देता है। खुली आँखों भी वह क्षण-भर गाड़ी को अपने ऊपर से गुज़रते हुए देखता है।...वह उठकर बैठ जाता है। उसका शरीर पसीने से तर है। दिल बेतरह धड़क रहा है। वह इधर-उधर देखता है। सड़क खाली है। फाटक खुला है और किसी गाड़ी के आने की कोई सम्भावना नहीं।...

अजीब बात है कि अपनी मृत्यु के इतने दृश्य देखते हुए उसे एक बार भी अपनी पत्नी, बच्ची, भाई साहब या भाभी का खयाल नहीं आता। लेकिन जब वह उठकर बैठता है तो वे सब बारी-बारी उसके सामने आने लगते हैं।...वह देखता है कि भाई साहब पत्रकारों को छोड़कर वापस आते हैं। भाभी बताती हैं कि बचवा लड़कर क्रोध में घर छोड़कर भाग गए हैं। भाई साहब उल्टे पाँव घर से निकलते हैं और उसे ढूँढ़ने के लिए चल पड़ते हैं।...घर जाए या न जाए, वह इसी असमंजस में खड़ा है कि भाई साहब उसे ढूँढ़ते हुए परेशान-हाल उधर आ निकलते हैं। सहसा उसे वहाँ देखकर वे हर्षोन्माद से बढ़कर उसे गले लगा लेते हैं और प्यार से बार-बार चूमे जाते हैं।...फिर वह देखता है—नहीं, वे तो उसे खोजते हुए न जाने कहाँ निकल गए हैं। वही स्वयं घर पहुँचता है। उसकी पत्नी और बच्ची बाहर सीढ़ियों पर बैठी उसकी प्रतीक्षा कर रही हैं। पत्नी ने घर छोड़कर होस्टल जाने का खयाल हमेशा के लिए छोड़ दिया है। बरामदे में उसके क़दम रखते ही दोनों उससे लिपटकर रोने लगती हैं।...फिर वह देखता है—नहीं, वह होस्टल चली गई है। बच्ची को भी साथ ले गई है। केवल भाभी उदास सीढ़ियों पर बैठी उसकी प्रतीक्षा कर रही हैं।...वह चुपचाप उनके पास से गुज़र, अन्दर चारपाई पर जाकर घम-से लेट जाता है। भाभी उसके

पीछे-पीछे आती हैं। उसके सिरहाने बैठकर वे उसके बाल सहलाती हैं। उसे तसल्ली देती हैं कि उसकी पत्नी और बच्ची वापस आ जाएँगीं। जैसे भी होगा, भाई साहब उन्हें जाकर ले आएँगे।...सहसा वह उठकर बैठ जाता है और भाभी को बता देता है कि वह कैसे गाड़ी के आगे कटने से बाल-बाल बच आया है। भाभी सिहर उठती है और उसे बाँहों में भरकर अपने सीने से लगा लेती हैं...उसे लगता है कि भाभी का सीना कुछ ढलक आया है। पर उसे बड़ी राहत मिलती है। वह अपने-आपको ढीला छोड़ देता है और परम सन्तोष से आँखें बन्द कर लेता है।

सहसा वह आश्वस्त होकर उठता है। धोती की लाँग ढीली होकर नीचे लटक आई है। अचेतन रूप से, जैसा कि उसका स्वभाव है, वह बाएँ पैर से उसे ऊपर उछालकर पीछे खोंस लेता है और धीरे-धीरे वापस चल पड़ता है।

❑ ❑ ❑

9 789350 642306